『白痴』を読む

ドストエフスキーとニヒリズム

清水孝純

九州大学出版会

扉写真：
ダラヴォーエの森のはずれにあるドストエフスキーの記念碑。ダラヴォーエはモスクワから150露里ほどの距離にある村でドストエフスキーの父親の別荘があった。ドストエフスキーはそこで少年期をすごした。ロシアの自然に対する作家の貴重な感覚を養ったものとして重要な場所といわれている。彼の父親が農奴に惨殺されたのもこの場所である。この写真は2013年7月13日第15回ドストエフスキー国際学会シンポジウム開催時に，そのエクスカーションで現地を訪れた際，清水御冬（著者三男）の撮影したもの。記念碑の作者はロシア功労芸術家Ю．Ф．イヴァーノフ（木下豊房氏教示による）。

『白痴』を読む

――ドストエフスキーとニヒリズム――

この書を妻榮に捧げる

はじめに

現代における最大の問題はなにかといえば、僕はニヒリズムこそ最大の問題だといいたい。一見いまさらそのような問題などアナクロニズムに見えるかもしれない。しかしそこにこそ実は問題があるということはキエルケゴールの言葉を借りるまでもないだろう。アナクロニズムと見えるところにこそ、逆にニヒリズムのいわば病い膏肓に達した状況があるというべきではないのか。パスカルいうところの気晴らしが社会全体を覆っているといえるだろう。気晴らしとは人間的悲惨を見ることをさせないもの一切をいう。現代はそのような気晴らしに満ち満ちている。時に社会を震駭する凶悪犯罪はその欺瞞的被覆を突き破って噴出するニヒリズムという人間社会の深部に充満するマグマの表現だ。しかし現代人は犯罪の原因を社会に見る一方でその人間に責任を求める。人々は、結局犯罪を犯した人間に最終責任を求めることになる。確かに最後の一線を超えさせたものは彼の中にあるのだろう。同じ状況にあるにもかかわらずAは罪を犯した、Bは犯さなかった。従ってAに主体的責任があるというわけだ。それは確かにもっともな論理だ。しかし倫理的追究はそこまでだ。それ以上に原因を追究することはない。せめて精神医学や精神分析による診断に全てが委ねられるといっていいだろう。こうして正常者と異常者とに分類され、その間に障壁が築かれることになる。しかしこの両者の間にそれほどの距離があるのだろうか。実は距離があるのではなく、その間に悪戯者が介在するだけのことだ。悪戯者それがニヒリズムだ。ニヒリズムこそその元凶だ。ニヒリズムとは人間にとって確たるものの喪失に他ならない。あるいは喪失させるものというべきかも知れない。ドストエフスキーはそれを悪霊と名づけた。そのような悪霊が客観的に実在するかどうかは今は問わない。しかし凶悪な犯罪において、人間を突き動かす何らかの目には見えないものがあるということは疑い得ないだろう。それがなにかはあまり問題にはされることはない。しかしそのような目に見えないものの根にはニヒリズムという問題があるのではないか。

さてニヒリズムの問題を取り上げたのは周知のようにニーチェだが、ニーチェはヨーロッパにおいて『死の家の記録』『虐げられた人々』『地下生活者の手記』の独特な価値を発見した人でもあった。以来ドストエフスキーの文学は多くの作家に大きなインパクトを与え続けてきた。それはドストエフスキーにおけるほどニヒリズムの問題が大きな展開を見せた作家はいないということによる。重要なことは、ドストエフスキーという作家においてニヒリズムの問題はあらゆる角度から取り上げられているということだ。あらゆる角度ということは、それをあらゆる関係性において描いたということだ。人間は関係性の中で生きている。関係性とは人間を取り巻くいっさいのものとの関係のことだ。巨視的には無限なるもの、広大な宇宙といったものとの関係から微視的には自分自身との関係、意識する自己とそれを眺めている自己といったもっとも内面的な関係にいたる関係のことだ。もちろんそこには宇宙をも超える絶対との関係といったものから、自己と自身の肉体との関係といったものも含まれる。人間はそのような関係性の中で生きている。しかもいうまでもないことだが人間はそのような関係性をもたされた一人ひとりが集まって社会を形成する。いかに複雑かはいうまでもない。ところでニヒリズムとはそのような関係性の根幹にかかわる観念あるいは感覚に他ならない。関係性の根幹とは他の関係がそれによって根本的に支配されている関係だ。キエルケゴールはロマ書の一節（第十四章二十二節）を引き、信仰によらぬものは全て罪だといったが、その場合神と人間の関係がもっとも根幹をなす関係であることを示している。いずれにせよ、ニヒリズムとはそのような意味において根幹をなす関係に対して激しい否定、鋭い懐疑の打撃をもたらすものだ。例えばそれは『父と子』においてツルゲーネフの描いたものだ。しかしそのようにニヒリズムが一人の青年の信条となって、鮮明な否定の旗幟を翻すニヒリズムの形態もあれば、密かに人々の心の奥底にあって、知らぬまに生活の核心を食い荒らしていくニヒリズムもあるだろう。ある意味ではそのようなニヒリズムのほうが恐ろしいとさえ言える。日常生活こそニヒリズムのもっとも狡猾に身を潜めることを許す好個のトポスかもしれない。いわば搦め手からの侵食に人間は無感覚である結果としてその進行を食い止めることは極めて困難だからだ。このようにニヒリズムには様々な段階があり、様々な様相がある。それは人間の無意識に忍び寄り様々な悪さをなす。そのメカニズムの複雑極まりないこととときたら、言語に絶するものがあるといえる。ドストエフスキーはそのような問題の機微をよく知っていた人だ。ドストエフスキーは現実というものが小説以上に小説的であることを知っていた人だ。それは現実の深部に密かに進行するニヒリズムの暴発に他ならないのだが、一般の人々は結果のみしか見ないから、ひとつの変異現象としてしか見ないだろう。社会の現象は決して単純ではない。それは想定外なものと関連し、響きあい、思わぬ方向をとる。このような複雑な現象を極力全体として表現すること、ここにドストエフスキーのリアリズムの根本がある。バフチンによってドストエフスキーのリアリズムはポリフォニーと規定されてその独自性が明らかにされたわけだが、この場合、ドストエフスキーは単に多数の声の同時存在として現実を描いただけではない。むしろ複雑極まりない様々な声の響きあいとして現実を把握し描いたというべきかと思う。ドストエフスキーの文学には多くの謎が仕掛けられているが、それは以上のような理由による。従ってドストエフスキーを読むとは、極力そのような関係を解きほぐしてゆくことではないだろうか。

このような作業は一見無味乾燥のように見えるかもしれないが、じつは目から鱗が落ちるかのごとき感動と興味の高まりを伴うものだ。日本では、ドストエフスキーをいまでも深刻晦渋な作家として捉える人も多いだろう。しかし作品のいたるところに仕掛けられている様々な情報の網をたぐってゆくことは極めて楽しい。『白痴』は美の悲劇ともいわれるが、主人公は滑稽な人物でもある。これは聖なる愚者を主人公とする反世界の喜劇というのが全体の構図である。しかしドストエフスキーにおいては喜劇はそのまま悲劇に転ずる。偉大なる情熱は容易に喜劇にもなれば、悲劇にもなるからだ。『白痴』は、特に主人公にかんしては従来その悲劇性の面のみが強調されてきたように思う。しかし公爵は作者によって滑稽化されていることを改めて考える必要がある。のみならず彼を取り巻いて、巨大な道化的群像がいる。人々はニヒリズムの浸透する時代の中で、自我の欲求を追求して、喜劇あるいは悲劇を演ずる。それが反世界の意味だ。こうしてニヒリズムこそこの文学空間の劇を推進する真の主人公ということになる。

『白痴』を読む――ドストエフスキーとニヒリズム――／目次

第1章　主人公としてのニヒリズム

1　憑依としてのニヒリズム

ドストエフスキーがシベリア流刑を終えて出所（一八五四年一月二十三日）するときに、ある女性[1]に出した手紙の中で語った不信と懐疑の言葉はよく知られている。そこでドストエフスキーは相手の女性の深いといわれている宗教心に触れて、それは彼女が宗教的だからというのではなく、追放者が限りない苦悩に襲われる「瞬間には『枯れかかった葉』のように、信仰を渇望し、かつそれを見出すもの」だからであり、「不幸の中にこそ真理が顕われるからです」と自分の体験をそこに重ねながら、こう記す。

「わたしは世紀の子です、今日まで、いや、それどころか、棺を蔽われるまで、不信と懐疑の子です。この信仰に対する渇望は、わたしにとってどれだけの恐ろしい苦悶に値したか、また現に値しているか、わからないほどです。その渇望はわたしの内部に反対の論証が増せば増すほど、いよいよ魂の中に根を張るのです。とはいえ、神様は時として、完全に平安な瞬間を授けてくださいます。そういう時、わたしは自分でも愛しますし、人にも愛されているのを発見します。つまり、そういう時、わたしは自分の内部に信仰のシンボルを築き上げるのですが、そこではいっさいのものがわたしにとって明瞭かつ神聖なのです。このシンボルはきわめて簡単であって、すなわち次のとおりです。キリストより以上に美しく、深く、同情のある、理性的な、雄雄しい、完璧なものは、なにひとつないということです。単に、ないばかりでなくて、あり得ない、とこう自分で自分に、烈しい愛をもって断言しています。のみならず、もしだれかがわたしに向かって、キリストは真理の外にあることを証明し、また実際に真理がキリストの外にあったとしても、わたしはむしろ真理よりもキリストとともにあることを望むでしょう。(2)」(傍点原作者)

ここで三つの点が注目される。第一は彼が深く囚われている無神論的世界認識であり、第二には信仰への渇望であり、第三にはキリストへの愛である。しかもこの三つのものがばらばらに列挙されているのではなく、深い関連性のもとに置かれていることが示されている。まず第一の点についていえば、ドストエフスキーは自らを一挙に「世紀の子」と規定している。この言葉の中に時代精神が取り込められているといえる。その時代精神とはルネッサンス以降の西欧精神の展開の帰結点ともいうべき十九世紀の時代精神である。それは端的にいえば「不信と懐疑」というものだ。「棺を蔽われるまで」という表現の中にその心情の深さが表されている。いうまでもなくこの表現は「不信と懐疑」の心情が自分の死まで存続するということの、その時点では予測の表現だが、そう予測せしめるほどこの心情が魂の根に深く食い込んでいるということの表白にほかならない。第二に信仰への渇望というものだが、「不信と懐疑」が深まれば深まるほどそれが魂の中に食いこむといっている。ここで注意すべきは「信仰」そのものが魂に根を張るというのではなくて、「信仰への渇望」が根を張るといっていることだ。「信仰」と「信仰への渇望」、ここには決定的差異があるといわねばならないだろう。いかに無限の渇望があろうと、渇望は信仰それ自体とは異なる。しかし渇望自体既に信仰を予感しているのであって、その予感は「平安な瞬間」において愛の中にある自分の発見において現実化する。愛こそは当面渇望にこたえるもっとも真実なものだ。こうして第三の問題としてのキリストへの愛が持ち出される。しかしここでもまたドストエフスキーは端的にキリストを信ずるとは言わない。ドストエフスキーはキリストを「信仰のシンボル」といっている。シンボルとしてキリストを最高に美しい存在としてその完璧なる属性を列挙する。このこともまたキリストを神とする信仰とは異質といわざるを得ないだろう。いわば人間的レベルでのキリストへの愛であって、人間性との連続の上に立った愛というものだ。その存在としての完璧さはやはり人間的次元から捉えられたものといわざるをえない。信仰が超越的だとしたら、そこに超越的なものに対するものはないといわざるを得ない。恐らくドストエフスキーは元来信仰というものは超越的なものであることを知っている。不合理なるゆえ我信ずこそ信仰の真の姿だ。しかしドストエフスキーは超越的なるものは拒絶する。拒絶させるものは、彼のうちなる不信と懐疑の存在だろう。この点でいえば、ドストエフスキーは同じ頃兄ミハイルへの手紙でカントとヘーゲルを送ってくれと頼んでいることが思い合わされる。カントこそ超越的なるものを人間の認識の範囲から排除した哲学者だった。(3)

2　唯物論的キリスト観

しかし、このキリスト観を中世的立場から異端として拒ぞけるべきではないだろう。それは神のシンボルとして神に向けてひらかれた窓口なのだ。ここでこの人間的理解の延長線上にあるキリスト観がいかにもフォイエルバッハのキリスト観と共通しているかに見える点について言及する必要があるかと思う。フォイエルバッハの『キリスト教の本質』が出たのは一八四一年、そこでこの唯物論哲学者は「キリストは心情と空想との統一である」（船山信一訳、傍点原著者）[4] と記す。つまりキリストは人間の空想が人間の中の心情を基盤に生み出したものというのだ。このキリスト観はキリストを人間性の延長線上に捕らえたという点ではドストエフスキーのキリスト観と共通する。しかしこれは実在としてのキリストの存在を簡単にいえば人間の空想に過ぎない、人間の善なる本質を神に見立てた空想に過ぎないとするものだ。いわばフォイエルバッハのキリストは人間のほうに顔が向かっている。そこにはなんら神秘はない。神秘は人間的なるものによって解消されている。いうまでもなく、唯物論的立場からすれば、当然の帰結といえる。しかしドストエフスキーにおいてはキリストは神聖なるもののほうに顔を向けている。それは永遠なる者、無限なる者の存在を象徴するものとしてそちらのほうに顔を向けている。その完璧性は人間性との連続性において理解されるとしても、その現実的な実現は人間の力を超えたものであり、そういう点では神との連続性にじっさいにはある筈のものとして、従ってフォイエルバッハの如く人間的本質に解消されるものではない。この点において両者の差異は決定的といわねばなるまい。

　興味深いことはここでドストエフスキーは「実際に真理がキリストの外にあったとしても」と記していることだ。なぜキリストこそが真理だとはいわないのか。ここには顔をのぞかせているのはやはり、自分を「世紀の子」と告白した「不信と懐疑」の徒のドストエフスキーであろう。この場合ドストエフスキーがここで言っているのは真理を真に真理と考えているとはいえないだろう。ただキリストを真理とは一挙に断定しないことの中にはやはり、自身の内なる不信なり懐疑なりへの思惑があってそういうのを躊躇わせたのであろう。青年期に養われた不信と懐疑の思想は彼のうちに深く食い込んできていたということだ。

3　ドストエフスキーにおけるニヒリズムの特色

いわゆるニヒリズムは、この手紙が書かれた一八五四年から八年後に発表されたツルゲーネフの『父と子』の主人公バザーロフをニヒリストと呼んだことから起きた時代風潮をさす。しかしロシアにおける反キリスト教的思想、無神論的思想はいうまでもなくそれ以前からあった。ドストエフスキーはすでに流刑以前からそうした思想の洗礼をベリンスキー、さらにはペトラシェフスキーのサークルを通してしたたかに受けていた。とくにペトラシェフスキーのサークルにおいては十八世紀から十九世紀にいたる西欧の無神論思想、革命思想、唯物思想を集めたライブラリがあった。フォイエルバッハはいずれのサークルにあってももっとも尊重された思想家だった。しかし徹底したニヒリストという点ではペトラシェフスキー・サークルのスペシネフを挙げる必要があるだろう。スペシネフもまたフォイエルバッハを認めてはいたが、しかし彼はフォイエルバッハのキリスト教観の不徹底を批判した。(5) フォイエルバッハは新しい宗教をもたらしたといい、宗教自体の徹底否定を主張した。このスペシネフはのちの、ドストエフスキーの創出による最大のニヒリスト、スタヴローギンのモデルになったという研究者（グロスマン）もある。(6) フォイエルバッハの立場に立つにせよ、スペシネフの立場に立つにせよ、真理はキリストとともにはない。ドストエフスキーの右の言葉に響いているのはそうした西欧思想の全体の影といっていい。しかしドストエフスキーにおいてそれらの思想と根本的に異なるニヒリズムの様相があるといわねばならないだろう。それは先に触れた第二の点にかかわる。不信と懐疑が深まれば深まるほど、その反対の渇望も強まるというこの相反するヴェクトルのあり方こそ、ドストエフスキーにおけるニヒリズムの特色といわねばならない。

ところでこの転換、神を見出せない悲惨の増大が逆に神による救済の渇望を強めるといういわば逆説的転換は極めてパスカル的といえるだろう。

一体なぜこのようなパスカル的転換とも言うべきものが生じたのか。すでに若年のころ兄への手紙の中でパスカルについての言及がみられるが、といってこのような相反する両極への烈しい牽引が、パスカルによると断言できるはずのものでもない。むしろ絶望のどん底にあってこそ神を求めるというのは聖書から得られたものというべきだろう。『ヨブ記』は幼年時代からの愛読書であり、さらに福音書は流刑生活のなかで読みぬいたものだったのだから。これは新約聖書だが、「コリント人への第二の手紙」(8－9)には、絶望の極にあってこそ神を頼みとする究極の心情が述べられている。しかしそうしたものがより深い魂のレベルにおいて捉えられ、一方においては不信と懐疑を増大せしめ、他方においてはその正反対への渇望を激化させるといったように、両極に相反する烈しいヴェクトルの同時存在を生じせしめたものとして、考えられるのは、ニコライ一世による死刑執行劇ではなかったかと思う。この決定的な体験こそドストエフスキーの内なるニヒリズムの問題性に火をつけ、同時代のニヒリズムを大きく超えて、やがてニーチェに繋がってゆくニヒリズムを鍛え上げたものに他ならなかった。ではなぜ死刑執行劇がドストエフスキー独自のニヒリズム形成のきっかけとなったのか。それにはこの驚くべき死刑執行劇に眼を投ずる必要があるだろう。

4　ニヒリズム形成の契機

ドストエフスキーはペトラシェフスキーのサークル会員として、反逆罪を企てたとして一八四九年十二月二十三日セミョーノフスキー練兵場で死刑を言い渡される。早朝仲間とともに壇上にあって、三人ずつ銃殺刑の順番の来るのを待つ。最初にペトラシェフスキーが他の二人とともに刑場に出され、それぞれ杭にくくりつけられて銃殺隊の銃口の前に立った。ドストエフスキーはどうやら順番からいって二番目だったようだ。いよいよ時間がきて、銃口が最初の三人に向かって上げられたとき、急使が来て、刑が死刑からシベリア流刑に変えられたという皇帝の命令を伝えた。この変更のあまりにも急激であったため発狂者も出たほどだったという。いわば死の前に立たされ、死を覚悟したものが突然生に引き戻されるという、この急激な転変は人間の精神にとっての残酷極まりない拷問ともいえるものだった。しかもこれは社会主義者をこらしめるためのニコライ一世の予定の演出にかかるものだったという。人間の精神をこのような愚弄の拷問にかけることは許されるものではないだろう。しかしドストエフスキーにとってこれは稀有の体験であったことも事実だ。彼はこの死刑執行劇直後、ペトロパーヴロフスク要塞監獄から兄にあてた、激しく感情の高揚した手紙（一八九四年十二月二十二日）の中で、「なにしろ、ぼくは今日四十五分ものあいだ死と直面し、その観念をして過ごしたのです。最後の一刹那まで押しつめられたのです。ところが、今もう一度生きているのですからね！」と記している。これはドストエフスキーにとって生涯魂の最も深い部分に潜在する一種トラウマのごときものとして、その憑依となったに違いない。衝撃がより激しければ激しいほど、より深く魂の奥底に根付くことになる。それは生涯癒しえないトラウマ、魂の傷となる。それは『白痴』においてもっともよく表れているものだ。

『白痴』の主人公ムイシキン公爵がエパンチン家を訪問した際、案内の執事に待たされている間、話をする。その話はなんと死刑囚の話なのだ。さらにエパンチン家の娘たちを前にして語る話も死刑囚の話だ。三人娘の二番目のアデライーダの画題に提供するのが、死刑囚の最後の表情というものだ。考えてみれば、これはなんとも奇怪なことではないだろうか。他人の家を初めて訪れた人が、取り次いだ男に、こともあろうに死刑の話をするなどということが考えられるだろうか。あるいは美しい三人の令嬢たちに、いくら求められたからといって陰惨な話をするだろうか。

ここにこの死刑執行劇がドストエフスキーに与えた魂への刻印の深さをみることができるし、『白痴』という小説の基調低音をそこに見ることができる。

ドストエフスキーはこの体験を先に述べたように死刑劇直後の兄にあてた手紙（同じ一八四九年十二月二十二日ペトロパーヴロフスク要塞監獄に帰って書かれた）の中で語っているが、その衝撃の深さ、大きさをみるには『白痴』での語りのほうがよいかと思う。兄への手紙はこの驚くべき体験の直後のものであり、さらにそれに続くシベリア流刑の前夜にあるものとして、興奮に包まれているものでもあり、また検閲の問題もあり、というわけで、時間の遠近法によって眺められたフィクションの中の叙述のほうがむしろ真実を語っているかと思う。さてドストエフスキーはある男の話としてムイシキン公爵に語らせる。

「この男はあるときほかの数名の者と一緒に処刑台にのぼらされました。国事犯のかどで銃殺刑の宣告を読み上げられたのです。ところが、それから二十分ばかりたって特赦の勅令が読み上げられ、罪一等を減じられました。けれど、この二つの宣告の間の二十分、すくなくとも十五分というもの、その人は自分が幾分かののちにはぽかりと死んでしまうものと信じて疑わなかったのです。この人が当時の印象をおり話して聞かせましたが、それが恐ろしく僕の心をひいて、僕は幾度と無く、はじめから根掘り葉掘りして聞き返しました。その人は恐ろしいほどはっきり覚えていて、この数分間のできごとは決して決して忘れはしない、といっていました。群集や兵隊に取り巻かれた処刑台から、二十歩ばかり離れたところに、柱が三本立ててあったそうです、犯人がいくたりもいたからです。まず三人のものをひっぱっていって柱へ縛りつけ、死刑服（だぶだぶした長い白い服）を着せ、それから銃の見えないように、白い頭巾を目の上までかぶせました。次におのおのの柱の前に数人ずつの兵士が整列しました。僕の知人は八番目にたっていましたから、したがって三度目に柱のほうへ呼び出されることになっていたわけです。ひとりの僧が十字架を手にしてひとりひとり回って歩きました。いよいよ残り五分ばかりで、それ以上命はないというときになりました。当人のいうところによりますと、この五分間が果てしもなく長い期限で、莫大な財産のような思いがしたそうです。最後の瞬間のことなど思い煩う必要のないほど多くの生活を、この五分間に生活出来るような気がして、さまざまな処置を取り決めました。すなわち、時間を割りふって、二分間を友達との告別に、いま二分間をこの世の名残に自分のことを考えるため、また残りの一分間は最後に周囲の光景をながめるため、というふうにしたのです。その人はこの三つの処置を取り決めて、こんな具合に時間を割り当てたのをよく覚えていました。当人は当時二十七歳、強壮な青年でした。友達に別れを告げながら、中のひとりにかなり呑気な質問を発して、その答えにまで興味を持ったということです。さて、友達との告別がすむと、今度は自分のことをかんがえるために割り当てた二分が参りました。当人はどんなことを考えたらいいか、あらかじめ承知していました。いま自分はこうして存在し生活しているのに、もう二分か三分たったら一種のあるものになる。すなわちだれかに、でなければ何かになるのだ。これはそもそもなぜだろう、――この問題をできるだけ速く、できるだけ明瞭に解決しようと思ったのです。だれかになるとすればだれになるのか、そしてそれはどこであろう？　これだけのことをすっかり、この二分間に知りつくそうと考えたのです！　刑場からほど遠からぬところに教会堂があって、その金色の屋根の頂きが明らかな日光に輝いていたそうです。彼は恐ろしいほど執拗にこの屋根と、屋根に反射して輝く日光を眺めていて、その光線から目を離すことができなかったと申します。この光線こそ自分の新しい自然である。いま幾分かたったら、なんらかの方法でこの光線と融合してしまうのだ、という気持ちがしたそうです……今にも到来すべき新しい未知の世界と、それにたいする嫌悪の念は、実に恐ろしいものでした。けれど、当人にいわせると、このときもっと苦しかったのは、絶え間なく浮かんでくる一つの想念だったそうです、――『もし死ななかったらどうだろう？　もし命を取りとめたらどうだろう？　それは無限だ！　しかも、その無限の時がすっかり俺のものになるんだ！　そうしたら、俺は一つ一つの瞬間を百年に延ばして、一物たりともいたずらに失わないようにする。そして、おのおのの瞬間をいちいち算盤《そろばん》で勘定して、どんな物だって空費しやしない！』この想念がしまいには激しい憤懣の情に変わって、もう片時も早く撃ち殺してもらいたい気持ちになったそうです。」(7)（傍点原作者）

この体験の驚くべきことは、このような体験の稀少性というものであろう。真に死の前に立たされることなどそうざらにあるものではない。いつか死が自分を確実に襲うことは誰しも知っている。しかし観念の中での認識と、それを目前に確実なものとして迎えるというのは、そこに決定的な差異があるということはいうまでもない。この死刑囚の話は彼からすればまさに確実な死を前にしての体験を語ったものだ。

この語りにおいて特徴的なことは一切自分の運命に対する、従ってそのような運命を課した国家権力への呪詛がないことだ。通常このような政治犯の場合、最後まで抵抗の姿勢を見せるのではないだろうか。しかしここでは意識は完全に自己に向かっている。結局死を迎える最後の瞬間において重要なことは他者ではなく自己なのだ（大岡昇平の『野火』においても同様なことがいえよう）。問題は自己が確実な死をどのように迎えるかだ。ここにおいて死後の問題が頭をもたげてくる。この死刑囚は、国家権力への呪詛がないと同時にまた神への祈りもないことに注意しよう。彼は死後自分がどうなるかを考え、教会の屋根に輝く陽光と合体するのかと考える。いわば自然に帰るという、唯物論的帰結といえる。日本人ならば、自然に帰るといって、そこに安心立命の安らぎを見出すところだろう。しかし彼は「それにたいする嫌悪の念は、実に恐ろしいものでした」と告白する。なぜそのように感じたのか。彼の自意識の高い矜持は、自然との合体を認めないからではないか。ムイシキン公爵はエパンチン家を訪れ、取次ぎの家令に死刑というものの、精神的にみた極度の残酷さを批判している。確実に死ぬということが精神に対する、いかに苛酷な拷問であるかを語る。精神に対する拷問は肉体に対する拷問の比ではないと言う考えがそこにはある。自然との合体あるいは融合を激しく嫌悪するのは、精神の自立性、精神のもつ自我意識の絶対性のためだ。この絶対性こそ自分というものの存在理由に他ならない。この絶対性こそ死に際して死後の自分の存続をもとめさせるものなのだ。しかし自意識は死後になんら満足すべき解決を見出せない。それは激しい嫌悪に囚われ、ついで自分自身に向かう。そのとき真の生というものが、自己以外にあるのではなく自分自身の中にこそあるということを発見する。そして極限的時間意識に捉えられた自意識はいわば最高度に鋭く研ぎ澄まされた結果として瞬間の中に無限の時間を見るだろう。そのとき意識は過去に向かい浪費した時間のいかに莫大であったかを深い悔恨の念をもって顧みるに違いない。そのとき「もし死なかったら」という未来が現れる。厳密にいえば、これはわずか数秒の未来だ。取り返しようのない過去の瞬間への深い悔恨の念が未来に倒影されたものだ。悔恨の念による過去への回顧と無限の生命を持つ輝かしい未来への展望とは極限的状況の中での真の生命の発見の盾の両面である。しかし「もし死なかったら」という仮定のもとにあらわれた未来のあまりにも輝かしい時間は彼の意識にはあまるものだったのだろうと思う。彼がその瞬間ただちに処刑を願ったのはその圧迫に耐えられなかったためだ。

　自意識が自己に集中するとき、それまで自己に属すると思われるものが意味を失い、自意識は完全に自分自身と、いわば裸形にされた自己自身と対峙する。実はここにこそ真のニヒリズムの出発点がある。なぜなら、そのとき自意識が見出すのは、自身の無力だからだ。彼は死後の自己の存続という問題に対して彼自身では答えられない。彼の見出す回答は激しい嫌悪の対象でしかない。さらに時間の前においても彼は無限の時間に取り囲まれていることを発見するが、無限の時間とは絶えず彼の把握から逃れてゆく時間であって、彼は瞬間を捉えることはできない。死後の存続が不可解ということは、瞬間に生きることができないことの現われにすぎない。この死刑囚の焦燥は裸形に還元された自意識というものが置かれた人間的条件に初めて顔を突き合わせたことの衝撃に他ならない。

すでに触れたように、ニヒリズムはツルゲーネフの『父と子』（一八六二）の主人公バザーロフをニヒリストと呼んだことから、その抱く世界観を指すようになったのだが、バザーロフのニヒリズムは権威否定、そして万事自然科学を真理とする単純なものに過ぎなかった。その場合いわゆる神はそれに伴って否定はされるが、しかし神の否定が真に意味することなどはその世界観の射程距離には入ってはいなかった。ドストエフスキーが死刑執行劇で突き当たったのはそのようなレベルでのニヒリズムではなかった。ツルゲーネフはバザーロフをして『父と子』で「大事なことは二かける二は四だということさ。そのほかはみんなくだらぬことだ」といわしめているが、(8) ドストエフスキーにおいてはそれがむしろニヒリズムの出発点となるのだ。いうまでもなくこの真理こそが人間にとっての不条理の死を生み出すものだからだ。しかもそれは死において人間を見放す。死の瞬間において人間に存在の意味づけをあたえることはできないからだ。

ところでドストエフスキー自身はこの死刑囚のごとく死から生へと還帰した。では無限の生を享けることができたかどうか。『白痴』ではその語り手はつまらないことに生を浪費して終わったとある。しかしドストエフスキー自身はどうか。生というものは結局そういうものだというエパンチン家の長女アレクサンドラの言葉に対して、ムイシキンは必ずしも同意はしない。そのところに死刑執行劇後ドストエフスキーのニヒリズムを生きてきたことの総括が実は仕掛けられている。ドストエフスキーは死刑囚ではない。現実のドストエフスキーは『白痴』執筆にいたるまで、四年間の、これまた恐るべきシベリア流刑を経、さらに愛の煉獄を経、かつての政治犯として監視のもとに身を置きながらの苦難と波乱に満ちた生をおくってきた。その間ドストエフスキーにおいてニヒリズムはいわば成熟の道を辿ったといえる。これは浪費とは全く異なる。謎とともに生きる。それは唯一の謎への突破口となるはずのものだ。少なくとも謎は位相の深まりをみせることにより、ニヒリズムは深まるだろう。

ニヒリズムとは自意識のもたらす感覚といえる。それは自我を絶対化することによる爾余の一切の価値否定に向かう。このニヒリズムの特徴は自我の無限の肯定と他者の無限の否定の同時存在ということだろう。そのもっとも最初の現れが『罪と罰』のラスコーリニコフだが、ラスコーリニコフは論理というものを信じているという点ではそのニヒリズムはなお未成熟といえる。その点からいえば本格的にニヒリズムの問題が取り上げられるのは『白痴』においてだ。『白痴』においてムイシキン公爵が再三にわたって死刑囚の話をするのはそのためだ。

ムイシキン公爵はドストエフスキーが美しい人間像として生み出した人物であり、いわば突然ペテルブルグという都会に出現した現代のキリストともいえる。ドストエフスキーは謙抑は力だと創作ノートで述べている。その謙抑を魂の中核に持つ公爵はその力で人々の中に入り、人々を救済する役割を与えられているはずである。しかし公爵は決して直接的にはキリストの教えは説かない。それどころかこれまで述べたように、死刑囚というべき極限状況に立たされた人間の意識について物語る。それは話題としてはたしかに魅惑的なものだ。しかしその内容は必ずしも信仰を促すものとはいえないだろう。しかしなぜ公爵はそのような話をするのだろうか。

5　『白痴』の真の主人公

これはムイシキン公爵においてニヒリズムの問題が深いトラウマとなっているためだ。ドストエフスキーは『白痴』においてはじめて正面からニヒリズムの問題に取り組んだ。この小説の真の主人公はニヒリズムである。なるほどムイシキン公爵は作者によってつくられた美しい人物であり、そこには彼の愛するキリスト像が重ねられている。しかしスイスから突然ペテルブルグに現れたこの美しい人物は人々を救うどころか、むしろ破滅に追いやった。そこにすでに多くの人々によって指摘されるこの小説の問題があることはいうまでもない。作者は謙抑は力といっている。この謙抑の化身ともいうべき人物がなぜ救済者ではありえなかったのか。それは彼の謙抑が、ムイシキンの中に潜むニヒリズムから来たものであったためではないかと思う。あえていう、ムイシキンはけっしてニヒリズムを超えた存在ではない。いやなおそれに苦しむ存在なのだ。彼にはある苦しい記憶があり、時として彼を襲う。それはスイスの山中での出来事で、彼はスイスの美しい山の自然の中にあって、自然全体からくる疎外感に襲われたと言うものだ。この奇妙な感情は三度にわたって繰り返される。

最初のエパンチン家訪問の時に早くも彼は娘たちにそのことを述べている。

「僕のいたその村に滝が一つありました。あまり大きくはなかったが、白い泡を立てながら騒々しく、高い山のうえから細い糸のようになって、ほとんど垂直に落ちてくるのです。随分高い滝でありながら、妙に低く見えました。そして、家から半露里もあるのに、五十歩くらいしかないような気がする。僕は毎晩その音を聞くのが好きでしたが、そういう時によく激しい不安に誘われたものです。それからまた、よく真っ昼間にどこかの山にのぼって、大きな樹脂《やに》の多い老松に取り巻かれながら、ただひとり山中に立っていますと、やはりそうした不安が襲ってきます。頂上の岩の上には中世紀ごろの古い城の廃址があって、はるか下のほうには僕のいる村が、見えるか見えないくらいに眺められます。太陽はぎらぎら光って、空は青く、凄いような静けさがあたりを領している。その時です。その時僕はどこかへ行きたいという気持ちになりました。もしこれを真っ直ぐにいつまでもいつまでも歩いて行って、あの地と空が相接している線の向こうまで行ったら、ありとある謎はすっかり解けてしまって、ここでわれわれが生活しているより百倍も千倍も強健で、賑やかな、新しい生活を発見することができるのだ、というような気がしました。それから、始終ナポリみたいな大きな町が空想に浮かんできました。その中には宮殿、喧騒、轟音、生命……なんでもあるといった具合に……本当に、なにやかやいろんなことを空想しました! それからのちになって、僕は牢屋の中でも偉大な生活を発見できると考えるようになりました(9)」

ここで公爵は「激しい不安」が具体的になにかは語っていない。語るにはあまりにも内密のもの、隠秘なものであったにちがいない。自然の中にあって、通常ならば安らぎを見出すはずのものが、ここでは激しい不安のもとなのだ。この不安の念は自分自身を安住はさせないのだろう。だからこそ意識は未来、未来へと向かい、またどこか遠い空間を夢見るのだろう。いわば自己の不安からの逃避といってもいい。しかしその不安の根には謎がある。それは存在することの謎であるにちがいない。その謎は結局自分自身から逃れることによっては解決されない。謎は深まることによって、そとに向かうことの無意味さから自身に沈潜することを求めるようになるだろう。公爵が最後に「牢屋の中でも偉大な生活を発見できる」といったのはそのことだ。牢屋とは人間の条件を裸形に開示するところに他ならない。存在の秘密は自分のうちに発見するしかない。公爵とはまさにそういう謎に捉えられた存在だった。そのことは、人々の中にあってアグラーヤとの会話の最中に突然奇妙な疎外感に襲われるときにもまた、語られるものだ。

「ときおり彼は、どこかへ行って、ここからまったく姿を消してしまいたいような気がした。ただひとり自分の思想に没頭して、自分がどこにいるやら、だれひとり知るものもない、陰鬱な淋しい場所が、好もしいようにさえ思われた。それもかなわないのなら、せめて自分の露台にでも座っていたい。ただその場には誰も、レーベジェフもその子供たちもいないほうがいい、あの長い椅子に身を投げかけ、枕に顔を埋め、そのまま昼も夜もまた次の日も、じっと横になっていたい。ときどきちらりと山のことも想像に浮かんだ。山といっても、その中でなじみの深いある一つの場所で、彼は好んでいつもその場所を思い浮かべた。それは、彼がまだスイスに暮らしていたころ、毎日のように出かけて、下の村を見おろした所である。そこから下の方に、やっと見えるか見えないぐらいの白糸のような滝、白い雲、捨てて顧みられない古城の廃址を眺めるのが好きだった。おお、どんなにか彼は今この場所に立って、ただ一つのことばかり思いつづけていたかったろう、――おお！　一生このことばかり思い続けていたい、――このこと一つだけで千年の間考え通すにも十分である！　そして、ここの人たちが、自分のことをわすれてしまったってかまいはしない。いや、そうならねばならぬ、そのほうがかえって都合がいい。もしはじめからこの人たちが全然自分を知らずにいて、この恐ろしい幻影がただの夢であったら。しかし、もう夢でもうつつでも、どちらでも同じことではないか！」[10]

ここでは謎は千年も考え続けるものとして捉えられている。ではこの謎とはなにか。それはイッポリートがその恐るべき告白のあとでピストル自殺をはかり、それに失敗して気を失ったあと、公爵が不安につつまれながらベンチに座っていたときまたまたどこかへ行ってしまいたい衝動にかられたとき解き明かされる。ここでもまた彼はかつての謎めいた感情に襲われるのだ。

「それはスイスにおける治療の第一年目、というよりも最初の三、四ヶ月目のことであった。そのころ彼はまだ全然白痴の状態で、ろくすっぽ話もできなければ、人が何を要求するかも判らなかった。あるとき太陽の輝かしい日に山へ登って、言葉に言い表せない悩ましい思いを抱きつつ、長いあいだあちこち歩き回ったことがある。目の前には光り輝く青空が続いて、下のほうには湖水、四周には果てしも知らぬ明るい無窮の地平線が連なっていた。彼は長いことこの景色に見入りながら、もだえ苦しんだ。この明るい、無限の青空に向って両手を差し伸べ、泣いたことが、今思いだされたのである。彼を悩ましたのは、これらすべてのものに対して、自分がなんの縁もゆかりもない他人だという考えであった。ずっと以前から——子供の自分から、つねに自分をいざない寄せているくせに、どうしてもそばへ近づくことを許さないこの歓宴《うたげ》、この絶え間なき無限の大祭は、そもいかなるものだろう？　毎朝これと同じ輝かしい太陽が昇り、毎朝滝のおもてが虹に彩られ、遠いかなたの大空の果てに立つ高い雪の峰は、毎晩紫色の焔に燃え立つ。『自分の傍で、熱い太陽の光を浴びている微々たる蝿は、どれもどれも宇宙のコーラスの一員として、おのれのいるべき場所を心得、愛し、そして幸福なのである』。一本一本の草も常に成長し、かつ幸福である。一切のものにおのれの道があり、一切のものがおのれの道を心得ている。そして唄とともに去り、唄とともに来る。しかるに自分ひとりなんにも知らなければ、なんにも理解できない、人間も判らない、音響も判らない、すべてに縁のないのけものである。ああ、もちろん彼はこうした疑惑を言葉に現すことはできなかった。彼はつんぼのように、唖のように苦しんだのである。」[11]（傍点引用者）

上記の文章中傍点の部分はイギリスの有名な経済学者マルサスからとられたものという。マルサスは貧乏人は自然の大祭から排除されていると記しているという[12]。この言葉は当時よく知られたものだったらしい。それをムイシキンはまったく別のコンテクストに置き換え、形而上的に転換したのだ。自然はいかなるものも自然のコーラスに参加し喜びをたたえているのに彼だけは、その喜びから疎外されているという、人間存在本来の孤独感の表現に使ったのだ。これはかなり奇妙なことと言わねばならないだろう。日本人ならば自然の美の中で、陶然たる美観に浸るところを、ムイシキンは、逆に疎外感を持つと言う。これはなぜか。彼の中にある自我を世界の中で位置づけようとする衝動の強さを意味する。いいかえれば、ムイシキンは宇宙の中での自己の存在の意味を理解してはいない。もしムイシキンが真に神を信奉していたなら、宇宙における自己の位置について苦しむことなどなかった。このことはさらにムイシキンにおける神の欠如を示しているといえる。もし宇宙の創造者としての神を信仰していたならば、宇宙の中の人間の位置についてなんら迷うことはないはずだから。

公爵を閉じ込めたものは彼の意識であったに違いない。彼が白痴の状態にあるとき、自然は交流不可能な障壁のごときものとして眺められたというのも、そうして意識の壁だったろうと思う。それは一度彼を襲うや、病気の回復後ももはや彼を去ることはない。奇怪な感触は人間にひとたび訪れるや、そこから去ることはないのだ。この感覚が人々の間にあっても彼を襲う。彼は人々の間にあってもガラスの中に閉じ込められたようにして、宇宙における癒しがたい孤絶感に襲われるのだ。これこそムイシキンにおける独特なニヒリズム感覚といえよう。それは当時ロシアの青年たちの間に広がっていた、ベリンスキーやチェルヌイシェフスキー、あるいはドブロリューボフといった戦闘的、唯物論的、無神論的なニヒリズムではない、いわばパスカルが『パンセ』の中で展開した「神の無き場合の悲惨」ともいうべきより根源的なニヒリズム、宇宙の中にあって、暗黒の空間の中にひとり宙吊りに置かれているごときニヒリズムといったものだった。

6　至純の諧調という陥穽

しかし公爵はこうした苦しい感覚から一瞬解放されることがある。それは癲癇の発作に伴う驚くべき感覚である。

「彼の癲癇に近い精神状態には一つの段階がある（ただし、それは意識のさめているときに起こった場合のことである）。それは発作の来るほとんどすぐ前で、憂愁と精神的暗黒と圧迫を破って、ふいに脳髄がぱっと焔でも上げるように活動し、ありとあらゆる生の力が一時にものすごい勢いで緊張する。生の直覚や自己意識はほとんど十倍の力を増してくる。が、それはほんの一転瞬の間で、たちまち稲妻のごとくに過ぎてしまうのだ。そのあいだ、知恵と情緒は異常な光をもって照らし出され、あらゆる憤激、あらゆる疑惑、あらゆる不安は、諧調に満ちた歓喜と希望のあふれる神聖な平穏境に、忽然と溶けこんでしまうかのように思われる。[13]」

この一瞬は発作の始まる最後の一秒であり、耐え難いものだった。彼は健康な意識が戻ってから、これは一種の病気であり、「ノーマルな肉体組織の破壊にすぎない」、とすればこれは至純の生活どころではなく、寧ろ最も低劣な生活であるはずだと考えた。だが彼は最後に極めて逆説的な結論に到達せざるを得なかったという。

「この感覚がアブノーマルな緊張であろうとなんであろうと、少しもかまうことはない。もし結果そのものが、感覚のその一刹那が、健全な時に思い出して仔細に点検してみても、いぜんとして至純な諧調であり、美であって、しかも今まで聞くことは愚か、考えることさえなかったような充溢の中庸と和解し、至純な生の総和に合流しえたという、祈禱の心持に似た法悦境を与えてくれるならば、病的であろうとアブノーマルであろうと、すこしも問題にならない！」

「こうした一刹那の感じは、自己意識の――もしそれを一語で言い表わす必要があるならば、自己意識であると同様に、最高の程度における直截端的な自己直観の――異常な緊張としかいいようがない。もしその一刹那に、つまり発作前、意識の残っている最後の瞬間に、『ああ、この一瞬間のためには一生涯を投げ出しても惜しくない！』とはっきり意識的にいう暇《いとま》があるとすれば、もちろん、この一刹那が全生涯に値するのである。(14)」

しかし作者は公爵のこの評価には誤謬があったに相違ないとしている。それでも公爵はラゴージンに、その一刹那自分にはあの「時はもはやなかるべし」という警抜な言葉がなんだかわかってくるような気がしたと語ったという。これは『黙示録』からとられたものだが、真に公爵がこの言葉の意味するところを体験したのであったなら、あの謎の時間というものにとらわれることはないはずだ。この癲癇の発作に先立つ最後の瞬間の至高の諧調に満ちた法悦もつぎの瞬間には発作にとって代わられるのだ。「心内の暗くにぶくなったような痴愚《イジオチズム》の感じが、この『至高なる刹那』の明白な結果として、彼の前に立ちふさがるのであった。(15)」

このような至純の瞬間が果たして真に至純の瞬間といえるのだろうか。これは結局病気に伴うものだ。ただ公爵はそれが健康な状態に戻った時反省して、ハッシシュやアヘンといったものが生み出すアブノーマルなある種の幻影に襲われたのとはわけが違う、それとはまったく異質の自意識であり、「最高の程度における直截端的な自己直感の異常な緊張」としか言いようがないという理解を持った。

この公爵の解釈はきわめて興味ぶかい公爵の自己認識を示す。ここに直接的に神の影はささないが、しかし癲癇という突然彼を襲う一種不可解な、神秘的な発作のもたらす宇宙的な諧調、これは公爵にとっては実は重要な神の存在の直覚へのとば口といえるものに他ならなかったのだ。公爵にとってもっとも重要なことは生の諧調というものだと思う。生の諧調こそ宇宙の中において万物と同様自分の存在が意味づけられているということの証《あかし》なのだ。しかしその感覚の極めて現実的であるにもかかわらず、発作は暗黒の痴愚のような状態をもたらすという。もしこの感覚が確実なものとして現実の中にあって、公爵を支えるものであったなら、スイスの自然を前にして感じた疎外感は完全に取り除かれたということになるだろう。しかしこれまで見たようになお公爵はその感情、宇宙における万物の大祭からの疎外感に襲われるという。とすれば、やはり彼は真にあのスイスでの美しい自然を前にしての疎外感を超えてはいない。

ということは公爵が発作の起こる前の最後の瞬間のあの「至高の刹那」を全面的には信じていないということだろう。信じさせないものは、発作の結果、暗黒の痴愚という結果の持つ極めてアイロニカルな反転というものだろう。この極めて衝撃的な反転という結果に立つとき、先の「至高の刹那」自体が疑わしいものに見えてくる。それに至純の瞬間と呼んだのは、意識の強度が十倍にも強まったときだったという。しかもその瞬間は一秒という持続しか持たない。このような至純の時間の持続を日常において維持しえるはずはない。にもかかわらず、公爵がスイスの自然を前にして、謎を追い求めるのは、公爵が体験した「至高の時間」というものの現実性に他ならなかったろう。彼はその体験の現実性を万物が諧調の大祭の中に陶酔しているところに投げかける。しかし彼はそこに入ってはいけない。ここに彼独特のニヒリズムがある。一方で、万物調和の現実的感覚を持ちながら、一方では宇宙から排除されているという孤独感、公爵の謎めいた存在はそのような実存感覚に浸されているといえよう。

ある意味では公爵の前に展開する人間社会も彼の存在の深層にあるそのような実存感覚を投げかける場として存在するのではないだろうか。公爵はその行為とは、一時彼が癲癇時に体験した現実感覚に浸透された至純の時間を生に還元するということではないか。公爵の愛とは他者との諧調融和を願う愛だ。それは争うものでもなければ、またエゴイスティックに自己を主張するものでもない。従って謙抑こそその愛の本質をなす。しかしそれが、公爵の存在の根に深く執拗に潜むニヒリズムから出ているということを見逃すわけにはいかない。宇宙において排除されているという存在の自己認識とは無限の自己卑下、謙抑というものではないだろうか。それにしてもドストエフスキーはなぜ、この美しい人物に癲癇というような重大な欠陥を与えたか。それはこの主人公を、単なる宗教的人物に仕立て上げることを欲しなかったからだ。宗教家の持つ啓蒙的というか、教訓的というか、そしてそれに伴う傲慢さを徹底してきらったからだ。真に謙抑に貫かれた人物をつくるのは容易ではない。真の謙抑に満ちた人物は自分の中に他者と共感しうるもの、あるいは他人以上に鋭い自己の不完全の意識を持たねばならないだろう。このニヒリスト群像に満ちた小説空間において、そうした人物群を否定し排除し批判するのではなく、内側から理解し、愛の人間的協和へとともに歩むことこそこの人物のニヒリズムへの対し方なのだ。そのようなとき彼のうちにより本質的で深いニヒリズムの潜在が必要ということになる。そのようなニヒリズムの持ち主にしてラゴージンやナスターシャ、さらにこの小説の中でもっとも鋭いかたちでニヒリズムを持たされたイッポリートをも抱擁する大きさを持ちえたのだ。

7　若きニヒリストの論理と心情

ところでこの青年において『白痴』のニヒリズムはもっとも典型的な形をとる。興味深いことはこの結核で確実な死を向かえねばならない青年イッポリートとムイシキンの共通性だ。ムイシキンは先に引用したスイスの自然の中で蝿さえも自然の饗宴に参加しているのに、自分だけはのけものだと自分の自然からの疎外を述べているが、全く同じようなことをイッポリートもいって、ムイシキンの注意をひいていることだろう。ムイシキンはそれが自分の言葉から取られた如く感じる。

さてイッポリートは結核に侵されて、いまや回復ののぞみはなく医者から数ヵ月の命と宣告されている。そこで彼は自殺を決意するのだが、それは公爵の誕生日に集まった人々の前でその告白を読み終え、太陽が輝かしく昇ってきたそのとき一同の面前でピストル自殺を決行するというはなはだ劇的なものだ。その告白というのは「我が必要なる告白」と題された、「Après moi le déluge！（後は野となれ山となれ）」という副題のついたかなり長いもので、そこに近い将来の死を確実に控えた人間としての心情と、自殺を決意するまでの過程が綿密に書かれている。この十八歳といういわば人生のとばくちにさしかかった青年の遺書とも言うべきこの告白は、老成した口ぶりと多感な感受性の繊細な屈曲に満ち極めて興味深いものがある。『地下室の手記』の主人公の感受性とシニシズムを受け継ぎながら、『悪霊』から『未成年』を経て『カラマーゾフの兄弟』につながる一連のニヒリスト群像を用意すると言っていい。これ自身独立した読み物として読める。その論理はポリフォニー的に相手の反論を先取りしながら展開する点でポレミックであり、青年らしい客気と負けん気に富んだ、いかにも論理的であろうとしてはいるが、その背後には暗黒の恐怖に襲われている状況が示されている。作者は冒頭に述べた死刑体験を、一方ではムイシキン公爵像に与え、一方ではこの青年像に与えたと言える。しかもイッポリートの期限付けられた、病気による確実な死はいわば緩慢にされた死刑執行といってもいいわけだから、死刑執行劇の体験はイッポリートにおいて、より現実的で激しい形として託されているといっていい。いわば今ならば実存的考察とでも呼ぶべきものの多様な表現がここにはみられるのであって、それは驚くばかりだ。したがってその告白の逐一をここに述べることは不可能だから、その主要な流れを追っていくしかないのだが、結局この告白は論理から実存的感情へと推移してゆくその過程が重要なのだろうと思う。言い換えれば生というものに対する嫌悪感の増大へと叙述が向かっていることに注意することが必要かと思うのだ。

毒虫、この肥大化した自意識

彼はまずこの告白の真実なることを、二週間の限られた時間の中では嘘をつく価値がないところから立証できるとしてから、発狂しているかどうかについては、次の日朗読の際聞き手の表情から判断したいと始める。彼は一週間ほど前マテリアリストでアテイストでニヒリストの大学生に余命を判断してもらったところ、その男は無遠慮にあと一月、周囲の事情いかんでは明日にも死ぬかもしれないと言ったことを記す。その後公爵が来るちょっと前に夢をみた。それはある部屋の中に恐ろしい怪物、蠍《さそり》みたいだが、蠍ともちがう、さらに厭わしく、さらに恐ろしいものの出現の夢だった。その恐ろしさはそんな動物が自然界にいないのと、ことさら彼のところに現れたのと、そこに神秘が潜んでいるらしいことが原因だと思ったという。彼はその怪物の形態を精密に描写する。

「それは鳶色をして、殻のようなものに包まれた爬虫類で、長さ七インチばかり、頭部の厚みは指二本ならべたくらいで、尾っぽに近づくにつれて次第に細くなっている。で、尾の先端は厚さ五分の一インチぐらいしかない。頭から一・七インチばかり離れたところに、長さ三インチ半ぐらいの足が、胴の両側から一本ずつ、四十五度角をなして出ている。で、上から見ると、この動物全体が三叉《また》の戟《ほこ》の形を呈している。頭はよく見極めなかったが、あまり長くない、堅い針の形をした二本の触覚が見えた。同じく鳶色をしている。そんなふうの触覚が尻の先にも、両足の先にも二本ずつ出ている。都合みなで八本ある。この動物は足と尻尾で身を支えながら、非常な速度で部屋じゅうを這い回るのであった。[16]」

これが有毒なことは知っていた。もっとも彼を苦しめたのは、誰がこれを彼の部屋に追い込んだか、彼をどうしようというのか、そこにどんな秘密があるのかという想念だった。恐ろしさのあまり椅子に座って避けるが、いつの間にか毒虫は壁をはい、尻尾が彼の髪の毛にまで触れる。母と知人の女性が入って捕まえようとする。毒虫は体をうねらせながら、戸口に今度は極めて静かに歩いていく。母が犬のノルマを呼ぶ。これは黒いむくげのテルニョフ種の犬で五年前に死んでいる。ノルマは「この動物の中になにか全運命をくつがえすような、恐ろしい神秘が潜んでいることを、直覚したかのように」みえた。しばらく対峙し、毒虫は刺そうとした。極度の恐怖にもかかわらず、ノルマは噛み付いた。殻がかちかちと歯に当たり、尾や足の先端は激しく顫動した。ノルマは突然悲しげに叫んだ。舌をさされたのだ。痛みに耐えかね、ノルマは口を開ける。毒虫は夥しい白い汁を流しながらなおノルマの口の中でぴくついていた。そこで彼は目をさましたというのだ。

この奇怪な毒虫はなにかのメタファーに違いない。小林秀雄は「彼の詛《のろ》はれた一冊のギリシア文典が、夢の中で奇怪な動物に化けて彼を苦しめた」[17] ものと解釈している。「ギリシャ文典」はイッポリートに彼の死の確実なことを突きつけるものだからだろう。この夢自身は恐らくイッポリートがまだ少年の頃を夢みたものにちがいない。非常に独創的な解釈として興味深いのは、冨岡道子氏の解釈で、「イポリートにとってホルバインのキリストは「自然の法則」の象徴であり、それが怪物の形をとって夢の中に現れた[18]」という。冨岡氏は丹念にこの怪物の叙述を作図に変換して、そこにキリスト磔刑図を浮かび上げ、さらにロシア正教の十字架の影を彷彿とさせた。それは八つの端を持つ。この手続きは極めて説得的なのだが、この怪物は自然には存在しないという点、それを自然法則とするのは躊躇われる。

筆者はこれを自意識のメタファーと呼びたい。その形態がロシア正教の十字架を髣髴させるという解釈をお借りして、なぜそれが自意識のメタファーなるかを次のように考える。ここでもまた死刑執行劇にもどるのだが、いよいよ執行という間際に光り輝く教会の屋根が謎を突きつけたという。自意識が極度に先鋭化した瞬間である。屋根にはロシア正教の十字架が輝いていたであろう。これこそ最も厳しく死後の魂の存続を問うものだ。もし、このような問いが、それに対する解答なしに発せられるとしたら、極度に先鋭化した自意識は自家中毒にならざるをえないだろう。自意識は自己否定に向かうことになる。

毒虫は愛犬ノルマと刺し違えて死ぬ。ノルマとは正常とか常規という意味だが、この重苦しく、痛ましい死こそじつは肥大化した、グロテスク化した自意識のメタファーであり、やがてそれと刺し違いで死ぬ決意に鎧ったイッポリートの運命のメタファーに他ならなかったのだ。

彼は告白を続ける。僅か数週間の生に生きる価値はないという観念が彼の心を征服したのは、余生が後一月と言う時期であり、完全に征服したのは三日前だった。それ以前は生にしがみついていた。本当に生きることを始めた。しかし一切の読書は止めた。なんのために、という観念が書物を放擲させたのだ。世人の生活に貪婪《どんらん》な興味をもった。その時どうしても合点いかなかったのは、「世間のひとたちは長い生涯を与えられていながらがどうして金持ちになることができないか、という疑問であった」「あいつらが生きている以上、すべてはあいつらの権力内にあるのではないか！」しかし、イッポリートはいう、これは自分が死刑の宣告を受けたために、他人が命を安価に浪費し、懶惰に鉄面皮に特権を利用しているように見えだしたと言うのではない。自分の信念は死刑の宣告と全くなんの関係もない。「コロンブスが幸福を感じたのは、彼がアメリカを発見した時ではなくして、それを発見しつつあった時だ」。「問題は生活にあるのだ。ただ、生活のみにあるのだ、――絶え間なき永久の探求にあるので、決して発見にあるのではない！」イッポリートは八ヶ月前病勢がとみに進んだとき、交友を断ち、五ヵ月前からは家に閉じこもった。しかし三月の半ば頃急に気分が良くなり、それが二週間ばかり続いたので、外出するようになった。そのときに落し物をある医者にとどけてやり善行を行ったりする。そして善行は後を絶たないだろう、なぜならそれは人性の要求だからだ、としてシベリアで囚人たちに善行をなしたある老いた「将軍」と呼ばれた四等文官の話をし、彼が生涯監獄などを回って、犯罪人の間に善行を施したことに触れて、「ひとは自分の種子を、自分の善行を、自分の慈善を（いかなる形式でもかまわない）、他人に投げ与えるとき、その相手は自分の人格の一部を受け入れることになる」とまで友人に語る。いわばこのとき、イッポリートは、死という絶対性の前に立つ自意識の絶望から救済される可能性、善行によって他者の中に永世の証を見るという可能性を得たに違いない。ところが、友人に、そのような善行を君はこの世で行うことを拒絶されているではないかと言われたことから「最後の信念」すなわち自殺の決意が生まれる。と共に恐ろしい畏怖の念に襲われたが、ある奇怪な事情から決断力が生じたのだったという。

彼はラゴージンの家を訪れる。ラゴージンは全く彼とは正反対の人間であったがイッポリートはLes extrêmités se touchent（両極端は相通じる）というパスカルの一句（補注）をロシア語でラゴージンに説明してやり、彼ラゴージンもイッポリートの最後の信念とさして縁遠くはないらしいことをほのめかした。それから家に帰って、鍵をかけようとしてラゴージンの家の中でも最も陰気な広間にかかっていた絵を思い出した。それはホルバインの「死せるキリスト」だった。イッポリートはこの像の印象を克明に描写する。

ホルバインのキリスト像

「この絵には、たったいま十字架からおろされたばかりの、キリストが描かれてあった。画家がキリストを描くときには、十字架にのっているのでも、十字架からおろされたのでも、どちらも同じように、顔面に異常な美の影をとどめるのが、常套手段となっているようである。彼らはキリストが最も恐ろしい苦痛をうけているときでも、この美を保存しようと努めている。ところが、ラゴージンの家にある絵は、美なんてことはおくびにも出していない。これは十字架にのぼるまでにも、十字架を背負ったり、十字架の下になって倒れたり、傷や拷問や番人の鞭や愚民の笞《しもと》を受けたりしたあげく、最後に六時間の十字架の苦しみ（すくなくとも、ぼくの勘定ではそれぐらいになる）を忍んだ、一個の人間の死骸の赤裸々な描写である。それに実際、たった今十字架からおろされたばかりの、まだ生きた温かみを多分に保っている人間の顔である。まだどの部分も硬直していないから、いまでもまだ死骸の感じている苦痛が、この顔に覗いているようにさえ見える（この感じは画家によって巧みにつかまれていた）。そのかわり、顔は寸毫の容赦もなしに描かれてある。そこには自然があるのみだ。まったくどんな人にもせよ、ああした苦しみのあとでは、あんなふうになったに相違ない。僕の知るところによると、キリスト教会では教祖の苦痛は形式的なものではなく、実際的のものだと古代から決定しているそうである。従って、彼の体も十字架の上で十分、完全に、自然律に服従させられたに相違ない。この絵の顔は鞭の打擲《ちょうちゃく》でおそろしく崩れ、物凄い血みどろな打ち身のために腫れ上がって、目は開いたままで、瞳をやぶにしている。大きな白目はなんだか死人らしい、ガラスのような光を帯びていた。しかし不思議なことに、この責めさいなまれた人間の死骸を見ているうちに、一つの興味ある風変わりな疑問が浮かんでくる。もしちょうどこれと同じような死骸を（またかならずこれと同じようだったに相違ない）、キリストの弟子一同や、未来のおもなる使徒たちや、キリストを慕って十字架のそばに立っていた女たちや、その他すべて彼を信じ崇拝した人々が見たとしたら、現在、こんな死骸を目の前に控えながら、どうしてこの殉教者が復活するなどと、信ずることができようか？　もし死がかように恐ろしく、また自然の法則がかように強いものならば、どうしてそれを征服することができるだろう、こういう想念がひとりでに浮かんでくるはずだ。生きているうちには「タリタ・クミ（娘よ、われ汝に、命ず、起きよ）」（マルコ伝5・41、引用者注）と叫んで、死せる女を立たせ、「ラザロよ来たれ」といって死者を歩ましなどして、自然を服従させたキリストさえ、ついには破ることのできなかった法則である。それをどうして余人に打ち破ることができようぞ！　この絵を見ているうちに、自然というものがなにかしら巨大な、貪婪《どんらん》あくなき唖の獣のように感じられる。いや、それよりもっと正確な――ちょっと妙ないいかただが、はるかに正確なたとえがある。ほかでもない、最新式の大きな機械が、無限に貫く偉大な創造物を、無意味にひっつかんで、こなごなに打ち砕き、なんの感動もなしににぶい表情でのみこんでしまった、というような感じが、この絵に現れた自然である。(19)」

「……ぼくはときとすると、あの限りなき暴虐の力が――あの唖つんぼの暗愚なあるものが、奇怪な想像もできないような形を帯びているのを、目に見るようにおもわれた。だれだかろうそくを持った男がぼくの手を引いて、大きないやらしいふくろぐもみたいなものを指さしながら、これがその暗愚にして万能なあるものだと言い張って、憤るぼくを冷笑した、そんなこともあったと覚えている。(20)」

イッポリートは夢かうつつか、恐怖のうちにラゴージンの幻影を見る。それが本物か単なる幻影かはわからない。翌朝になってラゴージンがはいってくるはずはないことをたしかめる。

「いま詳しく描写した奇怪なできごとこそ、ぼくが断固『決心した』原因である。したがって、この最後の決心を急がせたものは、論理でも演繹でもなく、ただ嫌悪の念のみである。かように奇怪な形式を採って僕を侮辱する人生に、このうえ踏みとどまってはいられない。あの幻覚がぼくを卑小なものにしてしまった。ぼくはふくろぐもの姿を借りている暗愚な力に、降伏することは到底できなくなったのである。(21)」

このホルバインの「死せるキリスト」はバーゼル美術館にある。ドストエフスキーがこの絵の前で、一時間もの間呆然と見入っていたとはその妻アンナの語るところだ。その体験がこのイッポリートの告白に生かされていることは言うまでもない。私は二〇〇四年八月ドストエフスキー研究の国際学会がジュネーヴで開かれたとき、そこを訪れる機会を得て、見ることができた。この絵は奥まった特別の展示室の正面の壁に架けられていた。率直にいって雑然とした観光客の行き来する中で、さほど大きくはないこの絵を見て、このイッポリートのいわば慄然たる感興を抱くことは困難だった。なるほどホルバインの絵は極めて精密なもので、特にキリストの顔の表情は空ろなところがドストエフスキーの指摘を理解はさせる。しかしこのような絵から、キリストの死体を貫く自然律の苛酷さというものを引き出すということはまた別問題だろうと思う。

イッポリートのこのキリストの死体の叙述にはルナンの『イエス伝』を作者が踏まえているかもしれない。これはフランスの十九世紀の歴史家ルナンが実証的立場から、神秘的部分をそぎおとして書いたものとして、一八六三年発表されるや、各国語に翻訳されて、大きな反響を呼んだものだ。アンナの日記によれば、バーゼルで「死せるキリスト」を見る以前の五月八日（旧露暦）ルナンのこの著作を手にする機会を持ったようだ。『白痴』創作ノートにも三回言及がある。[22]ところでこのルナンの語るキリストの十字架上の死の部分はきわめて現実的な描写になっている。

ルナンは刑場に着いたイエスが、衣を剝ぎ取られ十字架に両手で釘付けされたときの様子から説き起こす。十字架の柱の中ほどに、一本の木切れがあって体をささえる。これがないと両手は裂け、体は前にのめってしまうからだ。ルナンの描写は極めて具体的だ。例えば磔刑の残酷さを描いて容赦ない。

「磔刑で特に残忍なのは、苦痛の腰掛の上でこうしたむごたらしい状態で、三日も四日も生きているということである。手の出血は、すぐに止み、これは致命的でない。死ぬ真の原因は、体の不自然な姿勢で、これは、血液の循環にひどい障害を、また頭と心臓とに恐ろしい痛みを、そうして最後に、手足に硬直を惹きおこした。体の強い死刑囚は、眠ることができ、飢えてよりほか死ななかった。この残酷な刑の要旨は、罪人を定まった傷害で直接に殺すことではなく、正しく使い得なかった両手を釘づけて奴隷を曝し、架上に朽ち果てしめることにあった。イエスは、体質が弱かったから、この緩やかに逼る苦悶を受けずにすんだ。多量の出血を起こさせる刑罰はすべてこうだが、磔刑の責め苦の一つである激しい渇きが、彼を苦しめた。彼は、飲むことを乞うた。酸《す》い葡萄酒と水との混じったポスカという、ローマ兵士の普通の飲み物の満ちた器が、近くにあった。兵士たちは、遠征にはつねに各自のポスカを携行しなければならなかった。刑の執行も遠征のうちに数えられた。一兵士はこの飲み物に海綿をひたし、葦の先につけ、イエスの唇に当てた。イエスはこれを吸うた。磔刑や串刺しの刑についた者に飲み物を与えることは、死を早めさせる、と東方では考えられている。多くの者は、イエスがそれを飲んだ後間もなく死んだと思った。卒中、あるいは心臓部における脈管の俄かの破裂が、三時間後、彼に突然の死をもたらした、とするほうが、ずっと事実に近いようだ。彼は、息を引き取る少しまえにも、なお大声を出した。突然、彼は、恐ろしい叫びを挙げたのである。それを、ある人々は、『お、、父よ、我が霊を父の御手に委《ゆだ》ぬ』と聞いたし、また預言の成就ということに熱中していたある人々は、これを『事、畢《お》わりぬ』という言葉だったといった。イエスの頭は胸の上に傾き、息絶えた。[23]」（津田穣訳）

ルナンの叙述は感情を混じえず、きわめて即物的だ。ただここで注意すべきことは、ルナンは決してキリストに対して否定的ではないということだ。彼はその叙述においては現実的であり、地上的レベルにおいては事物の秩序に従っているが、その死を契機にした以降の叙述においては一転して、偉大なる神人として、最大級の賛美に変わる。

「崇高な始祖よ、今は汝の栄光のうちに憩え。汝のわざは成就し、汝の神性は据えられた。（中略）汝は、汝の大いなる魂に届きさえもしなかった数時間の苦悩を支払い、最も完全な不滅性を買い取った。幾千年を、世界は汝に従ってゆく。我々の矛盾の標旗として、汝は、世にも激しい戦いの交わされるその中央で、目印となるであろう。(24)」

ルナンはかならずしも徹底した実証主義者ではないのであろう。彼のうちに神への信仰は存在していると言わざるをえない。

さてイッポリートのキリストの死後の状態を描くリアリズム的描写には恐らくルナンの今引用したかのごとき叙述が影を落としているだろう。しかし同じように即物的描写によりながらも、その志向するところは全く異なる。相反するといっていい。もし実証精神が科学的なものとすれば、自然尊重の科学に対して、イッポリートの返逆とは科学的なるものへの反逆に他ならない。自然科学とは自然法則を探求するものだが、イッポリートにとっては自然法則こそ、「なにかしら巨大な、貪婪あくなき唖の獣」なのだ。

イッポリートはその告白をより真実なものとして印象付けるために、その論理を補強する。例えば、いま挙げた叙述におけるリアリズムもその一つだが、その前に「キリスト教会では教祖の苦痛は形式的なものではなく、実際的のものだと古代から決定している」と述べているのも彼の叙述が実際に歴史的史実を踏まえていると強調していることになる。これは所謂キリスト仮現論を初期キリスト教会が異端として排除したことを指している。キリスト仮現論とはキリストから人間としての肉体を奪い、キリストを純粋に精神としてのみ捉え、キリストを地上的な意味では幻影としてのみ理解したというものだ。しかしキリスト教会はキリストに完全な人間性を認め、仮現論を退けた。イッポリートはその史実の上に立って、ホルバインの絵の迫真性を強調する。[25]

裁きの外の存在としてのニヒリスト

イッポリートは日の出とともに自殺するといい、その遺骨は医科大学に寄付するという。そして自分に対する裁きは認めないといって、次のようなことをいう。

「僕は自分に対して裁きを認めない、したがって、今あらゆる法権の外に立っている。いつぞやこんなことを想像して、おかしくてたまらなかった。ほかでもない、もしぼくがとつぜんいまだれ彼の容赦なく、一度に十人くらい殺してみようと考えついたら——なんでもいい、とにかくこの世でいちばん恐ろしいとされていることを、実行してみようと考えついたら、わずか二週間か三週間の命と限られて、拷問も折檻も役に立たない僕を相手にする裁判官の窮境はどんなものだろう？　僕は注意ぶかい医者のついているお上の病院で、楽々と目をつむるだろう。きっと自分の家より暖かくて、居心地がよいに相違ない。なぜぼくと同じ境遇にいる人たちにこんな考えが、せめて冗談にでも頭に浮かばないのだ？[26]」

イッポリートはこうしてさらに、自分は裁きを認めないといっても、人々は裁くというだろうが、しかしそれは奇妙なことだ、一体だれが、なんのために、この死刑囚を裁こうというのか。世道人心のためとでもいうのか。しかし「生命の最後のアトムを神様に返上する時に発する気味の悪いうめき声までが、世道人心に必要であろうというのか？」[27]公爵のような人間は、例のキリスト教的な論証で、「生と愛とのおぼつかない影」でイッポリートの「マイエルの家の壁」やその上の文字をイッポリートの目から隠そうと思っている。しかし厳然たる死を宣告する壁に目をつぶって、そんな幻影に夢中になればなるほど、彼は不幸になる。イッポリートはついに叫ぶ。

「諸氏が有するパーヴロフスクの自然、諸氏の公園、諸氏の日の出、日の入り、諸氏の青空、諸氏の満ち足りた顔、これらはすべて何するものぞ！　こうした喜びの宴《うたげ》も、僕ひとりを無用と数えることをもってその序開きとしているのではないか？　こうした自然の美も、僕にとってなんの用があろう？　僕のそばで日光を浴びて、唸っている微々たる一匹の蠅すらも、この宴とコーラスの喜びにあずかるひとりとして、自分のいるべき場所を心得かつ愛して、幸福を感じているのに、僕ひとりきりのけものである——今はこういうことを分ごとに、いや秒ごとに切実に感じなければならぬ、いやでも無理無体に感じさせられる」[28]

彼は宗教における永生を認める。しかし来世も神も人間の認識の外にある以上神の真の意志と法則はわからない。だから宗教談義はもうたくさんだといって、最終的な決意を一同の前に披瀝する。

「ぼくがこのへんまで読み進むとき、もうきっと陽が昇って、『天に響きわたり』、偉大な量り知れない力が宇宙に漲るだろう。それもよかろう！　ぼくはこの力と生の源泉を直視しながら死ぬのだ。生は欲しくない！　もしぼくが生れない権利をもっていたら、こんな人をばかにしたような条件では、存在をがえんじなかったに違いない。……今のところぼくがぼくの意志で、はじめるとともに片づけられる仕事は、自殺よりほかにないかもしれない。いや、まったくのところ、僕は最後の事業を利用したいのかもしれない。反抗も時としては、大きな仕事になることがあるのだ[29]……」（傍点原作者）

太陽と自殺

イッポリートは告白の最初のときから、太陽の出現にこだわっていた。それがここで初めて大きく爆発する。この太陽にはあの死刑執行劇での教会の尖塔の屋根に輝き初めた朝日が重なっているだろう。いうまでもなくここでの太陽賛美は痛烈なるアイロニイだ。これは宇宙の生成する根源に対する反抗の表現だ。アルベール・カミュもまた『異邦人』で殺人の契機を太陽のせいとして、ムルソーをして不条理の英雄とした。そのカミュはイヴァンから反抗的人間が始まったと記したが、反抗はすでにイッポリートにおいてみられるものだ。

しかし考えてみれば、この自殺ということは、人間が自分の運命を自分の手によって創るという動機はともあれ、客観的にみれば、人間に最後に残された自負ということになる。実にこれは、この「告白」の冒頭に述べられたあの奇怪な毒虫による死に他ならない。宇宙の中でその饗宴に預かることができないという孤絶感は、自意識に由来する。自然の美の中に、神を感じることを妨げるものは、肥大した自意識に他ならない。肥大化し、先鋭化した自意識は、個人的な人間関係から始まって、社会関係、そして自然、さらには宇宙、そしてその背後にある神との関係も切断する。この自意識の齎すものはあの毒虫の滴らす毒汁に他ならない。

ここであらためて、この自殺の決意がなされる過程が、決して論理によってではなく、むしろ嫌悪によるものだったことを思い起こそう。それはラゴージンの幻影として現れたタランチュラこそが、最後に彼に現れた自然のおぞましい姿だった。ラゴージンもまたその恐るべき情欲の意識の中に捉えられている、ニヒリストに他ならなかった。巨大なふくろぐも（毒蜘蛛タランチュラ）とはその怪物化した情欲のメタファーなのだ。イッポリートの嫌悪は単にその幻影におびえただけではない、いわば自身の姿をそこに見たためだ。こうして生存への嫌悪は自分の生存にも及ぶ。これは「告白」だが、人々の前で読み上げられる「告白」とはなんだろう。じつは大いなる他者の連帯への呼びかけでもあったのではないか。イッポリートはピストルに雷管を籠め忘れて失敗する。人々の笑いものになるが、公爵だけはそれが訴えであることを見抜いていた。より根本的なニヒリズムを秘めた人間公爵にはイッポリートの苦しみが十分わかったのだ。

注

（１）　ナターリア・ドミートリエヴナ・フォンヴィージナ。十二月党員の妻。夫とともにシベリアに行き、二十五年をそこで過した。

（２）　米川正夫訳『ドストエーフスキイ全集』第十六巻『書簡』上（河出書房新社、昭和四十五年九月）一五五ページ。

（3）一八五四年二月二十二日付の兄ミハイルへの書簡の中で「コーランとカントの Critique de raison pure を送って下さい。これはもしいつか非公式に送れるようになったら、ヘーゲル、とくにヘーゲルの哲学史をぜひお願いいたします。ぼくの未来はすべてこれにつながれているのです！」（前掲『書簡』上、一五二ページ、傍点原著者）と記している。カントの『純粋理性批判』は理性の能力の限界を論じて、超越的なるものへの認識を排除したものとして、ドストエフスキーの懐疑に根拠を与えるものと思われるが、なぜ「コーラン」なのか。イスラム教ではキリストはマホメットにつぐ聖人として、神性は否定されている。そのような宗教性に興味を抱いたからか。ヘーゲルの哲学史は、カント以降の哲学の展開がカントをどのように批判し乗り越えたかという問題とかかわるものとして関心をそそったものだろうか。

（4）フォイエルバッハ、船山信一訳『キリスト教の本質』上（岩波文庫、昭和四十年）三〇三ページ。

（5）一八四七年初頭に執筆されたという『哲学的考察』の中でスペシネフはフォイエルバッハについて次のように述べている。「人神論（フォイエルバッハのキリスト観のこと——引用者注）もまた宗教である。もうひとつの宗教である。人神論における神聖化の対象が異なる、新しいものだが、神聖化という事実そのものは新しくはない。神人のかわりに、我々は今や人神を持っている。話の順序がかわっただけだ。」さらに「人間にとっていかなる権威、いかなる造物主、いかなる神も存在しない。哲学的神に関して言えば、人間こそがこの神の最も高い、真実の体現なのだ。従って、彼自身をのぞいては、他の神は存在しえない。そして、あらゆる神と同様、人間は誰からも指図は受けない。彼自らの決定、彼自身の意志、彼自身の渇望、これこそが彼の唯一の法律なのだ。」（引用者訳）（“Петрашевцы об атеизме, религии и церкви” 〈Мысль〉 Москва, 1986, стр.167–168）

（6）レオニード・グロスマン、北垣信行訳『ドストエフスキイ』（筑摩書房、昭和四十一年）八四ページ。

（7）前掲全集第七巻『白痴上』六三–六四ページ。

（8）ツルゲーネフ、金子幸彦訳『父と子』（岩波文庫、一九五九年）七〇ページ。

（9）前掲『白痴上』六一–六二ページ。

（10）同前三六五ページ。

（11）同前四四五–四四六ページ。

(12) マルサスの『人口論』初版は一七九八年に、第二版は一八〇三年に出版された。ロシア語版は一八六八年に出ている。ドストエフスキーはすでにペトラシェフスキーのサークルでそれを知っていたと考えられる。またドストエフスキーもよく知っていたオドエフスキーの『ロシアの夜』(一八四四年)には反マルサスの叙述が多く見られる。第二夜、第七夜に、「お前は生まれるのが遅かった、お前には自然の饗宴のための場所はない」という引用がある。この引用がマルサスの『人口論』(初版)からのものかどうかは不明だが——筆者の調査では見当らなかった——オドエフスキーによれば、これは〈有名なもの〉だったらしい。(В.Ф.Одоевский, Русские Ночи,〈Наука〉Ленинград, 1975, стр.101.)
(13) 前掲『白痴上』二三七-二三八ページ。
(14) 同前二三八ページ。
(15) 同前。
(16) 同前四一〇-四一一ページ。
(17) 小林秀雄『「白痴」について』(角川書店、昭和三十九年)一〇九ページ。
(18) 冨岡道子『緑色のカーテン——ドストエフスキイの『白痴』とラファエッロ』(未来社、二〇〇一年)一九四-一九五ページ。
(19) 同前四二九-四三〇ページ。
(20) 同前四三一ページ。
(21) 同前四三三ページ。
(22) アンナ・ドストエフスカヤ、木下豊房訳『アンナの日記』(河出書房新社、一九七九年)六二一ページ。
(23) ルナン、津田穣訳『イエス伝』(岩波文庫、昭和十六年)三四八-三四九ページ。
(24) 同前三四九ページ。
(25) ナウカ版全集第九巻四五一ページによる。
(26) 前掲『白痴上』四三三-四三四ページ。
(27) 同前『白痴上』四三三-四三四ページ。
(28) 同前『白痴上』四三四-四三五ページ。

(29) 同前『白痴上』四三六-四三七ページ。

補注：
このパスカルの一句は、ブランシュヴィック版『パンセ』七二の有名な「人間の不均衡」から取られている。パスカルはそこで宇宙を最大と最小という観点から論じて、壮大な存在論を展開している。パスカルは記す。「これらの両極は、無限に遠く相隔たっているがゆえにこそ、触れあいもし、結びつきもする。両極は神において、ただ神においてのみ、たがいにめぐりあう。」(松浪信三郎訳)「死期」を確実にひかえたイッポリートにとって、『パンセ』は神のなき悲惨の中にいる自身を畏怖的に省みさせる書であり、ある意味で魂を鼓舞させる書であったのではないか。

第2章　ニヒリズム超克への抗《あらが》い

1　虚無という宙吊り空間における足場

虚無の空間に宙吊りの状態のままで人間は存在することはできない。その不安をかつてパスカルは「これら無限の宇宙の永遠の沈黙は私を畏怖させる[1]」と評した。その不安の中で人間は神がありやなきやの賭けをせざるを得ない。なぜならわれわれはすでに出発してしまっているからだ。もし神への信仰を失ってしまったものがいるとして、しかし彼もまた何かに賭けざるを得ないだろう。ここにおいて人間は彼にとって最も確実と思われるものに自己を託すことになるだろう。最も確実なものとは最も神の属性に近いものということになるだろう。それは究極的には物質的なものではない。パスカルはまた人間にとっての死についてこう述べている。「他の場面がいかに美しいものであれ、喜劇の最後の場面は血なまぐさい。頭のうえに土が投げこまれ、それで永遠におわりだ。[2]」死はいかなる人間であれ、またいかなる状況であれ、人間は絶対的孤独のうちにそれを受け止めるしかないものである以上、その孤独を物質的なものが支えるわけにはいかない。いかに富豪といえども死の瞬間においては、貧困のうちに窮死するものと、それを迎える孤独性においては変わらない。昔時の君主は殉死によって死を共有しようとした。笑うべきことだ。いかに殉死によって死を共有しようとしても死を迎えるときは絶対的孤独のうちに迎えねばならない。結局殉死とても生者の空しい気休めに過ぎまい。なぜ死をわれわれは孤独のうちに迎えねばならないか。人間にとって死だけが絶対だからだ。自意識という人間にとって唯一の絶対的なものの、現実的な絶対との接点が死だからだ。自意識は死という絶対の前に裸形で立たされて、この生まれて初めての謎の前にあってそれまでの物質的所有の無力を知る。こうして虚無の空間に宙吊りになっている意識は確実なものとして物質的なるものを求めることはしないだろう。なんらかのかたちで神の属性にもっとも近似するものを本能的に求めるようになるだろう。こうして浮かび上がってくるのが、自己を神にするということだ。これは自己意識の絶対性から出てくるもっとも自然な帰結といえるだろう。ドストエフスキーの文学において、その試みは『悪霊』のキリーロフにおいて最大の表現を得るが、ラスコーリニコフこそその最初の表現であったといえる。自己の意識の絶対性をシーザー、あるいはナポレオンに擬すること、ラスコーリニコフの犯罪はまさに権力者の持つ人間支配の意識に自己を高めようとする試みにほかならなかった。この場合ラスコーリニコフにとって具体的にナポレオンになることが目的ではない。彼にとって問題は意識のレベルなのであって、意識においてナポレオンの意識を持ちさえすればよいのだ。なぜかといえば、彼の意識は具体的な権力を目指すには、あまりにも性急だからだ。彼の犯罪は一つの賭けだ。賭けにおいて重要なことは勝つか負けるか、二つに一つという結論しかない。そこには妥協はない。賭けられているものは権力意志であり、人間はいわば勝ち組と負け組の二通りに分類される。この妥協のないという点に賭けの特徴がある。なぜなら具体的な権力の獲得には、常になんらかの形での妥協を伴わざるをえない。それが現実的な行為である以上、とにかく時間の中で獲得に向けて、人間と人間とを結びつける煩雑な仕事をこなしてゆかねばならない。このような不断に権力の獲得に向けての行為においては妥協が生まれてこざるを得ない。そこで手段と目的が転倒し、手段が目的の座を奪う。しかももしその過程において挫折したならば、彼のそれまでの行為の意味は一挙に無化されてしまうだろう。絶対を求める性急な精神はそのような目的と手段の逆転を拒否するだろう。賭けは時間を撥無することによって、そのような逆転を許さない。目的は純粋なままに提起される。

ある選ばれた人間は人を殺す権利を有するという論理のもとに、自分がその選ばれた人間であるかどうかを試す、それがラスコーリニコフの賭けであった。ここで賭けられているのは社会的制裁を超えた自己の絶対性の確認というものだった。彼は自白し、シベリア流刑になる。しかし彼はシベリアにおいて自分の論理の中にいささかの誤りをも見出さなかった。彼は彼の論理を持ちこたえられなかった点にだけ、過ちを認めたという。彼の論理の無誤謬性が改めて彼をうちのめす。そのため彼は熱病にまでなるのだが、やがて彼はそこから解放されることになる。彼を論理の緊縛から解放したきっかけはひとつの重苦しい終末論的な夢で、アジアから到来した恐るべき伝染病、旋毛虫病の如く、人々の心を蝕む伝染病だった。人々は自分だけが正しいという自我病に取り憑かれたのだ。その結果社会も国家も荒廃し、滅びてゆくというものだった。ラスコーリニコフはここにおいて初めて彼の論理の緊縛から解放されたのだ。ところで彼に論理的無誤謬性とみえたものの本質はなにか。彼の論理は、ナポレオンは戦争で大量殺人をなしても英雄だが、通常の人間がたったひとりでも殺せば、犯罪者となるという現実の問題から出発して、その論理を築いたものだ。一見して明らかなことは、その論理が時空にわたる巨大な現実を、結論の部分だけに捨象して、それを自我意識に絞って、平面的な形式論理に纏め上げたものだということだ。自己を一挙にナポレオンやシーザーの自我に並べてみる、それがいかに滑稽かは判らない。問題は自我の絶対化であり、そこにラスコーリニコフの関心の焦点がある。都会という相対性の坩堝の中で、現実嫌悪と孤独の中で生きる虚無的青年にとって、自我の絶対性こそが彼の心の拠り所なのだ。

2　刹那に賭ける

賭けこそその権力意志獲得の方法に他ならない。その点で『罪と罰』と並行して『賭博者』が書かれていることは極めて示唆的というべきだろう。ここでは主人公は賭博者として金の獲得を目指すが、注目すべきは彼においてはポリーナという女性に対する愛においても賭けの様相を呈していることだ。それは通常の愛の獲得といったものでは全くない。彼は自分が果たしてポリーナを愛しているのか憎んでいるのか判らない。彼は「彼女を絞め殺すことができたら、自分の生涯の半分はなげだしてもいい」と思い、「もし彼女の胸にゆっくりと鋭い刃物を突き刺すことができたら、わたしは喜んでその凶器に手をかけたに違いない」という一方で、もしポリーナが「この崖から身をお投げなさい」といったら、すぐさま飛び込むに違いない、しかも喜びさえ感じながら決行したに違いないと告白している。(3) 通常の愛が愛人の獲得を目指すとしたら、これは全くそのような愛とは異なったものだ。飛び込めというのは、ポリーナの側からいえば、主人公の愛情の絶対性の証明ということになるのだろう。いうまでもないことだが、絶対性の証明としての投身は、死によってただちに絶対性の消失ということになるだろう。しかし主人公にとって重要なことは具体的な愛の獲得などというものではない。愛の絶対性こそ望むべきものなのだ。ひとたび愛の絶対性を愛するひとの脳裏に刻印しさえすればいいのだ。ここに賭博者の奇妙な愛のあり方がある。憎しみにしても彼は彼女を殺すことで、憎しみの絶対化をはかる。

さて『白痴』の世界において、愛について同じような光景にぶつかる。ここでも人間関係は激しい緊張関係に置かれている。それは常に一切か無かといった二者択一の賭け的関係に置かれている。それがもっとも激烈な形で現れているのが、ナスターシャがムイシキンに自分かアグラーヤのどちらかを選べと迫る場面だろう。イッポリートの骨折りでアグラーヤがナスターシャをペテルブルクに招き、ナスターシャはダーリヤという友人の下に滞在する。そこにアグラーヤがムイシキンを連れて訪れたときのこと、そこにはラゴージンもいて、そこで激烈な愛の対決が行われるのだが、二人の女性の公爵をめぐってのいわば愛の鞘当ては双方の女性の激しい応酬の中でエスカレートして、ナスターシャはラゴージンに出てゆけと命じた後、公爵に自分たちのいずれかを取れと迫る。

「もしこの人が今すぐわたしの傍へ寄って、この手を取らなかったら――そしてお前さんを捨てなかったら、その時はお前さん勝手にこの人をお取んなさい、譲ってあげるわ、こんな人に用はないから……」(4)

アグラーヤもナスターシャも狂気の如く公爵を見つめる。しかし公爵にはよくわからなかったらしい。ただ、彼は目の前に、捨て鉢になった狂おしい顔、「永久に心臓を刺し通された」ように思われる顔を見ただけだった。彼はナスターシャを指さしながら、アグラーヤに「ああ、こんなことがあっていいものですか！　だって、このひとは……こんな不幸な身の上じゃありませんか[5]」といった。アグラーヤの目の中に無量の苦痛と憎悪が表れた。彼女は公爵の一瞬の躊躇を忍ぶことができなかった。両手で顔を隠しながら、部屋の外に飛び出した。

公爵はただちに回答はできなかった。一体このような無謀とも見える選択に誰がこたえられるか。公爵の注意は、ナスターシャの異常な表情に釘付けになる。公爵が一種の判断停止に陥ったのは当然だ。しかしこの一瞬の躊躇によってことは決するのだ。アグラーヤはその一瞬の躊躇に我慢がならなかった。これはなんという愛の対決だろうか。さてこの情景からあぶりだされてくるのは、ナスターシャにせよ、アグラーヤにせよ彼女らにとって重要なのが瞬間的な一つの選択というものだろう。

ムイシキンの躊躇は基本的にはムイシキンが二人の女性を愛していたという事実による。のちにパーヴロヴィッチに聞かれて、二人を愛していると告白している。ただその愛が同等であったかどうか。おそらくそれぞれに異なった愛であったというべきだろう。しかし彼の躊躇はナスターシャの突然の選択、いわば賭けのごとくただちに選ばねばならないことへの驚きによるものであったというべきだろう。すでにそれまでは、公爵はナスターシャとの同棲を経ており、またアグラーヤとの結婚の話も進んでいた。彼はアグラーヤにはナスターシャとの共生を通じて、ナスターシャの性格を知り、もし二人が結婚したら、「ふたりとも身をほろぼしてしまう[6]」とまで語っていた。しかもナスターシャはアグラーヤに手紙を出し、アグラーヤに公爵との結婚を頼みこんでいたのだ。ナスターシャの突然の公爵に対するいずれかを選べという申し出は一挙にそれまでの過去を無化し、愛の問題が愛するという言葉の次元へと一元的に抽象化される。これはナスターシャの言葉に現れているように一切か無かという愛の賭けだ。アグラーヤが憤然と立ち去ったあとナスターシャは公爵は自分のものだと叫ぶが、これは賭けに勝利したことの宣言だ。どうやらナスターシャにとって重要なことは、公爵の愛の獲得というよりは、愛の勝者であるという自負心の満足だったようだ。

一度は結婚を約束しながらその間際に逃げ出した彼女がなぜ再び公爵の愛を求めたのか。これはアグラーヤとのやり取りの過程で彼女の内なる自意識が刺激されたことによるのだろうと思う。ナスターシャはアグラーヤに公爵との結婚を勧めながら、土壇場になってそれまでの提案もなんのその、公爵にどちらかの愛を選ばせる。一方アグラーヤにしてみても、その賭けを受け入れるのだ。実際に公爵はナスターシャを選ぶといったわけではない。一瞬躊躇ったのを、アグラーヤの激しい自尊心はそれ以上待てない、瞬間的に自分は捨てられたと思ったのだ。ナスターシャにせよアグラーヤにせよ一瞬の選択に全てを託し、そこに愛の絶対性をみるという点では共通する。必ずしもナスターシャだけではない。アグラーヤもまた、ガーニャが自分に愛を誓って、指を蠟燭で焼いたなどと公爵に語っている。その行為の中に愛の絶対性を見ようというわけだ。もっともこれはアグラーヤのからかいの言葉だったわけだが、ただ愛の証明にはなにか絶対的な証明を必要とする女性たちの激しさはそこに伺えるだろう。

しかしこのようにして示された愛が真の愛というものであろうか。すくなくとも通常の愛ではない。このナスターシャの行為には公爵もいう多分に狂気が存在していたといえる。ムイシキンの躊躇の中になんらかの選択があったとしたら、それは愛というよりはナスターシャの狂気の激しい震該的な牽引力による。アグラーヤの挑発はナスターシャを一挙に狂気の中に突き落とした。ラゴージンの去ったあと、公爵は殆んど正気を失ったかに思われるナスターシャを幼児を相手にするように、両手でなでさすったというのも、ナスターシャの狂気の深さを示しており、ムイシキンの共苦のドラマというべきこの小説空間のさらなる展開に向けての大きな一歩を示す。

3　自己破壊という復讐

ナスターシャの自意識は深いトラウマによって傷つけられているから、一層それは自己の絶対性・唯一性に鋭敏になる。深いコンプレックスにとらわれたものはその自意識の主張において激しくなるだろう。それが果たして真実の愛情というものかどうかは判らない。自己の絶対性・唯一性の主張はおそらく真の自己というものではないだろう。それは変調された自我、観念によって肥大化された自我だから。このような自我は真の愛の持つ確固とした持続性に欠ける。賭け的行為に愛の確証を求めることは実はそこにしっかりとした愛の確信を欠いているということを意味する。したがって、アグラーヤから公爵を我が手に獲得したにもかかわらず、再びナスターシャは結婚式の場から、ラゴージンに助けを求めて逃げ出すことになる。しかもその先には死が待っているであろうことを予測していながら。

既に公爵はアグラーヤにナスターシャとの結婚は自分たち二人の破滅だと語っていた。それが再び繰り返されようとしていたというわけだ。しかし今度は彼女は破滅と知ってラゴージンのもとに走ったのだ。

そしてそれが現実のものとなった。彼女はラゴージンの短刀によって心臓を突かれ、死ぬ。

このような死は決してナスターシャがラゴージンの犠牲となったと理解すべきものではないだろう。むしろラゴージンの協力のもとに死を選び取ったとさえいえるのではないか。なぜか。ナスターシャにとって愛は、幸福なる家庭をつくるためのものではない。そのような地上的愛は彼女には全くかかわらない。愛の絶対性こそ彼女の求めるものだ。彼女は公爵の選択によってそれを確かめることができたと思った。それで十分だ。地上的生活はむしろそれを頽落させるに過ぎないものとなるだろう。これは『賭博者』の主人公がポリーナが飛び込めといったら飛び込むと述べた決意と共通するといえる。

ナスターシャの性格の激しさについて、第一章の終わり、ガーニャの家でナスターシャが暖炉に新聞紙に包んだ大金を投げこみ、ガーニャに欲しければそれを拾えといった極めてドラマチックな場面のあと、トーツキーとプチーツィンの二人の間で交わされる会話が極めて示唆的だ。そこでプチーツィンはナスターシャの行為が日本における奇妙な風習を連想させるといって、日本のハラキリ、そのなかでもいわゆる無念腹とよばれる切腹について語る。

「恥辱を受けたものが当の相手のところへ行って、いうじゃありませんか。『お前は俺に恥辱を与えた、だから俺はお前の目の前で腹を切って見せる』こういうと一緒に、本当に相手の目の前で自分の腹をかっさばいて、それで本当に仇討ちが出来たような気がして、非常な満足をかんじるらしいんですね。世の中には奇態な性質もあればあるものですね(7)」

つまり一種の復讐なのだがこの復讐の奇妙さは相手を傷つける代わりに自身を傷つけるという点にあ

る。たしかに西欧的復讐からすれば馬鹿げている。しかしナスターシャの奇怪な行動の説明としてそれを持ってきたことは、そのような例によってしか説明する手立てがなかったということだろう。いわば彼女の行為は復讐なのだ。しかもそれは自己破壊というかたちでの復讐なのだという。

ここでナスターシャのガーニャに対してなした行為を見てみよう。そこにどのような復讐の感情が現れているか。

それはナスターシャがガーニャに最終的な回答、ガーニャとの結婚に関する最終的な回答を与える日のこと、公爵はナスターシャに結婚の諾否をまかせられ、結婚しないほうがよいと助言する。そのときラゴージンがその一党をつれて闖入してくる。そしてラゴージンはナスターシャを十万ルーブリで買うと宣言する。ナスターシャはその金を受け取るや矢庭にそれを暖炉に投じたのだ。そしてそれを暖炉から引き出せば、ガーニャのものだという。この驚くべきナスターシャの言葉は一同を恐るべき緊張の中に叩き込む。しかし息詰まる空気の中でガーニャは結局暖炉の中で燃え始めた新聞紙の包みを引き出さなかった。結局プライドが勝ちをしめたのだ。しかしナスターシャは新聞紙の燃える寸前にそれを暖炉からひっぱりだした。そしてそれをガーニャに与え、ラゴージンの一党と気勢をあげて街へと飛び出していった。

ナスターシャはその少女時代トーツキーによって養われ、長じてその囲いのものとして過ごした。トーツキーは家庭教師もつけて教養を身につけさせたが、自我覚醒の時代的風潮の中で彼女の自我は恐るべき発達を遂げ、トーツキーの手には負えなくなった。トーツキーはエパンチン家の長女との結婚を予定している。年齢の差もトーツキーの社会的地位の前には障害にはならない。ただひとつの厄介な問題がナスターシャの身の振り方だった。そこでトーツキーはナスターシャをガーニャに嫁がせることを考え、目下画策中である。ナスターシャの行為はそういうトーツキーへの当てこすりであることは言うまでもない。のみならず、彼女はいわば十万ルーブリで自分を無頼漢然としたラゴージンの前に売るかのごとき行為を敢えてして、しかもその金をガーニャに与えようという。その与え方の凶暴なこと。ここでもまたナスターシャはガーニャをして選ばせたのだ。プライドか金か、金万能の社会に対する挑戦がここにある。これもナスターシャからみれば一つの賭けだ。ガーニャが人間としての誇りか、それとも十万ルーブリという大金をとるかという賭けだ。これは余りにも奇怪なことだ。暖炉の前に這いつくばって十万の大金を守るか、それとも守銭奴という汚名を、大金の札束が燃えて煙となるのと引き換えにそそぐか。ラゴージンはガーニャは三ルーブリのためにはヴァシリーエフスキー島にまで這って行く男だということを、レーベジェフに衆人の前で確かめていた。ナスターシャは一同の前でその言葉を引き、金を暖炉に投げこんだのだ。これはガーニャにとって甚だしい侮辱と言わざるをえないだろう。それは三ルーブルでヴァシリーエフスキー島にまで這って行く男なら、暖炉に投げ捨てられた十万の金を素手であれ拾うのは当然だという侮辱である。ガーニャの眼前に置かれた賭けとは彼の侮辱を跳ね除けてプライドを守るか、それとも莫大な大金をとるかの二者択一だが、より正確にいえば、ナスターシャのこの挑戦的といってもいい侮辱を耐えるか否かであった。侮辱を一瞬耐えさえすればいい。侮辱など一瞬のことだ。しかし、その一瞬をガーニャは持ちこたえられなかった。ガーニャが失神したのは、この侮辱に対する憤怒の余りといったほうが正確であろう。このような侮辱を人間が人間に対してなすべきではない。無限に人間を下位にみたものの仕業だ。ローマのハーレムでは女王は奴隷の前で裸体を見せたが、いうまでもなく奴隷は彼女にとって人間ではなかったからだ。ラゴージンが「これが本当の女王様だ！」と繰り返し、「これがおれたちのやり口[8]だ！」と我を忘れて叫んだのももっともだ。ナスターシャはナスターシャで「取りに行かなかった、してみると、まだ自尊心が金の欲より強いのかしら？　なに、かまいません、今に息を吹き返しますよ！もし気絶しなかったら、多分わたしに斬ってかかったでしょう……[9]」といっている。

　ガーニャがその自尊心を乗り越えられるかどうかに賭けの核心がある。ガーニャの自尊心は衆人の前で唾を吐きかけられ、踏みにじられている。煎じ詰めればそこに激しい怒りが燃え上がって、いわば頂点に達している。このような侮辱の頂点に置かれた人間に、突きつけたいわば心理的踏み絵といえよう。この場合、ナスターシャがガーニャに対して行った賭けとは、このナスターシャにとってみれば、一文の得にもならない踏み絵の答えに大金をかけたのだ。そこにこの賭けの奇怪さがある。

「もし気絶しなかったら、たぶんわたしに斬ってかかったでしょう」ひょっとしたら彼女自身も殺されたかもしれないのだ。その金はといえば、それは彼女の存在の代価とも言うべきものだ。それを暖炉に投じて、賭け金とする。それもガーニャの人間性の試練のためだ。しかしこの奇怪なナスターシャの賭けの中に、プチーツィンが日本人の無念腹に比したことの復讐があったとした場合、もしガーニャが恥辱に耐えて、十万ルーブリを手にしたら十万ルーブリとはそのおそるべき自尊心の代償ということになる。それは己をいわば金で買ったラゴージンの眼前で見せつける屈辱のメタファーなのだ。同時にそれは金で彼女の過去を支配したといえるトーツキーに対する復讐でもあったろう。

ナスターシャの恐ろしさは全存在を復讐に賭けるところにある。先に述べた公爵に自分かアグラーヤのどちらかを選べというのも。自身を賭けの賭け金に差し出したということだ。あるいは彼女は全く初対面といっていい公爵にガーニャとの結婚の決定権をまかせるのだ。恐らくは公爵の人柄をみこしてのことだが、それにしても、これはやはり大胆な賭けといわざるを得ないだろう。自分の重大な運命を他者の手に委ねる、これは自我主義者だったら許せないことだろう。しかし選ばせるということ自体、実は公爵の人間を試すということでもあるのだとすれば、ナスターシャのこうした賭けに運命を委ねる行為とは、ある意味で自分を賭けるというぎりぎりの行為を通して人間の裸形の真実を手にしたいという狂暴に近い情熱の表現だったともいえる。そこに人間が虚偽と仮面の中に生き死にする近代社会への捨て身の挑戦があった。ナスターシャが結局その無意識的賭けの行為によって求めていたのは愛の絶対性に他ならなかったのだ。

4　ラゴージンの虚無感覚

ナスターシャの激しい行為からあぶりだされてくるのは、全存在を賭けた狂気の愛というものだった。それではこのナスターシャに対するラゴージンの愛とはなにか。公爵はガーニャの家で最初ラゴージンのナスターシャに対する態度の激しいのを見たとき、死刑囚の切羽詰まった感情をそこに読み取っていた。いわばラゴージンとはナスターシャへの愛によって死刑執行された存在なのだ。ナスターシャの愛なしには生きていけないという、愛の絶対性に捉えられた存在がラゴージンだ。彼は一瞬たりともナスターシャと別れていることができない。しかも彼の愛はナスターシャと幸福な家庭を築いていくようなものではない。公爵は早くから、ラゴージンの愛の激しさがナスターシャに死をもたらすと予言していた。これはなぜか。彼の愛の絶対的性格から来る。彼はナスターシャをその全体において所有しなくては気が済まない。しかしこの女王的高慢を所有する女性がそのような占有的愛に満足しているはずはない。大体真実の愛はそのような、息の詰まるようなものではないだろう。相手の人格を認め、相手の自由の尊重のうえに立脚しない真の愛などあるものではない。しかしラゴージンにおいては全くそのような愛はない。しかも彼の愛は占有的でありながら、同時に奴隷が女王に仕える絶対的服従の愛でもある。これはいかにも矛盾しているようだが、ともに彼の愛の絶対的性格による。

このような占有的にして奴隷的愛は何故生じたか。恐らくそれは彼のうちにある不安のためではないだろうか。彼は彼が愛されているという確信を持つことができないのだ。だからこそしっかりと全面的に彼女を自分の傍に緊縛しておかねばならないのだ。彼はナスターシャをその女王的高慢さのゆえに愛した。彼にとって彼女の過去など全く問題にしない。その点では公爵以上に純粋な愛といえる。しかしその女王的高慢さゆえに彼女は彼の占有的愛を拒否する。通常ならばそういう愛は諦めるものだろうが、ナスターシャの傲岸不羈の美こそがラゴージンの存在全てを魅了した以上諦めるなどということはできない。いわば宿命的な愛であり、ラゴージンにとってナスターシャはファム・ファタールなのだ。宿命的な愛は死によって終わる。なぜラゴージンはそこまで思いつめたか。そこにあぶりだされてくるのは、ラゴージンの中の虚無の感覚である。公爵が死刑囚に近似するものを、ラゴージンの求愛の中に感じたのはそのことを意味する。イッポリートもラゴージンの中に彼と同じものを感じている。イッポリートはラゴージンに対してパスカルの両極端は一致するという言葉をひいて、そのことをいっていた。絶対性だけを求めるラゴージンの情熱のうちに潜む恐るべき虚無の感覚を見、そこにイッポリート自身の虚無感覚との一致をみたということだろう。ラゴージンにとってナスターシャの愛だけがこの世に意味を与えるものなのだ。

公爵はラゴージンの家を訪れ、二つの絵にショックを受ける。一つは彼の父親の肖像であり、一つはホルバイン・ジューニアのキリスト像だ。公爵は父親の肖像にラゴージンと酷似した魂を見る。公爵はラゴージンが、もしナスターシャに出会うことがなければ、彼の生涯を、その陰鬱な家の中で蓄財の情熱を燃やし続けて終えたろうというのだ。ラゴージンはまったく同じことをナスターシャも彼に語ったという。

さてラゴージンの父親というのは自宅に去勢派を住まわせ、旧教徒に対しても同情を持っていたという。去勢派とは、狂信的な正教の異端だ。それは狂信のあまり自らを去勢せずにはいない。高利貸という職業と異端の狂信は恐らく通底しあうものではないだろうか。金を蓄財するという行為は、なにかしら絶対の探求に似ている。金というものの持つ抽象性は非物質的な力の感覚を人間の中に呼び覚ます。金の増大は決して現実的な力の増大を呼び覚ましはしない。大体力というものは抽象的なものだ。われわれは力を具体物として現実化することはできない。光と同じく力はそれが作用する結果によってしか現れない。例えば重力を我々は眼にすることはできない。具体的な物は、我々はそれを消費することによって、我々のうちに取り入れる。しかし金という抽象的なものは、我々はそれを取り入れることはできない。しかしそれは力の意識に転換するだろう。この力の意識とは、それがあらゆる物質に変換しうるという可能性の意識だろう。一方力とは自己の意志を自由に行使しうるという意識だ。ここにおいて蓄財の意味が明らかになるだろう。蓄財とは自己の中に無限に拡大する力の意識を追って行くことだ。それは決して具体的な消費などを目的とはしない。最初はそのような目的から発したにせよ、それは抽象的な力の意識の追及に転化する。ひとたび転化するや、具体的な消費の欲望に戻ることはない。ひとたび抽象性の絶対感覚を味わったものは、現実的な欲望の充足の持つ有限性には満足しないからだ。現実的な欲望の充足というものは肉体的な感覚性の領域の中に留まっているからだ。それは抽象的な力の持つ無限の陶酔感に欠ける。

ラゴージンの父親が去勢派を愛し、旧教徒に同情を有していたというのも以上のような理由から理解されよう。去勢派とは純潔を尊ぶ余り罪の根源たる性器を切除するものだ。自らの肉体の罪の汚濁の可能性の中に跼蹐《きょくせき》するよりは、澄明な霊魂の飛翔の中に常に身を置くことの歓喜を選ぶというものだ。旧教徒もまたいわゆるニコン改革を拒否し、それ以前の信仰を守り続ける狂信の徒だった。これらの狂信の徒はいずれも通常の教会には所属せず、そのセクトの内部にとじこもっている。閉鎖性な密室性がその特長だという。ラゴージンの家の印象はまさにそのような閉鎖性を表している。

父親の中にある狂信的なものがラゴージンに伝わったのだ。しかしラゴージンにおいては金がナスターシャという人間にとって代わったといえる。もはやラゴージンにとって金は意味を持たない。美が金にとって代わったということは、単に一つの情熱が一つの情熱を追い出したという話ではない。蓄財というものがなんら人間にとっての絶対性を持ち得ないということを、美が彼に開示したということなのだ。蓄財とは力の意識に根拠を置くと記した。力の意識とはそれを行使しうる可能性の意識だ。しかし行使しうるのは人間が生きている限りにおいてである。死に直面したとき、もはやそれを行使することはありえない。そのときにおいて、力の意識はなお存続しうるだろうか。おそらく存続することはないだろう。真の絶対は「今このときに」でなくてはならない。美こそその要求を満たすはずのものだ。それはその瞬間において人間を至福感で満たすことが可能だろう。ラゴージンをしてこの転換を行わせたのは彼の内なる虚無の感覚だ。それは彼の家のもう一つの絵、ホルバインの「死せるキリスト」の絵によって開示されたものだ。彼は公爵にそれを見ていると信仰をなくすと語り、公爵に信仰を持っているかと聞く。公爵はそれに対して直接的には答えない。公爵はそのかわりにロシア人の信仰について説く。この答えは果たしてラゴージンを満足させたろうか。いずれにせよ、公爵の説いた信仰なるものは民衆の中にある信仰心に触れたものであり、彼自身の信仰を告白したものではない。

ラゴージンの激しさ、殺意をラゴージンの生理的原因に見出そうとする考えが江川卓の『謎とき『白痴』』にある。つまり「陰萎の一種ではないかと思われる。一時的、心因的なインポテンツと考えてもよい。」として、性的不満からくる殺意というのだ。またラゴージンの名前が「パルフョン」（ギリシャ語で「童貞」「処女」を意味する）であることも、ラゴージンのインポテンツを暗示するのに役立っているのではないかとも記している。(10)

現在はこのような分析がかなり一般的になっているのだが、そうした解釈からムイシキンのナスターシャ殺害の予言がどうしてなされるかよくわからない。その名前にしても、作家の意味づけをそこに見ることもいいが、去勢派に親近感を持つ父親の命名とすれば理解されるだろう。

5　ロシア人の信仰

公爵はロシア人の信仰にかんして四つの話をした。最初はある著名な無神論者の話、次にある人殺しの話。それはある農民が連れ立った農民の持っている銀の時計が欲しくなり、「神よ、イエス・キリストのために許し給え！」[11]といって彼を殺して時計を奪いとったという。次にじっさいには真鍮の十字架を、銀の十字架だといって二十コペイカで買ってくれといった兵隊の話をする。公爵は騙されたと知りながら、買ってやる。兵隊は間抜けな旦那を騙してやったという大満足な顔で、その金で酒を引っ掛けに行ったという話。最後に、乳飲み子をかかえた女房の話。彼女は赤子が生まれて初めて笑顔を見せたのに気づき、十字を切る。ムイシキンが聞く。すると彼女の答えは、初めて赤子の笑い顔を見た母親の嬉しさは罪びとの祈りを天上から見るたびに神がいだく嬉しさと同じだというものだった。公爵はこれらの人々の行為の中に、民衆の信仰の醇乎たるを見るのだ。こうした民衆にとって、神の存在を疑うことはないのだ。それは祈りをしてから殺人を行うという行為に端的に現れている。しかしこのことは、公爵が神を信じているというのとは自ずと異なる。もし神に対する信仰を公爵が有していたとするならば、彼の対応は異なったものになるだろう。公爵の言葉は、民衆の中の神に対する絶対の帰依についていわば客観的に述べている。しかし一度、民衆の中に入ってみた場合、殺すあるいは殺されるという当事者同士の問題として考えた場合、そのような客観的な指摘だけでことが済まされるのだろうか。殺されたほうにしてみれば、神にやはり責任をとってもらいたいということになるだろう。それとも殺される側もそのまま殺されることを神の御心として甘受するのだろうか。しかしこれでは、信仰というものの意味が無意味になってしまうのではないか。そして公爵自身はといえば、ラゴージンの殺意に慄くのだ。

ラゴージンは公爵が農民から買ったという錫の十字架を自分の金の十字架と換える。そして別れ際に、ナスターシャは公爵に譲ったと誓ったのだ。これらは感動的な言葉であり行為だが、その心はというと必ずしも明らかではないだろう。農民の信仰にあやかりたいと言う行為なのかどうか。むしろそれは彼の内なる直情径行的衝動への認可とも言うべきものではなかったか。彼は公爵を目の前にしているときは愛情を感じているが、いったん離れると激しい憎悪を感じると公爵に告白する。ラゴージンはそのような自分を、抑えようともしない。そして短刀でもって公爵を襲うのだ。そこになんら躊躇はない。ラゴージンの直情径行的激情の暴発は一貫している。それは神に祈りつつ、欲望の遂行のために仲間を殺す農民と共通している。ここにはそれが破滅であろうがなかろうが、情熱の暴発に身を委ねて何ら躊躇うことのない純一性が現れている。公爵が民衆の中にみた信仰とは結局こうした純一性ではなかったろうか。このような純一性に比べて、公爵はどうか。アグラーヤと婚約し、またナスターシャと結婚しようとする。ナスターシャが愛の選択を迫ったというのも宜なるかなではないか。信仰というものがそこに徹底した純一性を前提とするならば、ラゴージンのほうが真の信仰に近いとさえいえるのかもしれない。公爵はモスクワからペテルブルグに帰ってから、自分を伺う目を感ずるようになる。一体これはなにか。いうまでもなくラゴージンの目だが、このなにかしらユーゴーの詩「良心」に見るごとき、地の果てにまで追いかけてくるかのごとき目はなにか。それは公爵の命を狙う目だが、それよりも公爵の愛のラゴージンの純一性と徹底には及ばない心の隙を伺う日なのだ。公爵はラゴージンに襲われ、癲癇の発作によって、危機を脱する。なぜこのとき癲癇の発作が起きたのか。極度の緊張のためだろうが、そこに一種の自己懲罰があったためではないか。

6　ナスターシャの狂気

既に述べたように、公爵には独特な虚無の感覚がある。彼は人々の間にあって突然一切の人間関係を絶ってどこかたったひとりにこもりたい衝動にかられることがある。彼は美は世界を救うといいながらもその美の中に安住することもできない。彼はナスターシャを深く愛し、またアグラーヤも愛しながらも、彼のうちなる虚無の感覚を超えることはできない。この感覚は美をも破壊するといっていい。彼はナスターシャについては単に美しいというだけにとどまらず、恐れをいだいていた。

「この顔はまだ写真を見たばかりのときから、彼の心に激しい憐愍の苦痛を呼び起こした。この人物に対する同情と苦痛の感銘は、今まで一度も彼の心を離れたことがない。今でも離れないでいる。おお、それどころか、かえって余計に激しくなっているのだ。けれども、ラゴージンにいって聞かせただけの説明では、公爵はまだ不満足であった。ところが、たった今、思いがけなくこの女が姿を現した刹那、恐らく一種の直覚の働きでもあろう、彼はラゴージンに話した自分の言葉に不足していたものを了解した。ああ、この恐怖を言い表すには、人間の言葉は余りに貧しい。そうだ、恐怖である！　彼は今、この瞬間にそれを完全に直覚した。彼は特別な理由によって、この女が気違いだと信じた。徹頭徹尾そう信じて疑わなかった。もしひとりの女を世界中の何者よりも深く愛し、あるいはそうした愛の可能を予感しつつある男が、突然その女が鎖に繋がれ、鉄の格子に閉じ込められ、監視人に棒で打たれているところを見つけられたらどうか、――こうした感覚こそ、いま公爵の直感したところのものに、幾分似通っているかも知れぬ。[12]」

これは公爵が三ヵ月以上も会わないでいて、パーヴロフスクの停車場のオーケストラを聴きに行って、ナスターシャを発見したときの印象である。公爵はエパンチン家の人々と駅の横手の出口近くに陣取っていた。そこに十人ぐらいの一隊が、三人の美女を先頭に現れた。それは他の群集とは截然と異なる、一種特別な一団だった。大声で喚き笑い、多くのものが酔っ払っていたらしかった。奇妙な格好で、興奮した顔のものも多かった。軍人もいれば、年配のものもおり、優美な仕立て服に指輪やカフスボタンを光らせ、鬘をつけ、頬髯を立てた裕福らしい男たちもいた。広場に降りるには段々を三段降りねばならない。一団はその上で止まった。敢えて階段を降りかねる風だったが、その一団からひとりの女が平然と前に進み出た。ふたりの男があとについいた。中年の風来坊らしい男と、ごろつきの気味悪い風体の男だった。彼女はひとりが連いて来ようと、来まいと同じことだと言わんばかりに声高に話したり笑ったりして、楽隊の傍を横切って、広場の向こう側に進んでいった。そこに馬車があった。公爵が見たのはこのようなナスターシャだったのだ。この全く傍若無人な態度の中に、公爵はナスターシャの狂気を直覚したのだ。既にこの一団自体が良俗に対する不敵な挑戦だろうが、その一団も敢えてしない、聴衆の環視の中を談笑しながら通り抜けるという無作法の中に、公爵は異常なものを感知したにちがいなかった。

このようなナスターシャの態度が真の狂気であるかどうか、という点についていえばいわゆる精神異常とはいえないであろう。公爵が狂気と感じたのは、ナスターシャの持つ世界を相手にまわしてもある一線だけは絶対に譲らないという偏執の激しさだったろう。いわば絶対的な自尊に対する偏執である。いうまでもないことだが、彼女の内なるトラウマの生み出したものだ。トラウマは魂のもっとも奥深いところに形成された傷であるがゆえに、それを取り除くことはできない。取り除くことはその自我の否定に他ならない。トラウマこそ彼女の内なる絶対なのだ。いわば彼女のレゾン・デートルなのだ。したがって他者がその自尊を傷つけようとするならば、それに対して彼女の内なる絶対は頭を持ち上げ他の一切の配慮を押しのけて猛烈に反発するだろう。よしんばそれが自らの死であろうとも。元来狂気というものは一種の感情の中の、自己から発したものというよりは、どこから発し来たったか不明の感情であろう。それは人間から発したかに見えながら人間を超え人間を支配して、そこから人間の抵抗力を奪い去ってしまうものだろう。そういう点でそれは絶対なるものに通底する。ひとたびこのような狂気の感情に捉えられるや、人はそこから抜けがたいものを感ずるに違いない。絶対的な感情の持つ誘いである。狂気は自意識の絶対性から発し、それを一層強化したものに他ならないだろう。これは大変逆説的な言い方になるが、一度狂気に囚われるや、その狂気から癒やされることを望まない。そこにはアドラーいうところのメシア・コンプレックスが存在するのかもしれない。先に見たガーニャに対するあの狂的な激しい行為にみた女王的傲岸の意識は、彼女の悲惨を超えさせる陶粋感に満ちたものといえる。ちょうど麻薬患者が麻薬から離れられないようなものだ。麻薬の人間に与える擬似的陶酔感は現実感覚を遥かに超えさせるからだ。このいわば堕落することによる陶酔感は公爵によっても指摘されている。公爵はかつてナスターシャと共に過ごした日のことを回想してアグラーヤに次のように語ったことがある。

「あの不幸せな女は自分が世界中で一番堕落した、罪深い人間だと、深く深く信じ切っているのです。ああ、あの女を辱めないでください、石を投げないでください。（中略）あの女が僕のところから逃げ出したのは、なんのためかご存じですか？　つまり、自分が卑しい女だってことを証明するためなんですよ。しかし、なにより恐ろしいのは、――あの女がそれを自分でも知らないで、ただなんとなく卑劣な行為をしでかして『ほら、お前はまた新しく卑劣なことをした、してみると、お前はやっぱり卑劣な動物なんだ！』と自分で自分を罵りたい、必然的な心内の要求を感じたために逃げ出した――その事実なんです。おお、アグラーヤ、あなたにはこんなこと、おわかりにならないかも知れませんね！　しかし、こうして絶え間なく自分の穢れを自覚するのが、彼女にとってはなにかしら不自然な、恐ろしい愉楽かもしれないんです。ちょうどだれかに復讐でもするような快楽なんですね。[13]」

ここで直ちにプチーツィンがトーツキーに語った、ナスターシャの行為を日本のハラキリにたとえた言葉が思い浮かぶ。なぜ復讐に快感が伴うのか。しかも自己破壊だというのに。そしてこの場合一体誰に対する復讐というのか。それは単にある個人に対してのものではないだろう。例えば、この場合はトーツキーに対してだが、最初はトーツキーに対して強い復讐の念を抱いていたにせよ、彼に対しての憎しみの感情の幾転変を経て、次第にそれは超えられていったのだと思う。それでは社会に対してかといえば、それはいまや軽蔑の対象ではあれ、復讐の対象ではないだろう。注目すべきは、彼女のうちの罪の意識だ。

いかなる人間よりも堕落しているという意識の存在だ。

この意識こそ彼女を自己破壊による奇妙な復讐に駆り立てるものであるに違いない。この意識は境遇の中から生まれたものだが、彼女の女王的傲岸な自我は、自己の不幸を単に受動的に受け止めるだけでは満足しない。それは自分をそのような状況に陥しいれたものとしての創造主に矛先を向ける。復讐とは創造主に対する復讐に他ならない。造物主に対する復讐とは無限の自己破壊である。そしてそこには、擬似絶対性の感覚が潜む。「おそろしい愉楽」と公爵が語ったのはそのような絶対性の感覚に他ならない。

ナスターシャの狂気にまでいたる激しい自意識を、鞭身派に関係づけることもできるだろう。江川卓は先にも触れた『謎とき『白痴』』で詳細にその問題について述べている。確かにそれは説得的な点も多いようだ。ナスターシャがラゴージンに殺される悲劇の前の晩、ラゴージンにオリヨールに行きたいと再三語っていたが、そのオリヨールには、鞭身派と去勢派が共に住む舟と呼ばれる共同体があるという。[14] 江川はそこで作者がそのことを果たして知っていたかどうかと結んでいるが、それにしてもなぜドストエフスキーはラゴージンと去勢派との関係にしてもそうだが、謎めいた言い方、あるいは暗示によってしか表現していないのか。

しかも、このような異端派にナスターシャのごとき女王的といってもいいほどの倨傲が存在するものなのかどうか。狂気にも聖なる狂気と悪魔的狂気とある。『悪霊』のレヴャートキナが前者とすれば、このナスターシャの場合はどうか。絶対的に妥協を知らない、倨傲の自意識は、これはむしろ悪魔的というべきものだろう。狂気に身を任せながら、それはじつは人間破壊という悪魔の歓迎する神に対する復讐行為の手助けに没頭しているということになる。

公爵がなぜナスターシャを救えなかったという点について、公爵が憐憫をもってしたという考えがある。たしかに公爵自身もその点についてもアグラーヤに次のように述べている。

「ときどき僕はあの女が、周囲に光明を見るようになるまで導いてやりましたが、すぐにまたむらむらと取りのぼせて、果ては僕が一段高くとまって澄ましてるといって、ひどく僕を責めるようになりました（ところが、僕、そんなこと考えてもいなかったですよ）。そして、僕の結婚申し込みにたいして、こんなことをむきつけに言うんです――わたしは高慢ちきな同情や、扶助や、ないしは「ご自分と同じように偉くしてやろうという親切」なんか、決して誰からも要求しません、なんてね。[15]」

公爵はまた「僕があの女を憐れんでるだけで、もう愛してはいないこと」をナスターシャが悟ったとも言っている。ラゴージンも公爵の憐憫の方が彼の愛よりも強いといっている。これらから見ればたしかに公爵の愛は憐憫の愛であるということは言えるかもしれない。一般的にいって憐憫というものが一段高いところから相手を見下ろす愛だとすれば、たしかにナスターシャの反発を買うのは当然であったろう。しかし公爵にはそのようなところがあるはずもない。ナスターシャの公爵拒否はもっと深いところにあった。彼女の自己破壊に潜む悪魔的なものが、聖なるものを本能的に拒否したということだ。

トラウマの絶対性はその所有者に破壊をもたらし、それは自己破壊に至るまでトラウマの絶対性によって駆られ続けることになる。なぜならそのときにおいてのみトラウマは解消するからだ。しかしそのとき自己は存在しない。この自己破壊が自分自らの手によるものであれ、ラゴージンという他者の手を借りるものであれ、同じことだ。

公爵の恐怖はこうしたナスターシャの狂気の破壊的性格、敢えて言うならば悪魔的といっていいほどの憑依的性格に由来するものだったろう。そして公爵が先の引用において記したように、愛するものが「鎖に繋がれ、鉄の格子に閉じ込められ、監視人に棒で打たれている」と感じたのは、悪魔の囚われ人の愛人に彼の愛が届かない、絶望の表現に他ならなかった。

7 憐憫の限界

公爵は憐憫はキリスト教の大いなる力だとラゴージンに語ったことがある。彼はナスターシャの過去についてそれはなんらナスターシャの罪ではない、と語ったこともあった。そしてナスターシャ自身もそれを理解したといっていい。にもかかわらず、ナスターシャの破滅を救うことはできなかった。それはなぜか。先に根本的には公爵自身の信仰の欠如によると書いた。では公爵に確たる信仰があったならば救えたろうか。

ナスターシャが公爵のもとから逃げ出したのは公爵を傷つけてはいけないという配慮からだったと彼女は告白している。これは公爵の側からいえば無用の気遣いだったろう。ここに働いているのは白痴と笑われている公爵に対するいたわりの気持ちだろう。ナスターシャには公爵の純粋な人柄は十分判っている。その純粋性を傷つけたくないというのが彼女の心情だろうかと思う。興味深いことは公爵は人々の過ちを許す寛大さを説きながら自分自身を罪深いものとして責めていることだ。ここに公爵の美しさがあるのだが、この心情はまったく自意識の絶対性を突き出すナスターシャとは対蹠的だ。ナスターシャは公爵とともにいることは倨傲に満ちた自己を鏡にかけて見せ付けられることに他ならない。これは彼女のトラウマにとって最大の苦痛なのだ。なぜならナスターシャにおいてトラウマは絶対的なものだからだ。

もし彼らがどこか無人島で二人だけで生きていたならば、ナスターシャのトラウマはもはやその魅力を失っただろう。しかし二人の置かれている社会状況においてこそ、トラウマはその絶対的な性格を持つ。彼女をトラウマの絶対性の憑依に追いやるのは社会の偏見、過去あるいは現在に対する偏見なのだ。社会は人間を判断するに過去あるいは現在のその人間の行為を以ってする。表面の表れをもってする。その背後に潜む苦悩など斟酌はしない。公爵だけがその同情心の深い共感によって苦悩する魂の深部に達する。しかし世間一般は逆にそのような公爵を詐欺師としか見ない。なぜなら深い人間的洞察など白痴が持ちうるはずはないと決めて懸かるからだ。こうした社会的偏見ぐらいナスターシャの心を激させるものはない。かつてトーツキーの想いのものという偏見によって傷つけられたナスターシャはいまや公爵との結婚によって、社会の嘲笑の中に置かれることになる。

「結婚の前夜、公爵と別れたときのナスターシャは、珍しく元気づいていた。ペテルブルグの婦人服屋から明日の衣裳、——式服、頭飾り、その他さまざまなものが届いたのである。公爵は、彼女がそれほどまで衣裳のことで騒ごうとは、思いがけなかった。彼は自分でも、一生懸命に誉めそやしてやった。その褒め言葉を聞いて、彼女はなおさら仕合せらしい様子であった。ところが、彼女はちょっと余計な口をすべらした。彼女は町の人がこの結婚を憤慨していることも、五、六人の暴れ者がわざわざ作った風刺詩に音楽までつけて、家のそばでひと騒ぎしようと企んでいることも、またその企みが町民の応援を受けんばかりのありさまだ、などということをも聞き込んでいた。で、今はなおさらこの連中の前に昂然と頭をそらして、自分の衣裳の贅沢な趣味でみんなを煙にまいてやろうという気になったのである。

『もしできるなら、怒鳴るなと、口笛を吹くなとしてみるがいい！』

こう思っただけで、彼女の目はぎらぎら光りだすのであった。[16]」

しかし公爵のところに使いがきて、大変花嫁が悪いから来て欲しいと告げる。公爵がゆくと、花嫁は寝室に籠もって、ヒステリーの発作に絶望の涙を流していた。ひとり中に入った公爵の前にひざまづき、痙攣的に公爵の両足をかきいだきつつ、彼女は叫んだ。

「わたしはなんてことをしてるんでしょう！　なんてことを！　あなたの身をどうしようと思ってるんでしょう！[17]」

このあと公爵の慰藉でナスターシャの発作は鎮まり、その夜は休む。しかし翌朝八時に行われる式に教会に向かおうとして、突然家の階段から群集の中に飛び込んだ。ラゴージンの目を群集の中に捉えたのだ。狂気のように「助けて！[18]」と叫ぶ。

結婚前夜の状況から式当日の逃走までのナスターシャの行動が語っているものは明らかだろう。いざ結婚という状況の切迫が彼女のトラウマを呼び覚ましたといえる。そして式当日家を取り巻く群衆の嘲弄的な叫びが最後の火をつけたのだ。この場合、ラゴージンに「助けて！」と叫んだことは興味深いものがある。ラゴージンのもとに走るのが、ほとんど死に繋がることはわかっている。それがどうして助けるということになるのか。これは難解な疑問だがこういうことではないか。公爵との結婚はトラウマの死だ。彼女にとってトラウマこそ命なのだ。一方その知らせを聞いて公爵は、自分も心配はしていたが、まさかこんなになるとは、といいながらも次のように言い足したという。

「もっとも……あれの境遇になってみたら……当然すぎるかもしれません[19]」

この公爵の言葉はナスターシャのトラウマの深さをよく見抜いていたということを示す。このあと公爵は二人の行方を追い、遂にラゴージンの家の書斎に入り、ナスターシャの死体を見せられる。そこでラゴージンはいかにナスターシャが公爵を恐れていたか、「汽車の中ではまるで気違いさ。それもこれもみんな恐ろしいからだよ。[20]」と、いかに公爵が彼女を探し出しやしないかを恐れていたと語る。なぜナスターシャはそれほど公爵を恐れたのだろうか。それは彼女が公爵を裏切ったということのためではないことはいうまでもない。彼女は公爵の優しさこそが恐ろしかったのだ。公爵は決して自分を責めることはしない。

こうして公爵の憐憫はナスターシャを救うことはできなかった。公爵の人格の美しさが、皮肉にもナスターシャをして自らの破滅を選びとらせたということになる。そしてラゴージンをも破滅に導びいた。それは同時に公爵自身の破滅でもあった。

8　虚無の荒野

悲劇はカタルシスを伴うとはよく知られているアリストテレスの美学だ。この場合も強いカタルシスの感情が、女主人公の死を巡って呼び覚まされる。通常悲劇の主人公は愛するもの同士二人だが、この場合は奇妙な三角関係の悲劇だ。問題はそこに憎しみが徹底的に欠如していることだ。ナスターシャの死に連れ添う公爵の態度には愛するものの加害者に通常有するはずの憎しみを全く感じさせないものがあるといえる。また恐らくラゴージンにも罪の意識はない。公爵をナスターシャの横たわる部屋に導きいれるラゴージンの態度はどうだろうか。これはかなり奇妙なことと言わねばならないだろう。ラゴージンはその嫉妬心の激しさにおいてドストエフスキーのオセロといえるが、オセロの最後に持った恐ろしい自責の感情は欠けている。シェイクスピアの場合、カタルシスはオセロの最後に持ったそのような激しく自己の愚かしさを罵る言葉の激しさによって喚起されるが、ラゴージンにおいてそのようなカタルシスはないだろう。これはオセロの最後の号泣の呼び覚ますカタルシスに比べれば、はるかに静寂を究めたものだ。これは殆ど死の世界を思わせる。そこに佇むのは公爵だが、その姿が喚起するのは、無限の哀憐の情であろう。それは死にゆくドン・キホーテが与える哀憐の情に似通う。無垢なるものの地上においてたどらざるを得ない運命を見ることによる哀憐の感情である。

公爵の人間としての美しさは相手に対する無限の理解と無垢の抱擁にある。相手を無限に理解するとき、憎しみは持ち得ないだろう。と同時に、無限に付き合うことにある。それは一切自己主張を持たない優しさによる。彼はナスターシャの死体の傍で夜を過ごすラゴージンの苦悩にも究極まで付き合うのだ。その間彼は恐ろしく体を震わせ続けていたという。ラゴージンは次第に正気を失ってゆく。その傍らで公爵は夜の白みゆく中でラゴージンを見守っているのだ。

「時は次第に移り、夜は白み始めた。ラゴージンはときどきだしぬけに、高い、鋭い声で、辻褄の合わないことを口走り出した。叫び声を立てたり、笑ったりすることもあった。そんな時、公爵は震える手を差し伸べて、そっと彼の髪に触ったり、頭や頬をなでたりするのであった……それよりほか、彼はどうすることもできなかった！　彼自身もまた震えが起こって、また急に足を取られるような気持ちがしてきた。なにかしら全然新しい感触が、無限の哀愁をもって彼の心を締め付けるのであった。やがて、夜はすっかり明け放れた。ついに彼はもう全く力尽きて、絶望の極に達したかのように、床の上へ横倒しになって、じっと動かぬラゴージンの青ざめた顔へ自分の顔を押し付けた。涙は彼の目からラゴージンの頬へ流れたが、公爵はすでにそのとき自分の涙を感知する力もなく、自分のすることにすこしも覚えがなかったかもしれない……」(21)

彼のうちにラゴージンに対する深い同情こそあれ、なんらの憎しみ、また怒りもない。彼の仕草はまったく幼子を見守る母とか、病人をみまもる看護人の行為だった。それは単なる慰めの行為というよりは、ラゴージンの苦悩に対するいたわりであり、共感に他ならなかった。そしてその共感の深さによって、公爵はみずからの知性を完全に崩壊せしめたのだ。

9　世界を覆うニヒリズム

公爵の共感の深さは単にナスターシャやラゴージンに対してのみではない。彼の共感はいわば時代そのものに向けられているといえる。彼のうちには時代そのものの虚無性に対する明確な認識がある。彼はエパンチン家での宴会の際、ローマ・カトリックを無神論の元凶として激しく攻撃したことがある。そこでは公爵としては珍しく攻撃的な論を展開している。ロシアにおける新しい時代の潮流に対する公爵の態度の根底にこうした無神論観の存在することに注意を向ける必要があるだろう。ラゴージンやナスターシャに対する共感もそこから発している。

話は彼の恩人のパヴリーシチェフがカトリックに改宗したという、ひとりの英国狂紳士の話がきっかけだった。公爵が突然口を切った。あの明るい思想を持ったパヴリーシチェフ氏が反キリストの宗旨に屈服するなんてはずはないというのが公爵の主張だった。それから異常な興奮のうちに公爵はこう語った。

「(カトリック)は第一に反キリストの宗旨です。(……)第二には、ローマン・カトリックは無神論よりもっと悪いくらいです。(……)無神論は単に無を説くのみですが、カトリックはそれ以上に歩を進めています。つまり、みずから讒誣し中傷したキリストを説いているのです、まるきり正反対のキリストを説いているのです、反キリストを説いているのです、誓ってもいいです、まったくです！　これはぼく自身まえから抱いている信念で、僕も自分でこの信念に悩まされたくらいです……ローマン・カトリックは世界統一の国家的権力なしには、地上に教会を確立することが出来ないと宣言して、Non possumus（我能わず）と叫んでいます。僕の意見では、ローマン・カトリックは宗教じゃなくて、まったく西ローマ帝国の継続です。ここでは宗教をはじめすべてのものが、こういう思想に支配されています。法王は土地と地上の玉座を得て、剣を取りました。それ以来、絶えず同じ歩調を続けていますが、ただ剣のほかに虚言と老獪な行動と、欺瞞と狂妄と、迷信と悪業とを加えました。そして最も神聖で、正直で、単純で、熱烈な民衆の感情を弄び、なにもかも一切のものを、金と卑しい地上の権力に換えてしまいました。これでも反キリストの教義ではなかったでしょうか！　こんなもののなかから、どうして無神論が出ずにいられましょう？　無神論はなによりも第一にこの中から出て来たのです。ローマン・カトリックから始まったのです。カトリック教徒がどうして自分を信じることが出来ましょう？　無神論は彼らの虚偽と精神的無力との産物です！　ああ、無神論！　ロシアで神を信じないものは、ただ特殊な階級のみです、先日エヴゲーニイさんのおっしゃった巧妙な比喩を借りると、根こぎにされた人たちばかりです。ところが、あちらでは、西ヨーロッパでは、民衆そのものの大部分が、信仰を失い始めたんですものね――それも以前は暗黒と虚偽のためでしたが、今は教会とキリスト教に対する狂妄な憎悪の結果です。(22)」

こうして公爵は社会主義はカトリック教とカトリック精神の産物であり、無神論同様絶望から生まれた、精神的の意味で反対に出て、自ら宗教の失われた権力に代わって、渇ける人類の精神的飢渇を癒やし、キリストの代わりに暴力をもって、人類を救おうとしている。これは決して無邪気な空騒ぎなどと思ったら大変だ、ロシアのキリストを、西欧文明に対抗して輝かさなくてならないという。この公爵の突然の激しい言葉はいかにも唐突だ。これはドストエフスキー自身の言葉がなにやら現れてきた感じだ。もっとも周囲の人々は驚きもし、また批判の言葉を挟みもする。だがそれにしても、謙虚で自己主張を凡そ欠いた公爵のこのスラヴ派的愛国心の爆発はなにか。さらにカトリックこそ社会主義を生み出したということは一体どういうことか。いまここではこの問題を追うことはやめよう。ただこの言葉のあと公爵はさらに続けて、ロシアにおける無神論について述べる。ロシア人はカトリックになれば必ずジェズイットになる。ロシア人は世界中どの国民よりも一番容易に無神論になりうる傾向を持つ。しかも単に無神論者になるばかりではなく、無神論を信仰する、まるで新しい宗教のように信仰するという。自分の父祖の地を見棄てたものは、自分の神をも見棄てることになる。ロシアで最上の教育を受けた人たちでさえそのように考えれば、鞭身派《フルイストフシチナ》に走ったことを考えれば、鞭身派がどういう点において、ニヒリズムやジェズイット、また無神論に劣るのか、あるいは、それはこんなものよりもっと深みがあるかもしれないと付け加えた。

この公爵の見解は著者自身のものでもあることは、一般的に指摘されていることだ。『作家の日記』に容易にそのような見解を見出すことができる。なぜ公爵がこのような見解をここで披瀝したか。作者はこの作品全体の背景として世界に広がるニヒリズムの危機をここで述べたかったのだろうと思う。そして、無神論を神とする、ロシアの社会主義者に対して、無神論をいわば全存在において生きることで超えようとする、三人の主人公ムイシキン公爵、ナスターシャ、ラゴージンに対するいわばオマージュとしたのではないか。

10 ロシアのキリスト

作者は『創作ノート』の中で「公爵はキリスト」と繰り返して記している。(23) 上に述べた、公爵の熱狂的な言葉の中にもロシアのキリスト待望論があった。ロシアのキリストとはいかなるものか。それは西欧カトリックの説くキリストではない。それは謙抑に満ち、他者を裁かない、無限の優しみに満ちたキリストであろうか。とすれば公爵こそ作者が謙抑に満ちたキリストとして、ペテルブルグに送ったキリストではなかったか。そのペテルブルグでの現れ方は、『カラマーゾフの兄弟』の大審問官の章におけるキリストの出現と共通するものがある。

ペテルブルグでの出現以来、彼は人々の人間関係の中心になる。人々は彼を必要とする。彼はしかし決して説教を説くことはない。彼は専ら受身に終始するといっていい。いわば彼は他者ととことん付き合うのだ。他者が彼を騙すのにも付き合う。それは彼の同情による。同情は最大の力とも『創作ノート』は記す。彼は人間の心の奥にまで浸透する同情心を持っている。そこで彼には騙そうとする人間の心の裏が見える。彼が付き合うのはそのためだ。彼は騙されることを恐れない。一方彼を騙したほうは、騙された人の無邪気を嘲りつつ、そこになんらかの罪に似た感情をいだく。その点で次の『創作ノート』の叙述は示唆的だろう。

「レーベジェフは天才的な人間像。／信服し、涙を流し、祈らんばかりにしながら、公爵を欺き、彼を嘲弄する。／欺いておいて、ナイーヴに心から公爵を恥じる。[24]」

ここに公爵の人間への接し方の根本がある。このような公爵を人は愛さざるをえないだろう。このキリストが人間を導くとしたら、そのような人間の中に生まれる哀憐の情の覚醒によってだ。人間はどこまでも自己中心的なものだ。そのような本質を有するものに、他者への同情を呼び覚ますことは実は至難の業といえる。そのようなとき公爵は、他者と徹底的に付き合うことを通じて、他者のうちに哀憐の情を呼び覚ますのだ。

同情は最大の力だということがこのうえなく示されたのがエパンチン家で公爵が語ったスイスでのマリーの話だ。マリーはその村で不幸な生活を送っていた女だった。年老いた母と住んでいたが、村にやってきたフランス男に誘惑され捨てられる。マリーは悲惨な状況でやっとのことで家に辿り着く。しかしそれから、村人たちはマリーを罪を犯したものとして憎悪と侮蔑の目で見るようになった。母親も自分の顔に泥を塗ったとして村人の嘲罵に娘を委ねる。誰一人として同情を寄せるものはいない。母親の病が重り、死期が近くなっても母親は彼女を許そうとはせず口もきかなかった。マリー自身結核を病んでいたが、甲斐甲斐しく母親を看病したが、母親はひと口も優しい言葉をかけることもない。マリーときたら自分は世界で一番卑しい女とみなして一切を甘受していた。村のしきたりで老女たちが母親の看病にくるようになると食べ物はもらえない、完全に村からの除け者になってしまい、牛飼いをして口を糊するしかない始末。母親が死ぬと村の牧師はマリーを大勢の前で侮辱し、母親の死を彼女の責任にして、彼女のぼろをまとった姿を指しながら、それはよい見せしめだと非難するのだった。しかもその卑劣な行為が人々には気に入った。しかしそこに子供たちが介入した。子供たちはその時にはすでにマリーの味方になっていた。公爵が子供たちにマリーに対する同情心を呼び覚ましていたからだ。公爵はそれ以前に僅かながら金を作ってマリーを訪れ、渡し、自分の行為はまったく同情の気持ちからだ、貴女は自分を卑下することはないと励まして、彼女に接吻して帰っていたことがあった。子供たちはそれを見て、公爵を嘲笑し、マリーに一層の迫害を加えた。しかし公爵は根気強く子供たちを説得し、次第に子供たちにマリーに対する同情を呼び覚ますことに成功する。子供たちはマリーを愛するようになる。マリーを慰めるためにいろいろ工夫をするようになった。マリーは思いがけない幸福にほとんど気がくるわんばかりだった。やがてマリーは死ぬ。その棺を子供たちが担ぐというが、担げるものでもない。子供たちは棺のあとを泣きながらついて走った。しかしそのあと、村中が公爵を迫害しだしたという。

この話は極めて美しいものだが、ここには謙抑と同情の二つの重要な力の表現を見ることができる。公爵の同情をひいたのはマリーの無限の卑下だろう。そして子供たちの心の中に同情心を呼び覚ましたのは、マリーの苦悩に対する公爵の誠実さだったろう。村の人々が全てマリーを上から断罪的に見下ろしているのに対して、公爵はまさにその苦悩を共有する。人々の嘲笑も気にしない。苦悩を共有するとはそのことだ。いわば公爵はマリーと同じ平面に身を置くことによって、自己を卑下したといえる。子供たちが笑ったのもそのためだが、しかし笑ったということは子供たちがその心をひらく第一歩に他ならなかった。

11　虚無への捨身

このロシアのキリストは自身を人々の嘲笑の中に差し出していわば自分を笑わせることによって人々の心を開き、真の人間的感情、真の同情を生み出すことの介護人といえる。人々は公爵を笑いながら、公爵の純真な無邪気さに打たれないではおかないだろう。しかしそのような美しい人格もなぜ悲劇を避けることができなかったのか。ここに『白痴』という小説の最大の問題性があることはいうまでもない。スイスでは彼は人々を幸福に導いた。それがロシアではなぜ挫折したのか。ここでスイスではマリーという無限の自己卑下に砕かれた魂の持ち主と、子供たちが相手の世界だったということを思い起こそう。これらの存在間には共通したものがあった。公爵の純粋な心情はそのままこれらの人々には通じたのだ。しかしロシアにおいて公爵の入っていった世界は遥かに強固な自我の渦巻く世界だった。そして今やその世界は金と欲望と虚栄によって人々が存在の強固な根を失っている世界だった。確固たるもの、いわば真の信仰を失っていながら、しかも自我意識において強固な人間ぐらい始末の悪いものはない。人々はそれにかわるものを求める。それの端的な表現がラゴージンであり、ナスターシャだったことは既に見たとおりだ。このような中で人々が公爵によって同情の念に目覚めることは困難なのだ。公爵は人々にロシア人の特性について語る。ロシアでは無神論さえも人はひとつの信仰、ひとつの宗教にまで高めてしまう。無神論を信ずるとは形容矛盾以外のなにものでもないが、それがロシア人というものなのであろう。

ラゴージンにせよ、ナスターシャにせよ、その情熱の徹底性、最大性においてまさしくロシア的だ。そこには強烈な自我主張があるが、個人主義的な自己保存の念は微塵もない。彼らにおいて強烈な自己主張とは、自我の絶対性の信仰に他ならない。奇妙なことだが、破滅さえも厭わない。これは考え方によれば、そのエゴイズムの徹底的欠如において神への信仰と踵を接しているものといえはしまいか。ただ、ニヒリズムによって深く浸された時代において、いわば人々はアンチ・キリストに仕えることになる。公爵には二人の苦悩がよく判る。なぜなら、公爵自身時代の子だからだ。

ラゴージンは公爵に愛情と同時に憎悪を持つ。公爵を殺しかねない。にもかかわらず、公爵はラゴージンを愛するのだ。彼はあるとき公爵の憐れみのほうが彼の強い情熱的な愛より強いといったことがある。

ナスターシャにとってみれば公爵の没我的な愛が純粋であればあるほど、惹かれるのだが、しかし皮肉なことにその愛が公爵に対する反発力をも強めさせることになる。このことは同時にラゴージンによって自己破滅の道をより強く願わせることになる。公爵はこのような破滅的道をどこまでも付き合うことによって悲劇を完成してゆくことになる。

問題は公爵の役割の挫折というものではないだろう。公爵がラゴージンの頭をなでながら、新しい感触の世界に入っていたというところにある。その世界はいったいなにか。公爵には自然を前にして自分だけが除け者になっているという感触、そして癲癇の発作の直前のあの世界が輝きわたるかのごとき感触の世界があった。彼の前に現出した新しい世界とはそのような世界とは異なるはずのものだ。これは恐るべき虚無の感触とでもいうべきものではないか。虚無の感触、これもまたじつは絶対に連なる感触、公爵は「白痴」の状態に完全に戻ったというがそれは、このような感触によって呑み込まれたということなのだ。いいかえれば公爵の魂のもっとも深層に潜在していたというべき虚無の感覚の完成というべきものだ。実は虚無はその絶対的性格において、神と相関関係にある。われわれは神なくして虚無を持ち得ないのではないか。これは輝く虚無、巨大な氷層に包まれ、一切が沈黙に帰した絶対的虚無の世界、しかしその反転において神の世界に転換するごとき、絶対的虚無の実現といえはしまいか。

『白痴』という小説の真の主人公は虚無だ。虚無こそ強弱の差異はあれ、その登場人物の全てを捉えているといっても過言ではあるまい。虚無の感情は自国の喪失、虚偽の横行、家庭の崩壊として現れる。そのような中で、真実の人間、虚栄に生きる人間が振り分けられてくる。次に出てくる問題は、このロシアのキリストの人々のうちに呼び覚ましたものはなにかという問題であろうかと思う。

注

（1）“Le silence éternel de ces espaces infinis m'effraie.” Blaise Pascal “Pensées” par Brunschvicg; Hachette p. 428.

（2）“Le dernier acte est sanglant; quelque belle que soit la comédie en tout le reste: on jette enfin de la terre sur la tête, et en voilà pour jamais” Ibid p. 428-429.

（3）米川正夫訳『ドストエーフスキイ全集』第八巻『白痴下　賭博者』（河出書房新社、昭和四十四年）三二七ページ。

（4）同前一二二ページ。

（5）同前一二二ページ。

（6）前掲全集第七巻『白痴上』四六〇ページ。

（7）同前一八八ページ。

（8）同前一八六ページ。

（9）同前一八六ページ。

（10）江川卓『謎とき『白痴』』新潮社、一九九四年、一八四-一八五ページ）。

（11）『白痴』一三三一ページ。

（12）同前三六八ページ。

（13）同前四五七ページ。

（14）前掲『謎とき『白痴』』一一八-一一九ページ。

（15）同前四五七-四五八ページ。

（16）『白痴下　賭博者』一四二-一四三ページ。

（17）同前一四三ページ。

（18）同前一四五ページ。

(19) 同前一四六ページ。
(20) 同前一五八ページ。
(21) 同前一六二ページ。
(22) 同前九二ページ。
(23) 同前二八〇ページ。
(24) 同前二八三–四ページ。

第3章　背景としてのニヒリズムと外来思想

I　背景としてのニヒリズム

これまで『白痴』の主要な人物におけるニヒリズムの問題を見てきた。しかし『白痴』という小説において、この問題は単に彼らだけの問題ではないことはいうまでもない。あらゆる登場人物はなんらかの形でニヒリズムの思想の影響の中に置かれているといっても過言ではないだろう。したがってそのような背景の中で改めて問題を追及する必要があるかと思う。では背景としてのニヒリズムとはなにか。

元来思想というものは、それが一般的にいって、社会全体に広がってゆくことによって、本来その思想が有していた思想としての純粋性や有機性は失われてゆき、より俗耳に入りやすい形をとって流布してゆくことになるだろう。十九世紀ロシアの六〇年代において無神論、唯物論、ニヒリズム思想はツルーゲネフ、チェルヌイシェフスキー、ピーサレフといった作家、思想家や文芸批評家の著作によってロシア社会に広がってゆくが、しかしそのような思想は一般大衆の中においては、実生活に都合のよいように、変換され、矮小化され、現実化されてゆくことになる。さらにそういった伝統思想を一挙に否定する激しい思想の流れは同時にヨーロッパから入ってきた解放思想や婦人問題の拡大とともにより激烈な意識によって人々を薫染することになるだろう。実は『白痴』という小説空間にはそのような思想によって影響された様々な人物が活躍しているのであって、これまでに述べてきた主要な人物もそのような人物とのかかわりの中で彼らの運命を辿っている。ここでは、この小説空間に浸潤するそのような様々な精神的、感情的、思想的背景を取り上げ検討することを通して、改めて主人公たちの考察を深めてゆきたいと思う。

ニヒリズム思想の一般化する社会では既成の価値、聖なるものの観念は否定され、嘲笑され、それに代わるものとしてマモンの神（マタイ伝第六章二十四に出てくる不正の富のこと）、金が崇拝されることになるだろう。まずは金というものがこの世界にどのような力を及ぼしているかを見ることから始めよう。

1　全能の神としての黄金信仰

公爵はスイスから十一月下旬早朝のペテルブルグに汽車で着く。その汽車の中での会話からこの小説は始まるが、すでにその時から金の力というものが示され、その同じ日の夜、ナスターシャの家での凄まじい劇的情景のクライマックスに至るまで金の問題が一貫して流れている。公爵が最初に訪れた、彼と同じ貴族の家系の血をひく女性の嫁ぎ先のエパンチン家を訪れた際ガーニャという青年に会うが、彼は金を目当てにナスターシャとの結婚を考えている。というのもナスターシャをその少女の頃から、囲い女《め》としてきたトーツキーが、自分の結婚のために、ナスターシャをいわば厄介払いをしなければならない、そこで彼は七万五千ルーブリの嫁資をつけて適当な青年がいればそれと結婚させたいと考えている。そこでその青年として、ガーニャが選ばれたのだ。ガーニャは最初はナスターシャを愛していたのだが。トーツキーやエパンチン将軍のそうした画策を知るに及んで嫌気がさしてきた。トーツキーはエパンチン将軍の長女アレクサンドラを妻としたい、一方エパンチンはトーツキーのような上流階級の士に、三人いる娘のうちの一人を貰ってもらえれば有難いと思っている。そのうえエパンチンは妻のある身でありながら、ナスターシャに色目を使い贈り物をしている。自分の元で働いている青年と結びつけるのは、どうやらそうした欲情の密かな満足にも繋がっているものらしい。一方ガーニャはガーニャで、エパンチン将軍の末娘、三人姉妹の中でももっとも美しいとされているアグラーヤに心を寄せ、公爵を彼女の心を探るための使者に利用する。

ちょうど公爵がエパンチン家を訪れた日は、ナスターシャの誕生日にあたり、その日関係者一同を夜会に呼んで、ナスターシャがガーニャとの結婚についての諾否の回答を与える日だった。その夜、予定のとおり、一同はナスターシャの家に会し、プチジョーという遊びの流れの中でナスターシャは公爵に結婚の諾否をゆだねるのだ。そこで公爵は、結婚はすべきでないと否定的な回答を一同の前で言って一同を驚かす。そこにラゴージンが一党を率いてやって来る。用意してきた十万ルーブリをテーブルの上に置く。その大金は新聞紙に包まれているが、なんとその新聞は『取引報知』という中産市民階級の商業団体の利益を代表する新聞であり、株の取引を中心とした情報が掲載されていたものにちがいない。この時ナスターシャはいう。

「『皆さん、これが十万ルーブリです。』とナスターシャはなんだか熱に浮かされたような、戦いをいどむような、もどかしげな様子をして、一同に向かいこういった。『ほら、このきたならしい包みの中に入ってます。きょうこの人がきちがいのようになって、晩までにわたしのところへ十万ルーブリ持って来るといったので、わたしはこの人を心待ちにしていたのです。つまり、わたしをせりおとしたんです。一万八千ルーブリから始まって、急に四万ルーブリにせり上げ、そうしてとうとうこの十万ルーブリということになりました。でも、やはり約束をたがえず持ってきましたよ(1)』」

ラゴージンは、その日の昼間ガーニャの家を訪れている。その時ナスターシャも来て、公爵は初めて現実のナスターシャを見るということがあった。その時ラゴージンはガーニャにナスターシャを譲れ、その代わり金は出すといって、金額を吊り上げてゆき、ついに十万ルーブリまで達する。ナスターシャには七万五千ルーブリのトーツキーの持参金がついている。もしナスターシャと結婚しないなら、その金が入らない。そこで十万ルーブリをトーツキーに代わって提供するから女を譲れということだ。十万ルーブリといったら大金だ。ラゴージンはわずか半日たらずのうちに用意しなければならなかった。彼は借金までして準備した。ナスターシャは、そうした事情を一同に披露した。自分が金銭的取引の対象になっているというこの自虐的な告白の背後には鬱屈した憤激があるにちがいない。このあと彼女はラゴージンと一緒になって騒ぐか、一切を捨てて無一文になって洗濯女になるかしかないといって、そんな女を引き取ってくれるものはいないだろうと口走る。フェルディシチェンコが公爵なら引き取るという。引き取るかと公爵に聞く。公爵は引き取ると答えてから、結婚は自分にとって光栄だ、自分はあなたを熱愛するといって一同の笑いをさそう。

彼は一通の文書を取り出す。彼のそれまで存在を知らなかった伯母が死んだので、その莫大な遺産、百五十万あるいはそれ以上の遺産が入ったという知らせだったのだ。じつは、この話はエパンチン将軍を相手に話をしている時、折を見計らって話そうと何回か話しかけたのだが、その機会を逸したものだった。ラゴージンの十万ルーブリを持っての求愛、それを退けての公爵の意想外の結婚の申し込み、無一文の公爵がなんとしたことかと一同驚く中で、一挙百万長者への変貌、一同は打って変わって公爵を祝福して彼の前に集まる。語り手はこの時からナスターシャの狂気が始まったと一同がのちに断言したというのだが、もし気が狂ったのが本当だとしたら、それは遺産相続によって、公爵の結婚申し込みに現実性が出てきたからだろうと思う。その狂気は金銭による駆け引きの対象として扱われることへの激しい反発と、にもかかわらずラゴージンの金を媒介としてではあれ、激しい純一な愛情と、公爵のこれまた美しい熱愛の告白と、そうした感情の突然の渦巻きに巻き込まれたためではないか。こうして元来金とは関係を持たないと思われた公爵さえも、遺産相続という形で金力万能の世界に巻き込まれていくのだ。そしてこのことは後になって、真の相続人の出現という公爵にとって不快極まりない事件の原因ともなる。

どういうわけか、ラゴージンの愛には一貫して金が付きまとう。最初ナスターシャを見た時、一ぺんで魂を奪われたラゴージンは、一夜まんじりともせず過ごした次の日、父親から預かった五千ルーブリの債券を二枚換金した後、父親に頼まれた支払いをすっぽかして、胡桃大のダイヤのついたイヤリングを買ってナスターシャに贈る。それを知って父親は、彼を二階に押し込め、一時間ほど説教したあと、ナスターシャのところへ行って平身低頭してイヤリングを返してくれと頼んだ。ナスターシャは、イヤリングの箱を父親に叩きつけ、そういわれればこのイヤリングが十倍も有難い、ラゴージンさんによろしくといったという。この話の中に既にラゴージンという男の愛情表現の一切が含まれている。衝動性とそれを表現するのに金の力によろうとする。彼にとっては金こそその愛情を支える力なのだ。おそらくラゴージンという野性そのもののごとき男にとって、愛情の表現はそのような形をとるしかなかったのかもしれない。

そのような男だから、公爵の求愛をナスターシャがそれを受けたといったときの絶望は恐らく非常なものであったにちがいない。そのようなラゴージンの表情を見て、ナスターシャは一挙にそれまでの態度を改め自分はラゴージンとともにゆく、そしてこれまでの人生とは決別するといって、ラゴージンの一党とともに自分の家を飛び出して往来にゆく。その直前に彼女はラゴージンから十万ルーブリの金の新聞紙包みを暖炉の火に投じて、ガーニャを試したということについては前に述べた。ガーニャはそこで金銭欲の命ずるところに従うかそれとも名誉欲をとるかの二者択一の前に否が応でも立たされて、判断不能におちいって、失神してしまうのだ。その前にナスターシャはレーベジェフに、ガーニャが金のためなら、ヴァシリーエフスキー島まで這って行く男という批評を聞いていた。ナスターシャはそこで、ガーニャを試したのだ。ナスターシャはガーニャについてこうもいっている。

「わたし今こそ信じます。こんな男は金のためなら人殺しでもします。ごらんなさい。ごらんなさい、今時の人はみんな欲に渇いて、金に心を奪われ、まるで馬鹿みたいになってしまってるじゃありませんか。あんな小僧っ子同然の人までが、もう高利貸の真似をしてるんですからね。それでなければ剃刀を絹でくるんで、しっかり縛った上で、そうっとうしろから自分の友達を羊かなんぞのように、斬り殺すのです。わたし、こんな話をこの間よみました」[2]

コーリャも公爵に、ある人が息子に金儲けのためなら何ものにも譲歩してはならぬと言ったという記事をモスクワの新聞で読んだといって金万能の世相を嘆いていた。

ガーニャは公爵にいったことがある。金というものの素晴らしいことはそれは才能までも与えるからだと。彼は高利貸しになってユダヤの王ガーニャといわれる野心を持っている。聖書にはキリストをローマの兵士がユダヤの王万歳といったとあるが、そのことからしてガーニャのこの野心は恐らく聖書のパロディーではないか。信仰という最も精神的であるがゆえに、普遍的であり、万能的であり、至る所において人間を支えるものが、いまや金信仰に代わったということだ。ガーニャはこの事件ののち、激しいショックを受けたためだろう暫くは寝込んでしまったという。勤めも辞める。恐らく改めて彼は金というものの本質、それがいかに人間性を歪め、徳性を奪ってゆくかということを、痛烈に体験したことかと思う。

2　ラゴージンと金

ここで改めてナスターシャの愛の獲得に金をもってするというラゴージンの愛の表現のあり方について考えてみたい。大体このような愛が真の愛でありうるのか。元来愛というものは金銭から自由であるべきものだろう。しかしここでは、愛は金の額によって獲得されることになっている。だれが見たって、これが真実の愛といったものではないはずだ。しかも莫大な借金をしてまで愛を獲得しようとしている。ひょっとしたら自分は破産して破滅するかもしれない。しかしそれは問題ではないのだろう。とにかく、女の愛を獲得しさえすればいい。獲得できなければ、女を殺すか、あるいは自殺するか。これはまさに絶望的な愛だ。公爵が早くから、ラゴージンがナスターシャと結婚したらその日のうちに、あるいは数日後に斬り殺してしまうだろうと予言していたのはまさにそのためだ。公爵はすでに汽車の中での対話を通じてそのことを直覚していたに違いない。高利貸の家に生まれ育ったラゴージンは金の力は百も承知だったろう。金の力の万能性は彼の心の中に牢固として巣食い、彼の行為、意志の中に転位されていたといえる。そこにおいて彼は愛においてもその全能の力によって愛を貫徹しようとすることはほとんど本能的となるだろう。しかしそのような、金の力をかりて専制的愛人たらんとするものが、ナスターシャのような洗練された教養と趣味の持ち主を支配できるはずはないだろう。二人はモスクワで二度結婚の機会を得るが、二度ともナスターシャは逃げ出してしまう。最後に、公爵との結婚式の当日、教会に向かおうとして家を出た時、ラゴージンを見て、助けてくれといってラゴージンとともに逃げてしまう。そして、ラゴージンの家の中で短刀によって殺されてしまう。短刀は公爵をも狙ったものであったがなぜ短刀なのかと考えてみて、短刀とは暴力であり、それは金の持つ暴力性と通底するものといえる。ではなぜ公爵をも短刀で以って狙ったか。ラゴージンはある時、公爵に公爵の憐れみの情のほうが自分の愛情より強いといったことがある。愛情より強い憐れみの情、これは金では買えないものだろう。ラゴージンの愛情はいわばエロスの感情であり、公爵の憐れみの情はアガペの感情であり、それは深く宗教的なものだ。それはラゴージンにとってはそのような愛を持ちえるはずもない。そのとき彼の愛はいわば恋敵に対して暴力によって、相手を亡き者にしようとするだろう。

３　公爵を襲った新世代

公爵というもっとも無欲な世間的欲望から解放されている存在も現実社会においては、醜い金銭的トラブルに巻き込まれざるを得ない。すでに莫大な遺産が彼のところに転げ込んできたということについては述べた。ところが彼の前に真の相続人というのが名乗り出たのだ。ブルドーフスキーという若者である。彼は、仲間を連れて公爵のいるレーベジェフの家にやってきた。仲間というのは、レーベジェフの甥の青年と、ケルレルというかつてはラゴージンの取巻き連だった拳闘家とイッポリートである。イッポリートについてはすでに述べた。彼はのちに公爵の親友になり心を打ち明けた友は公爵だけというようになるがこのときは全くの初対面だった。この時はエパンチン将軍夫人もアグラーヤもまたＳ公爵もそこに列席してこの公爵の危機にすこしでも支えになりたいと考えるのだ。そのとき夫人がレーベジェフに次のような質問をしたのが注目される。

「いったいその連中てのはニヒリストなのですかねえ？」

それにたいしてレーベジェフは答える。

『いいえ、あいつらはニヒリストとは違いますので』これも同じく興奮のあまりぶるぶるふるえださんばかりのレーベジェフが、一足前へしゃしゃり出た。『あいつらはそれとはまるで違う、特別な連中でございます。わたくしの甥にいわせますと、あいつらはニヒリストよりももっと上手《うわて》なのです。あなたは、自分がそばにいたらあいつらがまごつくだろうとお思いのご様子ですが、なかなかどうして、あいつらはそれしきのことでまごつくような連中じゃありませんて。ニヒリストの中にはままものの分かった、学者とでも言いたいような人がおりますが、こいつらときたら、それどころの騒ぎでないのです。なぜと申すに、まずなにより実際的な連中だからです。これはつまりニヒリズムの結果でありましょうが、まっすぐな道を通ってきたんでなくて、ほんの聞きかじりか、ただしはニヒリズムの前を横目ににらみながら通り抜けたくらいのところです。それに、雑誌に論文かなにか載せて意見を発表するなんて、まわりくどいことはいたしません。なんでもかでもじっさいにやって見せるのです。例えば、やれ、プーシキンは無意味でござるの、やれ、ロシヤの国はいくつにも分裂しなくちゃならんのと、そんなこととはまるでお話が違うのです。ただその、なにかひどく執心なことがあると、たとえそれがために八人の人を殺す必要ができても、むちゃくちゃにやりとおす権利があると思っているのです。公爵、わたしはやはりどうも賛成いたしかねますが……(3)』」

レーベジェフの最後の言葉は、公爵にこの連中に会わないでおくほうがいいだろうという忠告を繰り返したものだ。その理由は、平気で人を殺しかねないからだというのだ。その前にもレーベジェフの娘のヴェーラは「もし今ここへ通さなかったら、途中で待ち伏せでもしかねないような人たち」といっている。ところで、このレーベジェフの新世代評は、ニヒリズム思想というものの頽落した現象を現す端的な指摘といっていいだろう。このレーベジェフの言葉にもニヒリズムの信奉者として「まっすぐな道」と「横目ににらんで」と区別している。「まっすぐな道」とはたとえばピーサレフといった理論としてニヒリズムを主張する人たちのことで、これらの人たちの中には「ものの分かった」人たちもいる、しかし恐ろしいのは上面《うわつら》にニヒリズムを理解してそれを直ちに実行に移す人間たちだというのだ。このレーベジェフの言葉は思想というものと、それが一般的に流布した結果としての現実の中にそれが適用されてゆく、ある意味では活きた思想として巷を闊歩してゆく形態、それは思想の低落形態ではあるが、思想が生きてゆくにはとらざるをえない形態でもあるのだろうが、そのふたつのあり方を示している。いずれにせよ、単に思想というものを書斎的に、あるいはサロン的に追求する時代では次第になくなっているという認識がそこにはある。後にドストエフスキーは『悪霊』においてこの問題を徹底的に追求することになるし、すでに『罪と罰』においてもこの問題を追求していた。

4　残酷な犯罪の影

ところで、レーベジェフの最後に言った「執心なことがあると」その遂行のため手段を選ばないという言葉には恐らく実感がある。これはナスターシャの言葉の中にもあったが、そこには当時世間の人々の肝を冷やした残酷な犯罪の影があるのではないか。なぜなら、この忠告に対する公爵の答えの中にそれを示すものがあるからだ。四人の乱入者たちを迎え入れ、丁寧に応対しようと決意している公爵は気遣うレーベジェフに対していう。四人にはそういうことはない、「それはいいがかりというもの」とほほえみながらこう答えた。

「あの甥御さんは大分君をおどしつけたと見えますね。奥さん、どうかこの人の言うことを、本当にしないで下さい。ゴールスキーやダニーロフなどはほんの偶然の産物ですし、この人たちはただ思い違いをしてるまでのことです……」

ここで公爵がいったゴールスキイやダニーロフは当時話題になった殺人犯罪者である。実はゴールスキイについてはすでにレーベジェフと公爵の会話の中で出てきていた。レーベジェフが自分の甥というのを公爵に紹介したとき次のような会話が交わされた。

「『公爵さま！』となにやら急に感きわまったようにレーベジェフが叫んだ。『ジェマーリンの一家がみな殺しにされたことを、新聞でご覧になりましたか？』

『読みましたよ』といささか驚いたように公爵は答えた。

『さようで、じつはこの男がジェマーリン殺しのほんとうの下手人です、こいつがそうなんで』

『君、なにを言うんです？』と公爵はいった。

『つまり諷喩的《アレゴリック》に申しまして、第二のジェマーリン一家の第二の下手人です、もしそんなものがこの先あるとすればですがね。こいつはそれを手ぐすね引いて待ってますよ……[4]』」

公爵はこの言葉を、時間をつぶすための「苦しまぎれの駄じゃれ」と推測したが、しかしレーベジェフのこの言葉が公爵にある種の重苦しい印象を与えたことも事実だ。というのはそのあと公爵の心にこの甥の姿がジェマーリン殺人事件の犯人と二重写しになってよみがえってくるのだ。

「よくばからしいほどあきあきした音楽の一節が、うるさく心に浮かんでくるように、なぜかさっき見たレーベジェフの甥の姿が、ひっきりなく思いおこされる。しかも、不思議なことには、あの時レーベジェフが甥を公爵に紹介しながら、自分の口から話して聞かせた人殺しの下手人の姿となって、この甥は公爵の記憶によみがえった。それに、この記憶を新聞で読んだのは、ごく最近のことであった。こうしたふうの話は、彼もロシヤへ入ってからどれだけ読んだり聞いたりしたか知れぬ。彼は執念《しゅうね》くこういう種類の出来事に注意を払っていたのである。さきほどのボーイとの対話のなかでも、彼はこのジェマーリン一家の殺人事件に異常な興味をしめしたものである。彼はボーイまでも自分の説に賛成してくれたことを思いだした。と、またつづいてボーイの姿をも思い出した。それは小利口そうなもったいぶった、用心深そうな若者であった。『しかし、あれだってどんな人間だかわかりゃしない。新しい土地で、新しい人たちの心持ちを洞察するのはむずかしいものだから』と思った。とはいえ、彼はロシヤ人の魂を熱狂的に信じはじめたのである。ああ、彼はこの六か月の間に、自分にとって全く新奇な、かつて聞いたこともないような、思いがけない、謎のような多くのできごとに接してきた！　けれども、人の心は暗闇である。そして、ロシヤ人の心も同じく暗闇である。少なくとも、多数のものにとって暗闇である。早い話がラゴージンだ。公爵は彼と親しくしている、ごくごく親しくしている、『兄弟同様』に親しくしている、――ところで、一体彼はラゴージンを知っているだろうか？」(5)

5　ジェマーリン事件とラゴージン

公爵の言葉の中にあったゴールスキイというのはジェマーリン事件の犯人である。このジェマーリン事件についてはその前にも次のように言及されている。「さきほど酒場で食事の時に、近頃非常にやかましい騒ぎになっているきわめて奇怪な殺人事件について、ボーイを相手に話したことを思い出したが、このことを思い出すやいなや、不意に彼の心内に不思議な変化が現れてきた。[6]」

この変化とは「ほとんど一種の誘惑ともいうべき、激しいおさえがたいある欲望が、がぜん彼の意志を完全に麻痺させたのである」というものだ。これはなにか。そのあと彼は先に引用したレーベジェフの甥のことからジェマーリン事件を思い出すのだが、この暗い想念はそこにそれが収斂していく焦点のごときものとしてラゴージンの存在があったと思う。ラゴージンの殺意というものがこの残酷な殺人事件とのつながりを想起させるのだ。

「しかし、ラゴージンがもし殺害を企てても、六人殺しの事件のような、あんな乱脈な殺しようはすまい、あんなめちゃめちゃな真似はよもや出来まい。図面つきであつらえてこしらえさせた兇器に、まったく前後不覚の状態におとしいれられた六人の家族！　ラゴージンがそんな兇器を図面つきで特別に注文しようはずがない……ラゴージンのところには、――[7]」

公爵はそこまで考えをすすめていって、改めてそのような暗い思念をラゴージンに対してなす自分に愕然とする。「こんな無恥で露骨な憶測をすること」は一種の罪悪ではないかと羞恥の念にかられるのである。

ではこれほど当時の人々に衝撃を与えたジェマーリン事件とはいかなる事件だったのか。

「一八六八年三月十日の『ゴーロス（声）』紙でドストエフスキーはタンボフからの通信として商人ジェマーリンの家で起こった殺人事件の記事を読んだ。その妻、彼の母親、十一歳の息子、親戚の女性、玄関番と料理女の六人が殺害された。審理が公開されて犯行の詳細が『ゴーロス』紙上に報道された。殺人犯は十八歳の貴族の中学生ヴィトリド・ゴールスキイで、ジェマーリン家の息子の家庭教師で、教師や友人の意見では、彼は賢い、読書好きで文学の授業ずきの若者だったという。犯行を思いつくや、ゴールスキイはあらかじめあまり整備されていないピストルを手に入れ、錠前屋で修理した。特別に作った設計図で鍛冶屋に、古代ロシヤの武器キスチェーニに似たものを注文した。キスチェーニは短い棒の先に皮ひもあるいは鎖で鉄の球をぶらさげた打撃用の武器だ。その際かれはそれが体育練習に必要のものとふれこんだという。カトリック信者だったが（国籍はポーランド）、法廷では無神論者であるとみとめている。ジェマーリンは法廷で、ゴールスキイの犯行は政治的目的からだと証言したが、というのも、彼はポーランド人の影響のもとに育ったからだというのだが、結局確証をしめすことはできず、法廷はその意見をしりぞけたという。[8]」（引用者訳）

以上はナウカ社の三十巻本全集の第九巻所載の『白痴』解説によったものだが、解説者は、ドストエフスキーがこの事件にかくもこだわったのは、そこに一八六〇年代ロシアのニヒリズム思想が若者たちに与えた否定的影響の代表例を見たからだろうと述べている。

その解説はなおドストエフスキーが特に関心を示した他の犯罪例についても詳細に述べている。ひとつは先の公爵の言葉にもあったダニーロフと、もう一つはラゴージンのモデルとなったといわれるマズーリンである。

「ダニーロフは十八歳のモスクワ大学の学生でその犯罪の報道は、一八六六年一月半ばごろの新聞紙上に現れた。それは『罪と罰』の最初の章の印刷中のことだった。記事は一八六八年の中頃まで掲載される。彼は高利貸の退役大尉ポポフの強盗殺人の罪に問われた。彼はラスコーリニコフと同様にもう一人の人間も殺している。使用人のノルドマンである。彼の知性、教養さらに人並みならぬ身だしなみ、そして法廷での冷静さが新聞紙上で報じられた。ダニーロフは自分の罪を身代わりに引き受けてもらおうとした囚人のグラートコフという男に、彼が犯行を決意したのは父親との会話にヒントを得たと語ったという。彼が父親に結婚の意志を伝えたところ、父親の忠告はこうだった。『自分の幸福のためにはいかなる手段によっても金を獲得しなければならない。よしんばそれが犯罪という方法であっても』こうして父親は犯罪の共犯者になったという。[9]」（引用者訳）

ラスコーリニコフとダニーロフと共通性があったにせよ、ドストエフスキーはダニーロフの論理の平板さに留まることなどしない。彼は遥かに深く、問題を掘り下げ追究していった。ただ、このダニーロフの父親の論理は先のレーベジェフの言葉の中にも反映していたこともたしかだろう。また、コーリャが公爵に語った言葉にもあった。いわばこれもまた、ニヒリズムの俗化した、頽落した形態なのだ。

先に触れた解説の中のもう一人の犯罪者はマズーリンだ。これはラゴージンのモデルといわれている。マズーリンはラゴージン同様著名な商人の家の出身者だ。

「世襲の名誉市民で父親から二〇〇万の資金をうけついでいる。彼の家はモスクワの繁華な商業街にある。父の死後家は母親の所有になっている。その家で一八六六年七月十四日マズーリンは殺人を犯し、死体をかくした。被害者のカルムイコフは剃刀で斬り殺された。剃刀はぐらぐらすることがなく、うまく使えるように、皮ひもでしっかり固定されてあった。その日の夜、マズーリンは死体を、購入したアメリカ製の油布で覆い、両側に二つの花瓶の下皿と二つの深皿を置き、そこにジダーノフ液を注ぎ込んだ。これは消毒と悪臭抜きのためだ。その液は、発明者エヌ・イー・ジダーノフの名前にちなんでそう呼ばれている。殺人が行われた倉庫では、血痕の付いたナイフもまた発見された。そのナイフは『家庭用』という名目で購入されたものだった。ラゴージンの場合と同様マズーリンも十五年の流刑を宣告された。[10]」（引用者訳）

マズーリンの犯罪の動機についてはこの解説だけでは十分明らかではない。この場合は金の問題ではないのではないか。あるいは被害者カルムイコフは芸術家だというから、借金を踏み倒したことのはらいせかどうか。いずれにせよこのマズーリンという犯罪者がラゴージンという人物の造形の上で、ひとつのモデルの役を果たしたことは確かなようだ。ラゴージンの家もまた世襲の名誉市民であり、父親から遺産として二百五十万ルーブリを贈られている。ナスターシャの殺害がラゴージンの家で行われ、死体はそのままそこに置かれたたこと、ラゴージンがナイフをあらかじめ用意しておいたこと、それを公爵に聞かれて、居直ってみせるなど細部において利用したと思われる点がある。

興味深いことは、このマズーリンという犯罪者とナスターシャとの関係である。つまりナスターシャはその公判に関する記事を読んだという想定である。

解説は作者の構想について次のように記す。『白痴』の文学空間は一八六八年十一月二十七日（水曜日）から始まっている。この日はナスターシャの誕生日だが、このころマズーリンにかんする法廷が開かれていて、それが同じ日の新聞『モスクワ通報』や『声』に報道されているからそれを読んだ、そこでナスターシャの脳裏には常にラゴージンともう一つの映像が重なって思い出されていたというのだ[11]。

このような解釈を導入すると慥にナスターシャの狂気というものもよく理解されるように思う。それは単に過去のトラウマといったものによるのみならず、自分の首筋に剃刀が当てられているかのごとき恐怖感によって狂気に追い込まれていったという、戦慄的な現実感覚によって理解できるのだ。

6　試されるものとしての公爵

さて四人組が真の相続者という男を中心に公爵のもとに訪れてきたが、結局それが偽計であることが暴露されてゆく。その際ガーニャが公爵のために様々に尽力してくれたのだが、ここで公爵は彼らに対して憤るどころか、むしろ自分を悪いものとしてへりくだるのだ。それをリザヴェータ夫人は瘋癲病院だと叫び、アグラーヤもそれに応ずる。一方レーベジェフの甥は、「べらぼうに無邪気なのか、それとも図抜けてうまいのか、どちらかでさあ」と皮肉るのだ。リザヴェータ夫人が瘋癲病院といったのはいうまでもなく、詐欺的行為でやってきたものが、化けの皮がはがれて、恐縮して退散するどころか、逆に自分が騙した相手を責める、そして被害者が逆に加害者に謝る、これは転倒した世界というべきものだ。この小説空間においてもっとも是々非々に対応し、もっとも明確な価値観をもって新しい時代に対して忌憚のない批評を下すのがエパンチン将軍夫人のリザヴェータであろう。彼女は公爵が歯がゆいのだ。公爵に言う。

「わたしあなたには飽き飽きしましたよ……それで、公爵、あんたはあいつらに詫びをするんですね」

「なんです、一体聞いていれば、『まことにすみませんでした、僕は失礼にも君に金なぞ提供しようとしました』なんて」[12]

この夫人の言葉はこの瘋癲病院的、転倒した逆世界の王としての公爵の役割を端的に把握した言葉だろう。しかし公爵は道化的人物としても特別な存在といわねばならない。彼の本質はとことん付き合うところにある。その点ではドン・キホーテあるいはキャンディードなのだ。道化が、自己を卑下することによって相手への優越をいだこうという、卑下において極めて意識的であろうとするのに対して、ドン・キホーテは彼の理念に対する純潔極まりない献身によって人々の笑いを呼び起こす。公爵もそうだ。彼のうちに、相続人の僭称者に対する軽蔑はない。彼は軽蔑するより先に相手の置かれている状況に同情する。憐憫こそ彼の行動の根源なのだ。従って、僭称者に対しても憎しみは持てない。しかし第三者から見れば、そこに道化的演技を見ざるを得ないということになるだろう。

ロシアの新しい世代に対しても彼の対し方はかわらない。彼は四人組を迎えた時、ある奇妙な思念に捉えられる。

「もしや誰かが前から考えて、この事件がちょうど今この時、こうした来客の前で持ち上がるように、しかも彼の勝利とならず、かえって大恥をかかされるのを予期して、こんな細工を企んだのではなかろうか、といったふうの考えが、ちらっと心に浮かんだのである。けれども、彼は同時に、自分の『奇怪なほど意地悪くて疑り深い』性質が浅ましく、妙に沈んだ気持ちになった。自分の心中にこんな想念が潜んでいることを誰かに知られたら、彼はとても生きてはいられなかったであろう。で、ちょうど新しい客人たちがどやどやと入って来た瞬間、彼はここにいる人の中で、自分が道徳的に最も劣等な人間なのだと、真底から考えた。[13]」

新来の客というのは、例の四人組の青年たちである。公爵はこのような無頼漢じみた若者たちをレーベジェフのように追い払おうとするどころか、彼らの無礼な行為を自己に引き付けて、自分こそ最も道徳的に劣悪な人間として卑下するのだ。

このような態度はラゴージンを相手にした時にもっとも鮮やかに現れる。彼はラゴージンの心を闇とも謎とも感じているが、だからといってそこから身を引くわけでもない。彼はラゴージンに襲われるが、それでもラゴージンを憎むことはない。それどころか先にも見たようにむしろ自分をより罪深いものとして感じるのだ。

これまで見てきた新聞紙上をにぎわしてきた犯罪者はまさにもっとも憎むべき犯罪者だ。ラゴージンとはなにか。そのような存在者と共通する、やはり犯罪性を十分有する存在であることは早くから公爵も予感している。しかし公爵はラゴージンの中にもっとも尊い善性の存在をも直覚している。それは自分の情熱に賭けるひたむきさだ。それはある意味では公爵の持たないものだ。

公爵はジェマーリン事件からラゴージンの殺意をあれこれ憶測して、そういう自分に激しい羞恥を抱く。そしてそのあとあるあたらしい想念に捉えられたという。それはどうやら三人の愛のユートピア的諧調かと思う。公爵は明るい幻想に捉えられたのだ。

「そうだ！　今こそいっさいをきっぱり片付けねばならぬ、すべての人がたがいの心を読み合わねばならぬ、さっきラゴージンの叫んだああした悲惨な熱狂的な断念の叫びを、いっさいなくしてしまわねばならぬ、しかも、それは無理のない、自由な、そして……明るい方法で遂行せねばならぬ。ラゴージンとでも光明の精神に欠けているわけではあるまい[14]」

公爵はラゴージンは自分で自分に言いがかりをつけていると考える。そしてラゴージンの人間的蘇生を夢見るのだ。

「彼は苦悶することも同情を寄せることもできる偉大な心情を持っている。もし彼がことの真相をすっかり知り抜いて、あの傷つけられた半気違いの女がどれほどかわいそうな存在であるかに想到したら、彼とてもその時は、以前なめさせられた苦患をことごとく許してしまうだろう。きっと彼女のしもべとなり、兄弟となり、親友となり、予言者となるに相違ない。そして、同情はラゴージン自身にも教訓を授け、その生涯を意味あるものとするであろう。同情こそ全人類の生活における最も重要な、あるいは唯一の法則であるのだ[15]。」

公爵という人間の美しさは、こういうところにあるだろう。彼は彼の上に襲いかかる様々な否定的な、社会的な暗黒の力にもかかわらず、なお明るい人間諧和の可能性を信じ続けてやまないのだ。

Ⅱ　ロシア社会と外来思想

1　憑依する思想による虚偽

公爵のごとく自己主張を持たない、無垢の人間が物欲の渦巻く文明社会の中に降り立ったとき、この純粋透明にして静けさに満ちた魂はそこで出会う人間をその存在自体によって解析することになるだろう。そこで析出されてゆくのは虚偽というものの様々な様態である。恐らく虚偽にはさまざまなレベルがあり様々な変容がある。そしてその中でも最も重大なものが、思想というものが人間に取り憑いて惹き起こす虚偽ではないだろうか。とくに新しい思想ほど人間を擒《とりこ》にする度合いが激しくなるのだから、そこでは虚偽は最大になるといっていい。しかも重大なことは、一度新しい思想に取り憑かれるや、それはその思想の所有者にとってはあたかも自己のうちからその思想が生まれ出たかのごとく現象する。その時思想の憑依は最大になるだろう。それが新しい思想であればあるほど、幻惑のからくりはますます背後に退けられる。とくにヨーロッパのように何世紀も経た思想の相互的切磋琢磨の伝統を持たない国、例えばロシアにおいてはそれがより強調されることになるだろう。

このことは単に若い世代に対していえるだけのものではない。旧世代もまた同じような虚偽に陥ることになるだろう。旧世代は旧世代で自分のいだいていた価値を後生大事とすることによって、それを絶対化する。現実はつねに変わってゆくにもかかわらず、過去の思想を絶対化することにおける虚偽がそこに生まれるであろう。さらに思想というものは前章でも見たように一般化することによって、歪められ、俗化され、手ごろで日常的な道具に化してゆく、あるいはマキアヴェリズム的に利用されることになる。

ドストエフスキーは思想というもの、あるいは観念というものの憑依の問題と生涯賭けて取り組んだ作家だった。彼の場合ニヒリズムの憑依こそが最大の課題だということは本章の冒頭において述べた。この場合ドストエフスキーにとっては、ニヒリズムという観念の内容如何よりは、それが人間に憑依することこそが問題であったかもしれない。それは『罪と罰』をみれば明らかであろう。『罪と罰』の主題というものがあるとすればそれは、ラスコーリニコフの抱くいわゆる超人思想に問題があるわけではなく、彼の理性の領域内で絶対性をもって彼に憑依した、その憑依からの脱却にこそあったのではないか。そしてラスコーリニコフの抱く超人思想とはニヒリズムの変換されたものに他ならない。ドストエフスキーにおいてあらわれるさまざまな思想的言説はすべてニヒリズム思想のヴァリエイションとして理解されるのではないか。いいかえればニヒリズムの憑依という大きな根から生い出たものに他ならないのではないか。イヴァンの劇詩「大審問官」はそのもっとも壮大な例である。

さて公爵はエパンチン家の集まりで雄弁をふるったことがあった。それは公爵の恩人のパヴリーシチェフがカトリックに改宗したという、衝撃的事実の解釈を機会になされたものだが、その言説はまさにロシア人にとって思想というものがいかなるものかを示す。

「ロシヤ人は岸へ泳ぎ着いて、これが岸だなどと信じると、もう有頂天に喜んでしまって、どんづまりまで行かなくちゃ承知しない、これはいったいどういうわけでしょう？　あなた方は今パヴリーシチェフ氏の行為にびっくりして、その原因を同氏のきちがいじみた、人の好い性格に帰しておしまいになりましたが、あれは間違っています！　まったくそういう場合、単にわれわればかりでなくヨーロッパ全体が、わがロシヤ人の熱病にびっくりするのです。いったんロシヤ人がカトリックに移ったら、必ずジェズイット派に入ります。それも一番堕落したのを選《え》ってはいるのです。いったん無神論者となった以上は、必ず暴力をもって、――つまり、剣をもって、神に対する信仰の根絶を要求するようになります。これはどういうわけでしょう？　どういうわけで、一時にこんな気違いじみた真似をするのでしょう？　あなたがた、おわかりになりませんか？　それはこういうわけです。つまり、彼はここで見落とした父祖の国を、かしこに発見したのです。そして、これこそ本当の岸だ、陸を見つけたぞと、夢中になって飛び掛って、接吻するのです！　ロシヤの無神論者やジェズイット派は、単に虚栄心――見苦しい虚栄的な感情の結果ばかりでなく、精神的痛み、精神的の渇きから生れて来るのです。つまり、人生最貴の仕事、堅固な岸、父祖の国――こういうものに対する憧憬から出て来るのです。いまロシヤ人は、こうした父祖の国を信じなくなりましたが、それは今まで一度も見せてもらったことがないからです。ロシヤ人は、世界中のどの国民より、一番容易に無神論者になりうる傾向を持っています！　しかも、単に無神論者になるばかりでなく、必然的に無神論を信仰します。まるで新しい宗教かなんぞのように信仰します。そして、自分が無を信仰してるってことには、すこしも気がつかないのです。われわれの渇望はこれほどまでになってるのです！『自分の足下に地盤を持たないものは、同様に神を持っていない』これは僕の言葉じゃありません。僕が旅行中にであった旧教派の商人の言葉です。実のところ、言い方は少し違っていました。この商人は『自分の父祖の地を見棄てたものは、自分の神も見棄てたことになる』と言ったのです。全くロシヤで最上の教育を受けた人たちでさえ、鞭身派《フルイストフシチナ》へ走ったことを考えてみましたらねえ……しかし、こんな場合、鞭身派《フルイストフシチナ》がどういう点において、虚無主義や、ジェズイット派、無神論などに劣るのですか？　あるいはこんなものよりずっと深みがあるかもしれませんよ！　とにかく、憧憬はこんな程度にまで達したのであります[16]」

『悪霊』では、十九世紀の代表的な唯物論者に灯明を捧げるロシアの無神論者が出てくる。それは一人の少尉で中隊長から譴責を受けたことをきっかけに、いきなり野獣のように、中隊長に踊りかかり、その肩に噛み付いた。彼についてありうべからざる振る舞いが見られたというものがぞくぞくと現われた。聖像を割り、かわりに、フォークト、モレショット、ビュヒネルの著書を並べその上にひとつずつ教会用の蝋燭を灯したという。この話などは全く無神論を神とするロシアの思想的対応をよく示している。この三人は、人間の思考を生理現象に還元し、一切を自然法則に帰するという、機械的な単純なものでいわゆる俗流唯物論者といわれている。単純だから逆に俗耳に入りやすく、また影響においても過激になりやすいのであろう。『父と子』のバザーロフもビュヒネルの代表作『物質と力』を推奨している[17]。そして彼は化学はゲーテなんかの詩人より二十倍も有益だと語っている[18]。

この公爵の批判はロシア人の外来思想の受け止め方に対する根本的批判といえる。ここでの批判の要点は、父祖の地を見棄てたというところにあるだろう。ここには十九世紀ロシアの問題、インテリゲンチアと農民との乖離の問題がある。外来思想に対する熱狂も父祖の地から引き離されているところからくる。人間は何らかの拠り所を持たずにはいられない。そこで外来思想のうち最も過激なものにそれを求めることになるというのだ。なぜなら思想の過激性こそ、過激であるということ自体によって、絶対性を幻想させるからだ。

公爵によれば、ロシア人にとっての外来思想の問題は、外来思想そのものの具体的な内容ではなくて、その思想が与える絶対的感触にあるというのだ。ただしこの場合はいわばそこに偽という言葉が付せられるだろう。無神論を神として信仰するというのも無という観念に既成価値一切の否定に絶対が感じられるからではないだろうか。ジェズイットになるというのもジェズイットがローマ法王という一つの地上的絶対者をいただく宗教的権力集団として現象するからだろう。しかし無神論を神とするというのは、無神論という人間の作った論理を絶対化するということにすぎない。いいかえればその論理自体の持つ論理的整合性とか、厳密さは二の次になって神という従来の権威を一挙に無化する点に絶対性を直覚して、その論理をまるごと受け入れるということに帰着するだろう。

この公爵の雄弁は「全人類の更新と復活」は「ただロシアの思想と、ロシアの神と、キリストのみによって、なしとげられるものかもしれません」というロシアの持つ世界使命の期待によって結ばれるが、それは西欧的論理の中に、父祖の地を見出すことの愚かしさ、危うさから去って、父祖の地に根ざした絶対にロシアの未来の基盤を置くこと、そこにこそ生命の泉を求めよというのだ。

この公爵の言葉は、人々によってどうやら真面目には受け入れられなかったようだ。しかし公爵はかつて、自分が高遠な思想を語ると、常に滑稽なものになってしまうと語ったことがある。従ってそれは恐らく彼自身予期していたものかもしれない。

2　ナスターシャの場合

ロシア人にとっての外来思想のあたえるインパクトの問題は極めて重大な問題性をはらむ。ナスターシャにしてもその激しい生き方の中に、そのような問題性は果たして仕掛けられてはいないだろうか。

ナスターシャは七歳の頃、突然両親をなくして孤児の境涯になる。そこで一歳年下の妹と二人トーツキーに引き取られるのだが、トーツキーは二人を自家の支配人の子供たちと一緒に育てさせる。この支配人というのがドイツ人だったのだ。妹はまもなく死ぬ。十二歳になったとき、トーツキーがたまたま自分の領地に立ち寄った際、改めて少女のうちに類稀な、未来に花咲くであろう美貌の予告を発見したことから、彼女の教育において大きな変化が起きる。教養があって、尊敬されているかなりの年輩のスイス生まれの女性家庭教師が招かれる。女子の高等教育の経験を持つこの女性は、フランス語の他いろいろの学課を授けた。満四年でその教育は終わり、トーツキーの領地と隣り合わせた女地主に世話をまかせる。女地主はやがて慰楽村と呼ばれる村に瀟洒な新築の家があったので、そこにナスターシャを住まわせ、自分もともにそこに住むことにした。老婆と小間使がつき、家の中には「さまざまな楽器、優美な少女図書室、絵画、木版画、鉛筆、画筆、すばらしい小型グレイハウンド犬」などが揃えられたという。このような「穏やかで、幸福で、趣味もあり、優美な生活」が四年間続いたが、トーツキーがそこに滞在して四ヵ月ほど経った時、トーツキーが財産家で家柄のよい美人と結婚するという噂が彼女の耳に入った。ここで突然ナスターシャの運命に重大変化が起きた。「不意に彼女は非凡な決断力と、まことに思いがけない性格を暴露した」。彼女は単身ペテルブルグのトーツキーのもとに押しかけていった。今やトーツキーの前に立った新しい女は数ヵ月前の彼女とは別人だった。その女は驚くほど多くのことを知り、かつ正確に理解していた。一体どこからそれをえたか、まさかあの少女図書館からではあるまいと、ここで語り手は自問自答している。法律上のことも詳しかった……。

こうしてシニカルで恐ろしく反抗的なナスターシャがトーツキーの前に出現するのであるが、どのような読書をどのような形でなしたにせよ、その根本の教育が西欧的のもの、しかもスイスの老婦人にそれを四年間受けたということが、彼女の人格形成上に大きな影響を及ぼしたのではないか。それ以前、彼女はドイツ人の家庭で幼い年月を過ごしている。スイスの老婦人は恐らくカルヴィニズムを教育の根幹にすえたに違いないし、ドイツ人の家庭ではプロテスタンティズムが家庭教育の柱だったはずである。さらにフランス語教育は彼女にフランス思想に対して目を開かせるに十分だったろう。それはいうまでもなく人権についてのもっともすすんだ観念を与えてくれるものだ。彼女が法律に詳しかったというのも、そのような教育と関係があるのではないか。語り手はトーツキーにとってなによりも恐ろしかったのは、「今、自分が相手にしているのは並大抵の女ではない、この女はただ口で脅すばかりでなく、必ず実行するに相違ない、そしてなにより恐ろしいのは、何ものに対しても決して狐疑逡巡しないという気性である、ましてこの女は世界中の何ものをも尊しとしないから、従って、利をもって誘うなどということは断じて不可能である」という認識であった。さらに「精神情緒の中に鬱結した濁り水のようなもの」、が感じられ、「ある種の小説的な憤懣の情」と「全く常軌を逸してしまった、何ものをもっても癒やすことの出来ない侮蔑の念」[19]がそこにはあったという。

ナスターシャの生き方の中に決定的に欠けていると思われるのは、遊びの感覚であり、イタリア・ルネッサンスに見られるごとき感覚的解放である。慰楽村での生活はトーツキーによって、恐らくは彼の猟色者的美意識の満足のために周到に用意されたものであったに違いない。単に知的啓発のみならず、美的に、洗練された趣味の持ち主であってほしいという、彼の願望がそこには仕掛けられていたはずだ。それはいわゆる社交界のダンディたるトーツキーの愛妾にふさわしい資格であったろう。しかし、トーツキーの目論見は見事外れた。なぜか。西欧的人権思想、女性解放思想はこのロシアの女性には西欧人にとってより、より激しい衝撃を与えたのだ。ヨーロッパにおいて思想というものは、必ずしもそれが直ちに実行されるべきものとは考えられてはいない。思想は、どこまでも思想としての独立性をもって、実生活と区別されている。トマス・モアは大法官だったが、合理的平等主義に満ちた、共産主義的世界ともいえる『ユートピア』を書いた。エンゲルスはマンチェスターの商館の店員であり、株主としていわば資本主義制度の下で働きながらマルクスの思想形成に協力した。しかし西欧思想はロシアに入るや西欧にはなかったオーラを帯びるといっていいだろう。ヨーロッパという現実の中で思想というものの現実に生きている有様を見ている人間には思想と現実との落差は常に感じるところだから、そのようなオーラのもとに思想を眺めることはないだろう。しかしロシアという土地に育った少女にとって西欧は憧憬の土地であり、そこの思想は輝きをもって彼女の心を満たすに違いない。ここにおいて、彼女の中に強い自己の抱く観念への偏執が生ずるだろう。のちにエヴゲーニイがナスターシャを評して、「あのお話にならない悪魔のような傲慢な態度や、あの、人を人とも思わない貪婪なエゴイズム」の持ち主と評するのは、けっして不当なものではない。彼女には遊びが欠落していると述べたが、凡そ快楽の問題は彼女の生活からは脱落している。一貫しているのは、自分と他者との関係性という抽象的なるものに関心が濯がれている。というのも、もっぱら人権とか女権といった抽象観念こそが彼女の絶対的な情熱と化したからであろう。その点で、死の直前彼女が図書館から借り出した書物が『ボヴァリー夫人』であったことは象徴的であろう。その主人公もまた愛の絶対性に憑かれた女性だった。

3　アグラーヤの場合

ナスターシャと公爵の愛を争うのがエパンチン家の末娘のアグラーヤだが、アグラーヤにもまた彼女なりの観念による囚われがある。アグラーヤは公爵に語る。

「あたしは勇敢な女になって、何ものをも怖れたくないと思ってますの。あたし、社交界の舞踏会なんか回って歩きたくない。あたしはなにか人類に貢献したい。で、もうずっと前から家出しようと思ってましたの。だって二十年のあいだ、まるで壜の中で栓でもされたような暮らしをしてるんですもの。そして、親たちは私《ひと》をお嫁にやりたくって困ってるじゃありませんか。あたしは十四の年に、家出をしようと思ったことがあるのよ。もっとも、その時分はほんとうのおばかさんだったけど、今はすっかり計画が出来上がってしまったから、よく外国のことを聞こうと思って、あなたを待ってましたのよ。[20]」

アグラーヤはこういって、ゴシックの教会堂、ローマ、学者の書斎をみたい、パリで勉強もしたい、本も一杯読んだ、禁制の本は皆読んだ、公爵とともに教育事業に従事して社会貢献したい、自分は将軍の娘でいたくないと語るのだ。そして知識をうるためにポール・ド・コックを二冊読んだととくとくと語った。

ポール・ド・コック（Paul de Kock 1793–1871）は十九世紀フランス最大の流行作家の一人で二百冊ぐらいの厖大な量の小説を書いた。その小説は際どいエロチシズムをユーモアで包んだ軽い読み物だ。一八四八年以前のパリの小市民の言葉と風俗をよくうつしているといわれる。ドストエフスキーの小説には、早くからこの作家の名前が出てくる。『貧しき人々』でジェーヴシキンが触れており、その後も時々顔を出す。『悪霊』ではステパン・ヴェルホーヴェンスキーにポール・ド・コックを読ませている。ヴァルヴァーラ夫人が真面目な学者であるはずのステパンが、ポール・ド・コックばかりを読んで、なんら著作をしないといって責めるという叙述がある。ここで作者はステパンの教養をからかっている。（補注）アグラーヤの場合も同じだ。軽い流行小説を二冊読んだくらいで、あらゆる言葉に精通するはずはない。このいかにも幼い家出計画に、公爵は「あの気取った尊大な娘と同じ人だと、どうしても信じられなかった」という。そして、公爵とのランデヴーについてアグラーヤが奇妙なことを口走るので、公爵は思わずいった。

「アグラーヤさん、よくまあ恥ずかしくないこってすねえ。あなたの清い無邪気な胸に、どうしてそんなけがらわしい考えがわいたのです？　僕、誓って申しますが、あなたは自分でおしゃったことを、ひとことだって本当にはしていないんです……あなたは自分で自分のいったことが何だかわからないんです！」[21]

家出願望と人類貢献という、あまりにもかけ離れた観念が彼女において短絡的に結び付けられている。これは人類貢献という観念が余りにも彼女の心を強く捉えたがためだろう。この輝かしい色彩で染め上げられた観念が、彼女をただやみくもに突き動かすのだ。家出から人類貢献にいたる間には巨大な距離があるはずだが、その距離は観念によって憑依された者には見えない。あるいは見ようとはしない。その言葉は従って、彼女によって真には理解されないまま、発しられているということになるだろう。

公爵は、尊大な娘と、この家出願望を持ったアグラーヤとの間の連続性の欠如を訝しがるが、しかしこのことは盾の両面かもしれない。傲慢さとは、これまたなんらかの形での観念の憑依ではないか。

アグラーヤの生き方の根本に潜む虚偽は結局、彼女のその後の人生によってあばかれることになるだろう。エピローグにそういうアグラーヤの辿った人生がスケッチされている。それによれば、彼女はポーランドの伯爵で、亡命者と結婚する。彼女を伯爵との愛に導いたのは、その伯爵の祖国に対する愛の苦悩と高潔無比な精神だった。彼女はある有名なカトリックの長老のもとに出入りするようになり、その長老の熱烈な崇拝者になる。ところが、伯爵なるものが、実は伯爵でもなんでもない、亡命ということは確かであるとしても、そこにはなにかしらうしろ暗い怪しい経歴があった。莫大な財産の所有という触れ込みもまったくの嘘だということがわかった。そのうえ、この贋伯爵と長老は彼女を唆して、エパンチン家と喧嘩させたので、以来彼女の消息は不明のままだという。結局その人生の出発点における虚偽を生涯彼女は引きずっていったということになる。

4　公爵の孤独

この公爵の言説は、しかし公爵自身の言説に跳ね返ってくることはないのだろうか。つまり、思想が人間に取り憑くことによって、人間が本来の自己を見失ってしまう言説が、公爵自身に跳ね返って来はしないか。公爵のこの時の雄弁はまるで熱に浮かされていたようだったと列席する人々は感じたというのだから、そこに虚偽はなかったのだろうか。あるいはカトリック、ジェズイットに対する余りにも過激な断定に虚偽はなかったのだろうか。じつはそのことをエヴゲーニーが鋭く指摘している。ナスターシャと公爵との関係を巡ってだが、エヴゲーニイはいう。

『ずっと最初から』と彼は声を励まして言った。『あなたがたの関係は虚偽で始まりました。虚偽で始まったものは、また虚偽に終るべきものです。それが自然の法則です。（中略）僕の断定では、第一にあなたの……そうですねえ……生まれつきの無経験と（この『生まれつき』という言葉に気をつけてください）、それから、あなたの並外れてナイーヴな性質と、適度という観念の極端な欠乏と（それはあなたがご自身でも幾度か告白なすった）それから頭のなかで作り上げた信念の雑然たる累積と、こういうものから成り立っているのです。あなたはご自分の高潔な性情からして、これらの信念を偽りのない生粋のものだと、今の今まで信じていらっしゃるのです！　ねえ、そうじゃありませんか、公爵、あなたのナスターシャさんに対する関係には、始めっからその条件的民主主義（これは簡潔をたっとぶため言ったのです）

とでもいうようなものが潜んでいました。（なお簡潔にいえば）『婦人問題』の崇拝ですよ。僕は、ラゴージンが十万ルーブリの金を持って来たときの、不体裁極まる、奇怪千万な、ナスターシャさんの夜会の顚末を、すっかり正確に知っています。お望みなら、まるでたなごころをさすように、あなた自身を解剖して見せますよ。まるで鏡にかけたように、あなた自身をお目にかけますよ。それぐらい僕は正確にことの真相と、その転換の原因をきわめているのです！ 青春の血に燃えるあなたは、スイスに住んで、父祖の国に憧れていました。まだ見たことのない約束の土地かなんぞのように、まっしぐらにロシヤへ帰っていらしったのです。あなたはあちらで、ロシヤに関する本を、沢山お読みになったでしょう。その本は優れたものだったかもしれませんが、あなたにとっては有害なものだったのです。とにかく、あんたは若々しい熱情に満ちた実行欲を抱いて、われわれの中へ現れて来ました。そして、いきなり実行におどりかかったのです！」（傍点原作者）[22]

こうしてエヴゲーニーは夜会の日に公爵のナスターシャに対してとった態度、「いまわしい放埒紳士の罪のために汚された女は、けっして堕落したものと思わない」ということを人々の前で言ったという態度に言及し、問題は「あなたの感情に真実性があったか、自然性があったかということ」であり、それが「単に、あなたが頭の中で作り上げた感激ではなかったか、ということ」だという。

このエヴゲーニーの批判はまさに公爵の言説をそのまま公爵自身に適用したものといえるだろう。ただそれは形式的に言った場合のことだ。一見していかにも説得的にみえるが、重要な点において本質的な差異がある。

公爵には民主主義的な観念や婦人問題の崇拝などへの偏執などあるはずはない。このキリスト公爵にはより無垢の女性崇拝、いわばドン・キホーテにとってのドゥルシネア姫に対するごとき憧憬がある。公爵は初めての出会いにもかかわらずナスターシャにかつて会ったことがあるというが、このいわゆる既視感というものは、そのことを意味しているだろう。さらに聖書的な女性観もあるだろう。そしてエヴゲーニイの批判に決定的に欠けるもの、それは美の問題だろう。公爵は美は謎といい、またエパンチン家の二女のアデライーデはナスターシャを見て、このような美は世界をひっくり返すとまでいう。公爵がナスターシャに魅かれたのは、知的な選択などではなく、一も二もなく彼を捉え、惹いてゆくその美である。その美は単にいわゆる整った美というだけのものではないだろう。そこに無限の苦悩の痕を留めていることによって、深い美を形成していたのだ。公爵を牽引したのはそうした美だった。それは限りなく公爵の憐憫の情に訴えかける。

結局エヴゲーニーの批判はエヴゲーニーの理解の範囲内での解釈ということになる。公爵の心は、合理的思想、唯物論的思想、無神論的シニシズムによって、人々の素直な心が汚染され、歪められ、そこにバイアスがかけられている世界、特に近代的都会においては理解されないのだ。そこに公爵の悲劇があった。

公爵に対する誹謗的な新聞記事も書かれているが、そこでは公爵はニヒリストになっている。ニヒリズムが一般化し、通俗化した世論は公爵の本質をみることは不可能だ。しかし公爵の心を理解しないという点ではナスターシャもアグラーヤも同じといえるかもしれない。所詮人間は観念の憑依から真に解放されていないかぎり、自分の偏執の壁を超えることはできない。
にもかかわらず、公爵はとことんまで付き合う。そういう態度をとらせるもの、それは謙抑であり、最大の力としての同情というものであり、そのような態度をとることこそ真の友愛を生むという確信に他ならなかった。

注

（1）米川正夫訳『ドストエーフスキイ全集』第七巻『白痴上』（河出書房新社、昭和四十四年）一七二ページ。
（2）同前一七三ページ。
（3）同前二七〇ページ。
（4）同前二〇二ページ。
（5）同前二四〇ページ。
（6）同前二三九ページ。
（7）同前二四〇ページ。
（8）ナウカ版全集、ナウカ社、レニングラード、一九七四年、第九巻、三九一ページ。
（9）同前三九一―三九二ページ。
（10）同前三九一ページ。
（11）同前ページ。
（12）前掲『白痴上』二九九ページ。
（13）前掲『白痴上』二七一ページ。
（14）同前二四二ページ。
（15）同前二四三ページ。
（16）前掲全集第八巻『白痴下　賭博者』（河出書房新社、昭和四十四年）九三―九四ページ。

(17) ツルゲーネフ、金子幸彦訳『父と子』（岩波文庫、一九五九年）七四ページ。
(18) 同前七四ページ。
(19) 前掲『白痴上』四五ページ。
(20) 同前四五二ページ。
(21) 同前四五四ページ。
(22) 前掲『白痴下　賭博者』一三〇–一三一ページ。

補注：
「ポール・ド・コックとドストエフスキイ」については同題の拙論が「ドストエーフスキイの会」の機関誌「ドストエーフスキイ広場」一九号（二〇一〇年）に掲載されている。

第4章　虚の空間に生きる道化群像

序　虚の空間に生きるもの

ニヒリズムは聖なるもの、伝統的なるものへの冷然たる否定を突きつける。それは唯物的思想とあいまってシニシズムを生む。それは、善を嘲笑し、悪を賛美するという、醜悪な回路を通って、自己のアイデンティティを主張せんとする、近代的精神の不幸な落とし子だ。社会の中で恵まれず、しかし自己意識の強さだけは人一倍激しく持たされた人間は、運命に対する怨念によってかシニシズムの鎧をまとう。シニシズムは、攻撃される前に先制する運命的弱者の武器だ。『白痴』においても、そのような存在を見出すことができる。いずれにせよ彼らは、この文学空間を活性化する道化的人間たちだ。それは他者との、時に露骨な、時に隠密な言動のやり取りを通して、世界の裏面をあばき、あるいは人間の隠れた本質を衆人環視のもとに引きずり出してみせる、いわば人間喜劇の貴重な担い手である。リザヴェータ夫人によって瘋癲病院と称されたこの文学空間においてもまたそのような存在は豊かである。

I　シニシズムの権化フェルディシチェンコ

この男はイヴォルギン将軍の経営する下宿屋の住人だ。三十歳ぐらいのなにやら薄汚い赤毛の男で、厚い唇、広い低い鼻、細い目は嘲笑の色を浮かべ、ひっきりなしに瞬いているようで、厚かましい印象を人に与える。公爵の部屋の戸を顔の入る分だけ開けて、五秒ほどじろじろ部屋を見回してから、そろそろ全身を現してくる。このあと自己紹介をするというパフォーマンスの男だ。初対面の公爵にいきなり金は持っているかと聞き、二十五ルーブリの紙幣を出させる。それを観察して、その紙幣の色はなぜ赤茶色なのかと批評してかえしてから、自分はあなたに注意しにやってきた、自分にはけっして金を貸さないように、なぜなら自分は必ず無心するからと忠告する。そして公爵に部屋代を払うつもりかと聞き、そのつもりと答えた公爵に自分にはそのつもりはないといってから、自分の部屋の場所を教える。しかしそこへは余り来るな、自分はしかし公爵の部屋には時々来るというのだ。「まるで自分の義務かなんぞのように、奇警と快活で人を驚かすのを仕事にしている」男だ。彼の言葉は常に常識の逆を行く。通常の会話の文脈は常に壊され、会話の受け手の通常の期待ははぐらかされる。

彼はナスターシャのお気に入りでナスターシャのところにいたいと望むものは、この不愉快極まりない男の存在を我慢しなければならないという。思うにナスターシャの持つシニシズムの代弁者というのではないか。彼のような男がナスターシャのサロンに招かれるようになったのはトーツキーに虫酸《むしず》が走るほど嫌われたからだというものらしい。この彼が新しいプチジョーという遊びを、ナスターシャの誕生日の夜会に提案したのだ。[1]出席者のひとりの元気のよい奥さんがプチジョーで遊ぼうといったのを受けて、それでは新奇なプチジョーがあるといってフェルディシチェンコが提案したものだ。この遊びは、自分のこれまでの生涯を顧みて、最も醜悪だと思う行為を誠心誠意一同の前で話さなければいけないという遊びである。ただ条件がひとつあって、それは真実でなければならないという条件だ。フェルディシチェンコはかつて試みたことがあったが、結局だれも彼も恥ずかしくなって、それを持ちこたえることができなかった、しかし全体としては面白かったと付け加えた。

この提案はほとんど誰の気にも入らなかった。ただナスターシャだけが夢中になった。それは「この思いつきが奇怪で、殆んど不可能だったからららしい」。この提案はいかにもフェルディシチェンコに似つかわしいものと言える。このシニカルな道化は遊びにおいても通常の文脈を逆転させる。

遊びというものは元来実人生から独立した虚構の上に成り立つものだろう。それは実人生が様々な条件によって限定されているのに対して、遊びは人間にとっての自由な創造的行為であり、そこで実人生では抑圧されていたエネルギーが解放されるために必要な虚構の行為である。ただし、それが自由であるのは、そこに厳しいルールの存在があるからだ。さてこうした遊びの理論からみて、この新しいプチジョーはどうか。そこでは遊びというものの虚構性が逆転されて、実人生が対象になっている。しかもルールは、自分の行為の中で最も悪いということと、それが真実であるということだ。しかしこのルールたるや結局話し手の主観の中にだけ存在するものだろう。一般的には遊びのルールは客観的なものでなくてはならない。ルールこそ遊びの時空を限定することによって、逆に自由を保障するものだからだ。それは限定されているからこそ、圧縮され凝縮されたエネルギーの解放を可能にする。しかし主観化されたルールとは、解放とは逆にむしろ感情を鬱屈させるものではないか。なぜなら、人間にとって真実の告白ぐらい自己の中に抵抗を感ずるものはないだろうから。ましてそれが自己の人生において最も醜悪の行為の告白となると、その抵抗は最大になる。そこで問題は過去を探って、醜悪と思われる行為の中から、無難なものを選ぶことに努力が費やされるだろう。これは一方では真に醜悪なものは隠蔽することになるから、そこにおいてエネルギーは限りなく鬱屈することになるだろう。一般的にいって遊びが虚構によって真実を語るものとすれば、ここでは真実によって嘘を語るということになる。

奇怪であり、不可能と語り手によって説明されているのはそのためだ。並み居る客人たちもその点を感じていた。そこでガーニャが、「僕が嘘をつかないってことは、どうして証明するんだね」と聞く。「もし嘘をついたら、せっかくの趣向も台無しだからね。ところで、誰が嘘をつかずに済ますだろう? きっと皆が皆嘘をつくに決まってる」とこの遊びの不可能性を突いた。それに対して、フェルディシチェンコは答えた。

「なに、どんな具合に嘘をつくか、それ一つだけでも大いにおもしろいじゃないか」

トーツキーもその不可能性についてガーニャ同様意見を述べた後、さらにその遊びが偶然なされた場合のグロテスク性について付け加えた。

「この場合、人が本当をいうってことは、ただ偶然に、その、一種特別な、粗野な調子を帯びた自負心を持った時に、初めて可能なことなんですからね。しかもその心持は、この席上では夢にも考えることの出来ない、無作法至極なものです」

トーツキーは提案の不可能性を別の面から照らし出した。つまりこのような形で偶然真実を述べたとしたら、それはこのような席では考えられない無作法至極なものだというのだ。つまり遊びの根本からいって、それは社交界に準ずるそのような集まりにおいてはそうした無作法は許されないという、いわば社交界の基本的ルール違反という搦め手から不可能性を証明してみせた。しかしじつはそこにこそこのブラック・ユーモアの提案者の目的意識があったのだ。いわば社交界の偽善的仮面を引き剝がすことこそフェルディシチェンコの狙ったものだった。そしてそれはナスターシャの気持ちでもあった。彼女がこの提案にもっとも熱中したのもそのためだ。

遊びが始められる。これは希望者だけが参加する。順番が籤で決められ、フェルディシチェンコが真っ先に話すことになる。ところで彼はまさにトーツキーの指摘した如く振る舞ったのだ。それはある友人の別荘で会食があった時、その家の娘の机の上にあった三ルーブリを盗んだという話だ。嫌疑がそこで働いていたあるひとりの女中にかかる。彼は三ルーブリをポケットに入れたままその女に自首をすすめる。彼はそのことがたまらなく嬉しかったという。金はその晩すぐ飲んでしまった。良心の呵責といっても、その時も後でも別に感じなかったという。

それで女中はどうなったかと聞いたナスターシャにもちろん翌日追い出されたと答える。この話がすべての人に不愉快な印象を与えたことにフェルディシチェンコは幾分驚いたらしい。ナスターシャが「なんて汚らわしい話でしょう！」と叫ぶ。その時のフェルディシチェンコの抗議が面白い。

「ナスターシャさん、あなたは人の一番悪い行いを聞きたがってらっしゃるくせに、そのうえに光彩を要求なさるんですね！　一番悪い行為はいつも非常に汚いものです」

彼はふいにわれを忘れるほど腹を立てた。顔が歪むほどだった。しかし、ナスターシャの怒りも凄まじかった。「憤怒の情に体まで震わせ、穴のあくほどフェルディシチェンコを見つめた」。彼はおじけづいて口を閉ざした。口が滑りすぎたのだ。

彼の抗議はもっともといえばもっともだ。にもかかわらずなぜナスターシャは全身をもって怒りを現したか。それは彼の三ルーブリの盗難に対してではない。大体三ルーブリの盗難などはたいした悪行ではないだろう。その僅かな行為から人の運命を左右するような結果を引き出したこと、それを嬉しがるという彼の心情のおぞましさに腹を立てたのだ。しかも女中という弱い立場の人間に対してのその行為は一層彼女の癇に障ったに違いない。ナスターシャは醜悪な話を拒否していたわけではないだろう。彼女がもっとも乗り気だったのだから。ただ彼女が期待したのは、トーツキーの肝を冷やすようなより根源的な人間存在の悪に繋がるごとき自己暴露というものではなかったか。いずれにせよ、フェルディシチェンコの話は失敗だった。そこでトーツキーはやめようといいだす。プチーツィンはおりるといいだす。しかし、エパンチン将軍、トーツキーとこの遊びは続けられてゆく。トーツキーの話の終わったところで、プチジョーの遊びは一応打ち切られるということになるが、エパンチン将軍が、ナスターシャのプチジョーをぜひ聞きたいといったことから、ナスターシャは自分のガーニャとの結婚の諾否を公爵にまかせるという驚くべき告白をする。結局この遊びの真の意味はそのような驚くべき告白を導き出す雰囲気を作ったということだろうと思う。自分のそれまでの人生の帰結ともいうべき運命的選択を、その日に知り合ったばかりの、しかも外国から到来したばかりの男、しかも白痴とも思われかねない男にゆだねる、これは通常の観念を逆転し、常識を逆撫でする最大の愚行に他ならない。その愚行をそれまで彼女を取り巻いてきた人々の前に突き出すくらいシニカルな行為はなかったろう。いうまでもなくそれはトーツキーやエパンチン将軍、さらにガーニャに向けられたシニシズムの切っ先に他ならない。そしてこの彼女の凄まじいプチジョーは、あのガーニャに対する驚くべき行為、暖炉に十万ルーブリを投げこむという行為によって頂点に達するのだ。

Ⅱ　イヴォルギン将軍

1　虚言に生きる男

情欲のように虚言を愛しぬいた男がこの退役軍人だ。誇りだけが昔と変わらずに残っているが、もはや社会的にも能力的にも無力になった老人には、虚言による自己主張の方策しかないのであろうか。イヴォルギン将軍はリザヴェータ夫人評するところのこの瘋癲病院的反世界におけるもっとも喜劇的にして悲劇的な人物だ。彼のうちから虚言は泉のように湧いて出る。それがどこからどこまで真実でどこからどこまで嘘なのかははっきりしない。真の虚言家たる所以だが、しかし人は次第に相手にしなくなるだろう。その虚言癖はアルコール依存によって拍車がかけられる。これは『罪と罰』のマルメラードフのいわば後身だが、マルメラードフの道化性が、無限の自己嗜虐にあるとすれば、イヴォルギンの道化性は、虚言というものによる無限のサーヴィス精神に基づくといっていいかと思う。先に述べたこの反世界のやはり奇怪な住人たるフェルディシチェンコの道化性が、常識を転倒してみせるシニカルな自己呈示にあるという点に比べれば、はるかに毒は少ないといえる。むしろそれは、無限に人間に対する懐かしみに充ちた虚言なのだ。その点でイヴォルギンは公爵もいうように本来純にして潔白な人間性の持ち主なのだろう。それにしても、その生活のだらしなさは、世間体に生きる人間にはおぞましくうつるだろう。しかし表面の人間的乱雑を通して、その背後に純金の人間性の存在を見抜くものは、その悲しみに触れることができるのだ。道化的存在というものが、一つの他者への試金石だとすれば、フェルディシチェンコとはまた異なったレベルでの試金石というべきものだろう。イヴォルギンの虚言に感動するか否かの問題といえるであろうがなかろうが、虚言自体の持つ感動というものも確かにあるのであって、それは先入見をもってその言説に対しなければ感じられるはずのものだ。もちろんそれは、そのような感動をもたらすからといって、その虚言が虚言ではないと言うのとは異なる。そのような虚言のもたらす感動はどこか胡散臭いという冷めた認識を排除はしない。しかしそこに感じられる嘘臭いという認識も、彼の真意を理解するのは、むしろそこに彼の苦渋を見るかもしれないのである。彼の苦渋、なぜ虚言を吐かなければならないのか、そこに追い詰められた苦渋をみるだろう。とはいえそのようにして、自分の内面に踏み込まれることも彼には厭なのだ。彼は同情はしてもらいたくはない。というのも彼の自負心は肥大化しており同情はその自負心に障るからだ。このような男と付き合うには、その虚言に乗せられていることが必要だが、しかしすこしでもそれを疑う素振りでも見せようものなら、彼は食って掛かることになるだろう。

世間一般は通常人間を評価するに表面によってしかしない。その奥の苦渋などに目を向けることなどはしない。という意味ではイヴォルギンは、人間が他者に対して持ちうる同情心というものの試金石といえる。万事利害打算で行われる時代において、それはその存在自体によって、彼と対する人間を真なる人間か否かを解析する。

彼の長男のガーニャが父親の将軍をもっとも嫌っているのも、ガーニャの人間性を示す。ガーニャは極度に虚栄心の強い男だから、彼の目には将軍の醜悪な側面しか見えないのだ。それに対してコーリャは父を深く愛している。またその妻も夫を理解している。将軍が妾を作っているにもかかわらず、彼女は夫を見棄てることをしない。

イヴォルギンの苦渋とは新時代と彼の属する旧時代の人間の間の甚だしいギャップというものだろう。したがって彼の話はつねに過去の回想に向かう。その場合、なんらかの形で相対している人間に関わる回想、極めて突飛ともいえる回想を懐かしそうに語る。それはまったく予想外のものなので、思わず惹き入れられてゆくが、しかしあまりにも突飛であるがゆえにいつも眉唾という印象を持ち続けることになる。そこには常に虚偽が織り込まれているから、時に馬脚を暴露して笑いを誘う。そのようにしてその善意は笑いの対象となる。それは彼が意図したところで起こると言うよりは、そこからずれたところで起こる。そこにイヴォルギン将軍の滑稽の特徴がある。

これはいわば善意の道化といっていいだろう。道化的存在が世界を活性化する役割を負っているとすれば、イヴォルギン将軍こそ次に述べるレーベジェフとならんでこの反世界に活躍する存在者たちだ。

2　人間を篩い分けるもの

最初にムイシキン公爵に会った時、彼は「竹馬の友」だった公爵の父親ニコライ・ペトローヴィチのご子息かと聞く。いや父はニコライ・リヴォーヴィチという名前だというと、平然と言いなおし、自分は公爵を抱いて歩いたものといいだす。二十年前の公爵の父の死、それから半年後の母の死にも彼は立ち会ったという。そして母の娘時代、彼女をめぐってあやうく殺し合おうとしたこともあった。しかし立会い人もなしの決闘直前になって、同時に抱き合い双方から今度は彼女を相手にゆずり合う寛大の競争を始めたという。あるいはエパンチン家でアグラーヤに会った時も、アグラーヤのお守りをしたことがあったという。リザヴェータ夫人が怒り出す。するとアグラーヤが、母親をとがめ、トヴェーリで抱いてくれたことがあったと相槌を打った。じつは、将軍の気持ちの中では、会話の糸口を得るためのお座なりだったのが、彼自身これが事実であったことを忘れていたというのだ。彼の意識の中では次第に真と偽の境界がうすれだしているのかもしれない。

ナスターシャが彼の家に来た時、エパンチン家の噂が出たところから、将軍はエパンチン家と自分が絶縁したきっかけとなった話を披露する。それは汽車に乗っていて前の席に乗った二人連れの婦人が彼の葉巻の煙を嫌って、いきなり葉巻を指先でつまんで窓の外に捨てた。こちらはそこで婦人のひとりが膝にだいていた狆をつまんで窓から投げたというアネクドートだ。ナスターシャは女学生のようにはしゃぎながら、話を続けさせ、終わってから自分はまったくそれとそっくり同じ話を五、六日前のアンデパンダンス紙（正式には『アンデパンダンス・ベルジュ紙』）で読んだ、婦人の着ている服の色まで同じだったとすっぱ抜く。将軍は真っ赤になるが、自分は二ヵ月前に読んだと言い張る。ただこの場合、二人の女性がエパンチン家の家庭教師にやってきた女性というくだりは新聞にはなかったはずで、それがきっかけで、エパンチン家と絶縁したという部分は将軍のアイディアだった。

このような父親は一家の恥さらしだというわけで、ガーニャはなんとかして父親を隠しておきたい。特にナスターシャに対してだが、しかし将軍はガーニャのもっとも嫌がる具合にナスターシャの眼前に顔を出すのだ。そして上記のようにナスターシャに自分の嘘をすっぱ抜かれることになる。将軍はこともあろうに自分の通う女によって訴えられて債務監獄にも入る。ガーニャはそういう場所は父親にとってまったく格好の場所だと皮肉る。しかし真に将軍を愛する妻ニーナはせっせと監獄に行き世話をする。

レーベジェフのところで財布の紛失事件が起きる。四百ルーブリもの大金入りの財布だ。フェルディシチェンコが疑われる。しかしレーベジェフの頭には将軍しかないのだが、レーベジェフは極力彼が疑っているということを将軍には隠すようにしている。将軍はレーベジェフの家を出るという。彼は公爵にレーベジェフとの関係の悪化について、それが彼のもとを去る原因だと告げてから、例によって例のごとく回想、それも一八一二年のナポレオンの回想を語る。その話のきっかけは奇妙な話から始まる。彼はレーベジェフの誠意にほれて友誼を結んだが、いまやレーベジェフは彼に暗に絶交を言い渡した。それは直接的な言葉ではなく、ある失敬な語りによるものだという。そのレーベジェフの語りたるや実に馬鹿げているのだが、しかし将軍にはそれが自分を蔑ろにして、これからお前とは付き合いたくないという意志表示にとれた。それはレーベジェフが「十二年の戦争の時、まだほんの赤ん坊の頃、右足を失って、それをモスクワのヴァガンコフスキー墓地に葬った」という話だ。このような失敬なことをいったのは自分に「不敬と鉄面皮」を示すこと以外の何ものでもない。公爵が人を笑わすための冗談だろうというと、将軍はこう答える。

「承知しています。賑やかに人を笑わすための無邪気なほらは、たとえぶしつけなものであっても、人を侮辱しないです。中には、ただ相手に満足を与えんがため、単なる友誼の念からしてうそをつくものもあります。ところが、もしその中から不敬の色が透いて見える場合には、――もし『おまえと交際するのはいやになった』という意味を、その不敬の色によって示そうとする場合には、高潔なる人はただその男からおもてをそむけて、そんな無礼者に相当な仲間を教えてやるよりほか、仕方がないじゃありませんか(2)」

将軍はこういいながら真っ赤になったという。

この将軍の言葉は将軍自身の虚言に対する自意識を示していて興味深い。と同時にここにはこの二人の道化的人物の差異も現れている。将軍にとっては、無邪気な嘘は許されるが、無礼な、人をくったような嘘はゆるされないというのだ。それは暗黙の絶交の表現だ。かりにレーベジェフがあの当時生まれていたとしても、フランスの猟兵が大砲を向けてただ慰めのために片足を打ち落としたとか、その足を拾い上げてヴァガンコフスキー墓地に葬ったとか、さらに墓に石碑を建てて、表に「十等官レーベジェフの足ここに葬らる」と彫り、裏に「わが愛《いと》しき舎利よ、喜びの朝まで静かに眠れ」と彫ってあるとか、毎年この足の法要をいとなむため毎年モスクワに行くとか、さらにクレムリンにはフランスからの分捕り大砲の門が並んでいるがそのうち十一番目のがそうだとかと言い張るレーベジェフの嘘はそうした無礼な嘘だというのだ。だけれどあの人の足はちゃんと揃っているじゃありませんか、と公爵がいうと、本人がいうには彼の足はチェルノスヴィートフ式の義足だという。これは実在の人物の名前だ。将軍がいろいろ不合理を指摘してやったら、彼はこういったという。

「もしお前さんが十二年の戦争にナポレオンの小姓をしていたのなら、わしにだって自分の足をヴァガンコフスキーに葬るくらいのことは許してもよかろう。」

聞いていた公爵はそこで、将軍に本当に、といいさしてどぎまぎした。どぎまぎしたというのは、公爵は十二年の戦争と聞いて、その荒唐無稽に思わず、本当かと念を押そうとして、咄嗟に少しでも自分の疑念を仄めかすことを恐れたのだ。それを受けて、将軍は彼の十か十一の少年の頃の実体験談と称するものを語り出した。

3　卓抜なアネクドートの虚実

それは少年だった将軍がモスクワ入場のナポレオンに少年ながら従者として仕えたという体験談で、そこに登場するナポレオンは彼のそばに仕えた一ロシア少年の目から捉えたナポレオンだ。話自体は、民族的な違い、年齢の差異を超えて人間的交流に溢れた感動に富んでいるものといっていい。もちろん将軍の創作なのだろうし、あるいは彼の読んだ書物を彼流にアレンジしたものだろう。話として面白くできている。先の汽車の中の狆の話といい、この話といい将軍の語りは絶妙だ。

「わしの事件はもちろん日常茶飯事の域を脱していますが、しかしまるで荒唐無稽な話でもないのです。真実がありうべからざることのように見えるのはままある例です」

こういって将軍は十歳の少年だったのでなんら物怖じすることなくナポレオンに近寄ったというのだ。公爵がそれは卓見だったというと、事件は自然にかつ単純に運んだ、小説家が書いたらありうべからざる空想を織り交ぜるに違いないと将軍。対して公爵は自分もおおいに痛感している思想だ、自分は一つの時計のために人を殺した本当の話を知っているが、もしそういう話を小説家がつくろうものなら、ありえない話と非難されるが、新聞紙上では事実としてあるのだから、このような事実からロシアの現実を学ぶ必要がある。将軍はそれから彼がナポレオンのもとを訪れるようになったこと、ナポレオンが彼に重大な政策についてまで意見を求めたことなどを、面白く語った。公爵はついつい「ほんとうにあったことなら」と口を滑らせる。しかし将軍は、そんな不注意にも気を止めず、「それ以上のことがあった」とナポレオンのベッドでの涙や呻きの目撃者だといって、ふたりが涙のうちに抱擁した思い出を語った。

ところで傑作なのはこの話のいわば落ちである。ナポレオンのモスクワ退却の日がやってきた。別れに際してナポレオンは、彼を母のもとから奪うことはできぬから、つれてはいけない。かわりになにかしてやろうといった。そこで彼は三歳になる自分の妹のアルバムになにか書いてくださいと頼んだ。ナポレオンは Petite fille alors（小さいんだね）といってこう書いた。"Ne mentez jamais"（けっして虚言をなすな）というものだった。このナポレオンの言葉は金縁のガラスの額に入れられ、妹の客間の一番目立つ場所にかけられていたという。公爵は実に面白い話で、と口をもぐもぐさせながら感謝の気持ちを述べた。将軍は突然われに返ったかのように、眼を輝やかしながら、強く公爵の手を握って言った。

「公爵！　あなたはじつにいい人だ、あなたはどこまでも正直だ、じっさいときどき、貴方が気の毒になるくらいです。わしはあなたをながめていると、万感が胸に迫ってくるのです。おお、神さま、この人を祝福してください！　そして、この人の生活がこれからはじまって、愛……の中に花を咲かせるよう

に。わしの生活はもうおしまいになった！　おお、ゆるしてください、ゆるしてください！」(3)

この将軍の公爵に対する賞賛は公爵が、将軍の創り話に丁寧に付き合ってくれたことによるのだろう。のみならず公爵はいかにもありそうには思えない話にときに助け舟を出していたのだ。彼は将軍が十二年戦争の際、十か十一だったということを弁明していると、「あるひとりの自叙伝の作者は、自分の著作の冒頭に、十二年の戦争の時モスクワでフランスの兵士が、まだほんの赤ん坊であった著者を、パンで養ったと書いている」と援軍を出す。これはゲルツェンの『過去と思索』の最初に出てくる。(4)公爵は恐らく架空の将軍の話を、著名な作家の現実の体験談で支えてやっている。こうして始まったかなり長い将軍の語りの途中でも、要所要所適切な合いの手を入れて、将軍の語りが途切れないようにもってゆくのだ。公爵の気配りときたら大変なもので、「今にも赤い顔をしはせぬかと、びくびくしながら気をもむ」というものだ。「赤い顔」とは将軍の自意識が戻って自分のなしている虚言を恥じる瞬間を持つことだ。

興味深いことは、公爵の合いの手の入れ方で、単に調子を合わせるというのではなくて、一歩踏み込んで将軍の語りをその発想の根のところで賛同するというものなので、これは将軍に自信を与え彼をますます調子付かせて虚構の語りへと駆り立てるだろう。しかも先の公爵の言葉、小説にすると嘘にみえることが現実には起こるという言葉は実は文学の本質を衝いている。だからこそ将軍を一層夢中にさせることにもなる。

将軍の話自体は美しい話だ。ロシア民族の大敵である異国の皇帝と、ロシア少年とのいわば国境を越えた友愛の物語だ。将軍はいわば善意の道化なのであろう。善意の道化とはいえ極めて繊細な神経の持ち主でもある。公爵がその話の応対に神経を使ったのもそのためだ。公爵は将軍と別れてひとりになったとき、公爵自身あまりにも将軍を有頂点にしてしまったと反省しつつも十分ほど大笑いに笑ったというが、公爵の危惧は現実になった。将軍は彼に永久に決別するという手紙をよこしたのだ。公爵を尊敬し、かつ彼に感謝はしているが、その公爵からさえ「それでなくとも、すでに不幸せな人間の品格を貶《おと》すような同情のしるし」を受けたくないと書いてあった。将軍はすでにリザヴェータ夫人のところから突き出され、レーベジェフとも仲たがいをして往来にコーリャとともにあった。将軍の自意識は極度に痛みやすくなっている。そのような時、公爵があまりにも真っ正直に付き合ったことが裏目に出たのであろうか。将軍の話の落ちが傑作といったのは、ナポレオンのアルバムに記したことば自体既に、そのアネクドートが大きな虚構の物語ということを告白しているという点だ。これは画龍点睛のいわば睛だ。将軍の語りが虚言という大枠の中に収められているということを端的に示したものだ。これも将軍のサーヴィスだったかもしれない。そこで公爵はこのいわば落ちを聞いた時いっそのこと笑うべきだったかもしれない。しかし既に述べたように公爵が笑ったのは別れて、ひとりになったときだった。なぜひとりになったとき笑ったのか。ひょっとしたら、自分の合いの手の演技が効を奏したという、一種自己満足的な笑いというように意地悪い解釈もできる。いずれにせよ将軍は公爵の合いの手に乗りすぎたことに最後に覚醒し、恥ずかしくなったのだろう。そこから公爵の善意の中に同情の存在を感知したのであろう。こういう人間にとっては、同情とは憐れみであり、自己を見下されることに他ならない。公爵の合いの手を善意としてはとらず、同情として捉えたのであろう。こういう人間を扱うことはまことに難しいのだ。

4　リア王のごとく世界に背かれて

公爵が将軍と知り合った最初の日に、ナスターシャの家に案内するといって公爵を導いていったことがある。その時将軍は全く関係のないような家にまるで知人の家ででもあるように入ってゆき、出てきた人間と応対する。これは公爵を驚かせる。そして自分の女のところにも連れて行くのだ。これはイヴォルギン将軍特有な人間に対する関わり合いを示すといってもよいだろう。この善意の道化、酔いどれ天使ともいうべき人間にとっては、いわば街頭こそ彼の常住の場所ということなのではないか。だからこそ彼は絶えず家を飛び出そうという衝動を持つ。そういう彼にとっては外の世界の人間は即彼の友人というところがあるのだろう。ニヒリズムの時代、唯物的時代においては真実の人間関係は希薄になり、人間の間に冷ややかな利害打算が入り込む。容易に他人を信用はできない。自我のガードはかたくなり、攻撃的になる。そのような中で、他者を楽しませるために、虚言のユートピアにあそぶ将軍の善意は、自分の善意を他者も共有していると考えている。そこに将軍の見知らぬ人をも友とする、人間抱擁の流露がある。それをレーベジェフは、センチメンタルといっているが、センチメンタルとは過去のよき時代、公爵の父親の話や、また彼の妻ニーナとの出会いの話に見るごとき古き良き時代、人間がなお信頼と友情を有していた時代にその人間観は根を置いているといえるだろう。このような点で将軍の新時代に対する拒否反応には凄まじいものがあった。彼は自分の娘の嫁ぎ先のプチーツィンの家にいたが、プチーツィンがイッポリートを引き取り世話をすることになる。そのときイッポリートをとるか自分をとるかとプチーツィンに対してせまったのだ。

「『ねえ、プチーツィン君！』と彼は雷のような声でわめいた。『もしあんたがこの青二才のアテイストのために、皇帝の恩寵をかたじけのうした名誉ある老人を、自分の父親を、犠牲にしようと決心されたのなら、わしは即刻あんたの家に足踏みせん。さあ、どちらかひとり選びなさい、早く選びなさい、わしを取るかそれともこの……ねじ釘か！　そうだ、ねじ釘だ！　わしはなんの気もなしにいったのだが、まさにこれはねじ釘でえぐるのだ、おまけにすこしの遠慮会釈もなく……ねじ釘のように……』」(5)

イッポリートはねじ釘、その無神論は将軍の胸や魂をねじ釘のようにえぐる。イッポリートは将軍を無神論の信者にしたくてたまらないという。イッポリートは言い返す。プチーツィンはなだめ、ガーニャは親爺は威張りかえっていると妹にささやく。若者たちは皆自分に背くといって、ついに将軍は家を出ていくとわめく。

往来で将軍は、ほとんど狂気のようになって、過去を思い、ニーナを天使と称え、コーリャの祝福を神に求めてほえるように叫んだ。家に帰ろうといっても、家を呪い、帰ろうとはしない。最寄りの家の玄口にコーリャを引いてゆく。ついに発作を起こしてコーリャの肩に倒れ掛かった。そのまま彼の意識は戻らなかったのだが、家出は彼の決まり文句だった。過去の栄光にしがみつき、過去の幻影を追うことに生きて、新時代を理解しようともしない、真の意味において性格を喪失した存在にとっては往来という場所での死こそもっともふさわしいものだったかもしれない。息子には嘲弄され、娘婿にも欺かれたという怒りに狂ったイヴォルギン将軍は、いまや、荒れ野ならで街頭をさまようリア王の運命を辿ったといえる。

そして彼に付き従うコーデリアは、父親思いのコーリャだった。

Ⅲ　レーベジェフ

1　世界を活性化するもの

この文学的空間の最初から最後まで一貫して登場する人物がこのレーベジェフという男だ。そのことから見ても、この男のこの作品における役割の重要さは知れる。作者も『白痴』の創作ノートの中で「レーベジェフは天才的な人間像」(6)と記している。彼はペテルブルグ行きの列車の中でラゴージンと公爵と出会うが、そもそもの出だしからして、主要人物二人と出会い、しかもその会話を通じて彼らの世界に入ってゆくというのもかなり運命的といわねばならないだろう。レーベジェフは車内での会話において驚くべき博覧強記を示し、一挙に会話の空間を立体的なもの、カラフルなものに変換させてしまう。それは彼の話の引き出し方の巧みさによる。彼は臆面もなく諂う。人間は諂われることは必ずしも不愉快ではない。とりわけラゴージンのような野性的な男には諂う人間の打算など斟酌する神経はない。レーベジェフの諂いは彼のナスターシャに対する激しい恋着をむしろあおる快い合いの手なのだ。それにレーベジェフという男は、確かにラゴージンに対して、その異常な財産と家柄に興味を持ったには違いないが、単にそれだけの興味によって、ラゴージンにすりよったとも思えない。彼にはその場その場を活性化する卓抜な才覚がある。フェルディシチェンコ、イヴォルギンらと比べて、もっとも道化的人物として大きいのは彼だ。彼を、『リア王』のFool[7]とか、ディドロの『ラモーの甥』の主人公[8]と比較する人もある。道化こそいわば彼のアイデンティティそのものだ。彼の変貌たるや凄まじい。これは善なるものか悪なるものか、彼には固定された個性などというものはない。その時その時において瞬発的に発現されるのが彼の言動である。例の十万ルーブリをナスターシャが暖炉に投じた事件の際、恐怖の叫びさえもが上がる緊張の極点において、「お慈悲深い奥様!」と哀れっぽく呼びかけて「わたしに言いつけてくださいまし。体ごと暖炉のなかにもぐりこみます! このごま塩頭をすっかり火の中へ突っ込みます!」といって札の入った新聞の包みを引っ張り出すことを哀願してみせることで、そこに喜劇的色彩を添えたのもその臨機な道化性によるる。その言葉「足なえの女房に子供が十三人、——みんなみなし児でございます。前週に親父を埋葬したばかりでございます。かつえ死にせんばかりでございます」は場の雰囲気を一挙に極めて散文的で現実的な世界へと引きずりおろす。彼についでフェルディシチェンコが、ケルレルが同調する。フェルディシチェンコがガーニャに「やれやれ」とけしかける。この喜劇的効果は逆にこの場面の緊張をいやがうえにも高め、ガーニャの決断の悲劇性を浮き彫りにしているといえそうだ。

第二編以降、『白痴』のプロットは大きく変わる。中心的なテーマの展開、つまりナスターシャを中心にした三角関係の推移という主題は、直接には語られず、もっぱら噂によってとか、あるいは時に主人公たちの口、あるいは登場人物の口を通して進められることになる。そこにこの小説の判りにくさというものの原因が潜むが、それに応じてかどうか、レーベジェフの役割が重大性を増大する。

2　異形のサンチョ・パンサ

終局において、ラゴージンの住まいを警察の手で開かせて、悲劇的結末に実際的な処理を行うことで、いわば主人公たちの運命に決着をつけたのはレーベジェフだが、彼はこのように最後にいたるまで主人公たちの運命にかかわってゆく。要所要所においてプロットの重要な担い手であり、また事件をその現実的側面から照らし出す役割を負っている。公爵はある時、レーベジェフに彼が事務的能力を持っているといっているが、結末においての上記のような働きをみてもそのことは納得される。もしムイシキン公爵が、ロシアのドン・キホーテとすれば、それではサンチョ・パンサは誰かと考えて見てこの道化的人物こそが、あの地上的原理の道化ともいうべき、滑稽にして偉大なる従者に相等する人物といえるのではないか。もちろんこれはどこまでも比喩的な意味であって、公爵がドン・キホーテと異なるように、レーベジェフがサンチョと異なるのはいうまでもない。彼は道化的人物だとしても、極めて複雑な人間であり、その道化的意識性の振幅は途方もなく大きい。彼にもまた虚言癖があるが、イヴォルギン将軍とは異なったものだ。その違いは、イヴォルギン将軍と不和のきっかけになった片足の件に明らかだ。イヴォルギンはそのような話をすること自体彼に対する不敬を現しているというのだが、それはレーベジェフの道化性の特質を現しているのであって、決してイヴォルギン個人に向けられたものではないのだ。それをイヴォルギンは自分に引き付けて解釈したのだ。レーベジェフはルキアン・ティモフェイヴィチ・レーベジェフという。ルキアンは明らかに、ギリシャの作家ルキアノスから来ている。ルキアノスは風刺作家として知られている。その風刺は有名な「本当の話」[9]を見てもいかに荒唐無稽を極めたものかが判る。これは語り手がギリシャの神話の世界に入り込んで古の驚異を体験してゆくという話だが、とにかく馬鹿馬鹿しい出来事の連続だ。ところでナンセンス文学は風刺性を持つ。片足をフランス軍の大砲で打ち落とされたというレーベジェフの話もまたナンセンスによって、他者に対して嘲弄的効果を持つ。さらにそれはブラック・ユーモアの域に達している。それはレーベジェフに一種の実存感覚が存在しているからではないだろうか。片足を拾い、それを墓に祭り、毎年記念祭をなすという、自分の肉体から切り離されて、もはや一個の物体と化したものを、まるで死者に対するかのように扱う馬鹿馬鹿しい丁寧さに笑いが表出されるが、それはいわゆるもっともらしい宗教的儀礼にたいして向けられた意地悪い嘲笑なのだ。

3　無神論への滑稽な挑戦者

レーベジェフの実存感覚は死刑台上のデュ・バリ伯爵夫人 Comtesse Du Barry の死刑執行直前の哀願の言葉について述べたところにも現れている。夫人は首切り役人に Encore un moment, monsieur le bourreau, encore un moment !（あと一分、役人さん、あと一分お願い！）と叫んだという。レーベジェフはその話を辞典で読んだというのだが、その一分間について次のように語っている。

「この一分間に、神様が夫人を許してくださるわけなんだ。なぜって見ろ、人間の魂をそれ以上にミゼラブルな目にあわせるなんて、考えることも出来ないじゃないか。てめえミゼラブルという言葉がどんな意味か知ってるか。つまりこんなことをミゼラブルっていうのさ。この『もう一分間』という夫人の叫び声のくだりを読んだとき、俺はちょうど心の臓を火箸で挟まれたような気がした。[10]」

ここではレーベジェフは甥に向かって話している。文中てめえというのは甥のことだ。甥はニヒリストだ。その甥が公爵にレーベジェフが夜中三度も起きて、床に頭を打ち付けて、誰かれとなく息災を祈っている、いつぞやはデュ・バリ夫人の魂の平安を祈っているのを聞いた、まるで気違いだと告げたのだ。そこでいきり立ったレーベジェフがデュ・バリ伯爵夫人の悲痛な最後について語ったのだ。

ところでこの話は『作家の日記』一八七八年の項「五　ヴラース」にも使われている。[11]ただそこでは伯爵夫人のあと「一分間」をという念願の気持ちの解釈はここととは異なっている。作者によればそれは最後の瞬間を少しでも延ばしたいという気持ちからだという。しかし次の瞬間にはより悲惨な状況になるだろうに、人間は最後の瞬間に一切の虚偽が暴かれ赤裸の真実の前に立たされることを少しでも先に延ばそうとする。この作者の解釈はいわば実存的といえるが、それに対してレーベジェフによる伯爵夫人のあと一分間の解釈は一分間を祈りに捧げるというものだ。この解釈の違いはいわば生涯神の存在をかっこにいれて問い続けた作者と、作者による虚構の人物であり、信仰をそれなりに有しているかのごとく主張する人物との違いであろうか。いずれにせよ、それが死を直前にした悲惨な状況という点では共通する。

この話は公爵がエパンチン家で最初に語った死刑囚の話と同じものといえる。ただ祈りの有無に差異がある。公爵の語る死刑囚には、祈りはない。死刑の精神にとっての残酷性と、死後の魂の存続の問題と、作者の実体験をそのまま映し出しているからであろう。

レーベジェフは黙示録の講義の語り手だという。

「わたしは『黙示録』の講釈にかけちゃなかなか大家でして、もう十五年も講釈をしています。人間というものは『第三の活物《いきもの》』の黒馬と、その上にのって手に衡《はかり》を持った人といっしょに暮らしているのだ、とこうわたしが申しますと、あのひとも（ナスターシャのこと―筆者注）賛成してくれましたよ。なぜってごらんなさい、今の世の中はなんでもかでも衡と談判で持ちきり、人間はただ自分の権利ばかりさがしているじゃありませんか。『銀一ディナールに小麦一升《ます》、銀一ディナールに大麦三升なり』でさあ……そのうえに自由な精神だの、清き真心だの、健全なる身体だの、ありたけの神様の賜物を大切にしまっておこうというのだから、やりきれませんよ。しかし、権利一点ばりでそんなものがしまえるはずがないから、すぐあとから『死』と呼ばれる青ざめた馬がやってくる、そのまたあとから地獄……まあ、こんなふうのことを話して、意見があったのです、――そしてなかなか効き目がありましたよ」

公爵は、「君自身それを信じてるんですか？」と聞くと彼は答えた。

「信ずればこそ講釈もするんです。なぜと申して、わたしは貧乏で裸一貫で、輪廻の原子《アトム》にすぎないのですものな。一体誰がレーベジェフなぞを敬ってくれます？　だれも彼もわたしを愚弄して、ほとんど足げにせんばかりです。けれどもこの講釈ではわたしも高位高官の人と同様です。それも知恵のおかげでな！　ある高位のお方は叡智でそれを感じて、ひじいすにすわったままふるえだしたもんです(12)」

レーベジェフとは時代の無神論的風潮に対しての滑稽な挑戦者といえる。それがもっとも露わに出たのが、公爵の誕生日の酒宴の際の彼のアネクドートだ。

4 「生命の源泉」はなにか

そこで黙示録の「茵蔯《いんちん》の星」の話が出る。これはヨハネ黙示録第八章第十―十一節に出てくる大きな星のことだ。それは水源に落ちて、水を苦くし、多くの人々の死を招いたというものだ。レーベジェフが「茵蔯の星」のことをヨーロッパに広がっている鉄道網だといっていることは公爵も知っていた。しかし彼はいった。

「ただ鉄道のみが生命の根源を濁すのじゃありません、そういうふうのもの全体が呪うべきものです。最近、数世紀間の風潮全体、つまり科学や実際的方面の風潮が、あるいは……いや、実際呪うべきなのです」[13]

彼は、朝のうちのほうが善良ですねというプチーツィンに対して、レーベジェフは晩になると真実で露骨だといい、「わたしは今夜あなたがたを皆、――無神論の人を皆呼び出して、対決しましょう、さあ皆さん、あなたがたは一体何をもって世界を救おうとなさるんです、何において世界の歩むべき正当の路をさがしだしました？……あなたがたは、科学、工芸、協会、賃銀などのひとですが、なにをもってこの問題を解決します？　信用ですか？　そもそも信用とはなんです？　信用がわれわれに何を与えてくれますか？」[14]

以下、レーベジェフの滔滔たる弁舌が始まるのだが、彼はそこで現実社会の「茵蔯の星」、すなわち生命の根源を混濁させるものを、反論に答えながら片端から攻撃する。プチーツィンが「信用は一般人心の大同団結とか、利益の平均とかいう結果を与えてくれますよ」と反論したのに対して、「ただそれだけです！　なんらの精神的根拠も持たないで、ただ個人の利己心と物質的必要ばかり満足させようとするんですね？　一般の平和、一般の幸福は、ただ必要ということから割り出されるんですね？」と反論する。ガーニャがプチーツィンの主張を支持して、「生命の源泉」となりうる強固な思想だという。レーベジェフがそれは単に自己保存の感情に過ぎないと反論すると、ガーニャは「自己保存の感情は、人類のノーマルな原則」だと弁護する。そこへエヴゲーニイが「自己保存にばかり人類のノーマルな原則があるものでしょうか？」と割って入る。「自己破滅の法則」だって同じようにノーマルだというのである。レーベジェフは夢中になってエヴゲーニイの言葉を「あなたがどれぐらい深遠で正確な思想を吐露しなすったか、ご自分でもお分かりなさらんのです！」といって引き取りいう。

「自己保存の原則と自己破滅の原則は、人類に在って同じように強い力を持っております！　悪魔が神と同様な力で人類を支配しております、しかも、それがいつまで続くか、われわれには際限が知れぬくらいです。あなたお笑いになりますか？　あなた悪魔をお信じなさいませんか？　悪魔を信じないのはフランス思想で、軽薄な思想です。あなたは悪魔が何ものかご存じですかね？　悪魔の名前はなんというか、ご存じですかね？　あなたがたは名前もしらないくせに、ヴォルテールの顰《ひそみ》にならって、ただ形式、——蹄《ひづめ》だとか、尻尾だとか、角だとかいうものを冷笑しなさる。しかもそれは、みんなあなた自身で作りだしたものじゃありませんか。悪魔は偉大な恐ろしい霊魂で、あなたがたの作り出した蹄や、角などを持ってやしませんよ。しかし、いま論ずべき問題はこんなことじゃありませんよ⒂」

イッポリートは、この最後の言葉に食って掛かり、なぜ「いま論ずべき問題でない」とわかるのかという。それを「巧妙で暗示に富んだ質問」とほめそやしながらも、レーベジェフは問題はそこにはない、われわれの問題は「はたして『生命の根源』は衰微しなかったか」ということだと話をもとに戻す。

ところでレーベジェフはなぜイッポリートのこだわりにもかかわらず、ここで悪魔の話題を中断してしまったのか。実はこの問題こそ、『白痴』におけるニヒリズムの問題の根底にあるはずのものではないだろうか。やがてそれは『悪霊』を経て、イヴァンの言説、特にイヴァンの悪魔において最も深刻な表現を得るのであるが、そこでは悪魔は自分はメフィストーフェレスとは反対に善を望んで悪をなすものだという逆説家として現れている。なぜなら自分が神をたたえてホザンナを叫んだら、その時は世界の歴史は終息してしまうだろうから、自分は歯を食いしばって悪をなすというのだ。ここに自己保存の法則に対する自己破滅の法則としての悪魔の存在がある。そのような自己破滅の法則はあらゆるところに浸透してゆくだろう。ニヒリズムとはその一つの表現に過ぎないのではないか。ニヒリズムという自己否定の論理がなぜ人々を惹き付けるか、そこに自己破滅の法則が貫いていて、その法則性が破滅への情熱をかきたてるのではないか。イッポリートがレーベジェフに聞き返したのも当然だ。この集まりの最後に彼はその告白を読んで、一同の前で自殺することにしていたのだから。まさしく自己破滅の法則に彼自身貫かれていたということになる。

自己破滅の法則に貫かれているものはイッポリートだけではない。ラゴージンやナスターシャ、またアグラーヤもその最たるものだろう。しかし人間は自己否定において自分を貫いているのがそうした恐るべき法則性とは知らない。

なぜなら自我というものの憑依は根深いし、物的欲望の絶対視はとても手離すものとは思えないからだ。だからこそレーベジェフもそれ以上話を続けることをしなかったのだろう。というよりはレーベジェフにはいいたいことがあった。

5　告白への衝動

「問題は何百年か前のある事件にあるのです」といって語り出したのは馬鹿馬鹿しくもグロテスクな話だった。十二世紀のロシアにおいて、全国的な大飢饉が二年に一度、少なくとも三年に一度起こった。そこで人々は人間の肉を食うという非常手段に走った。ある人間が、人から責められたわけでもないのに、自分からその事実を告白した。六十人の坊主と六人の赤ん坊を食べたというのだ。ここでちょっかいが入る。この男は本当らしいところのない、馬鹿話をするのがなによりも好きなのだと、議長のイヴォルギン将軍がどなったのである。そこでレーベジェフは反論する。

「将軍！　ご自身のカルス包囲の話はどうなすったんですな。皆さん、わたしのいま申した話は赤裸々の真実です。さようご承知ください。わたし一個としても注意いたしておきますが、ほとんどすべての真実は、つねに不変の法則を持っているものの、ほとんど常に本当らしくない、信じることの出来ないようなものです。どうかすると、現実的であればあるだけ、いよいよ本当らしくなくなるものでしてな(16)」

しかし六十人の坊さんが食べられるものかね、と笑い声が起きる。十五年とか二十年の間にやったもので、それは自然のことだとレーベジェフ。自然だというのはカトリックの坊さんは生来おせっかいだから、森や人気のないところへ呼び出せばことは簡単だ。その数を否定はできないとレーベジェフ。この馬鹿げた問答の途中で公爵が口を挟んだ。人々は面白がって相手をしていたし、また公爵自身も楽しそうに笑っていたのだが、突然口を切った。それが恐ろしく真面目だったので人々の好奇心をそそった。公爵はレーベジェフの話は本当に違いないと自分のスイスで山に入った時見た岩山の上に建てられた古い騎士時代の城の廃墟をみて、それは恐ろしい工事だったに違いない、それは貧しい家来たちによってなされたものだろう、飢え死にするものもあったろうし、人肉を食べたものもいたかもしれないと語った。ただなぜ坊さんだったかはわからないがと付け足した。それに対してガーニャが、十二世紀には「坊さんよりほか食べられる者がいなかったんでしょう」というと、「いや実に立派な、そして正しいご意見です！」とレーベジェフは調子付き、六十人の坊主に対して一人も娑婆の人間はいなかった、それは「恐ろしい歴史的な、しかも統計的な思想」だという。公爵だけは「君は何を結論しようというんですか」と真顔で質問を続けた。語り手は公爵に冗談らしいところや、嘲笑的なところは微塵もなかったので、逆に一同の笑いは公爵に向かったかもしれないと記している。レーベジェフは自分は大事件を論結しようとしているといって、その罪人が赤ん坊を五、六人食べた理由を滔滔と述べた。

「察するところ、恐ろしい良心の呵責に苦しめられて（なぜと申しますに、わたしの被弁護者は宗教心の厚い、良心を有した男ですからね、それはわたしが証明します）、そこで、出来るだけ自分の罪障を軽くするために、一種の試験として、坊主の肉に代えるに俗界の肉をもってしまました。単に試験としてやってみたということ、これまた疑う余地がありません。美食的《ガストロノミック》な変化を求めたものにしては、六という数字があまりに些細に過ぎるのであります。一体どういうわけで六人に止まって、三十人でないのでありましょう?(わたしは半数をとったのです、つまり半分半分と見たのですがね)これが単に瀆神罪、すなわち教会付属物に対する侮辱の恐怖から生じた自棄的な試みであったとすれば、六という数字は実によく分かってくるのであります。何故ならば、良心の呵責を満足させるための試みならば、六人という数は十分すぎるのであります。そのわけはこうした試験の成功しようはずがないからであります。わたしの考えまするに、赤ん坊は余り小さくて、その、つまり大きくないもんですから、一定期間のあいだに必要な赤ん坊の数は、坊主よりも二倍、あるいは三倍になるはずであります。かような次第ですから、罪はよし一方から見て、大きくなって行きます。すなわち、質でなくして、量ですね。(中略)第二に、わたし個人の意見としては、赤ん坊はたいして滋養になりません。そして、あるいはあまり甘ったるすぎて、自然の要求をみたすことができないうえに、あとでただ良心の呵責を残すだけかもしれません。で、今度は結論であります。この結論の中には、当時および現代において、最も大なる問題の解決が含まれているのであります。犯人は最後に坊主たちのところへ出かけて自訴をし、自分を政府《おかみ》の手へわたしたのであります。従って、当時の規定によれば、いかなる苦痛、――いかなる拷問が、――いかなる歯車や水火の責めが彼を待ち設けていたかという疑問が起こります。誰が強いて彼をして自訴するに至らしめたか? なぜ彼は六十という数字に自分の手を留めて、死ぬまで秘密を守らなかったか? なぜ彼は教会を棄てて、隠遁者として悔悟の生活を送らなかったか? あるいはまた、なぜ彼自身も僧門に入らなかったか? つまり、ここに謎の偉大なる解明があるのであります！　つまり、これにはなにか水火の責めよりも、また二十年来の習慣よりも、もっと強いあるものがあったのです！　すなわち、どんな不幸よりも、どんな凶作よりも、どんな拷問よりも、癩病よりもペストよりも、ずっと強い思想があったのです！　もしこの人心を制縛し、匡正し、生命の根源を豊富にするところの思想がなかったら、人間はとうていこれらの不幸災厄を耐えしのぐことが出来ません！(17)」

レーベジェフのいうことは明らかだ。「この人心を制縛し、匡正し、生命の根源を豊富にする思想」とは良心の苦しみのことだ。それは告白せざるをえない状況に人間を追い込む強い力だ。レーベジェフはそのような力が当代にはない。「なにもかも脆くなってしまった」と嘆く。ケルレルはその演説に大不平で「あの男は文化を攻撃して、十二世紀時代の信心気違いを鼓吹してる」と激しく非難した。

しかし問題はなぜレーベジェフがそれだけのことを説くのに、こんなにも馬鹿馬鹿しい話に仕立てたのか。これを読んで筆者はスウィフトの Modest Proposal を思い出した。これはアイルランドの食料問題の解決になした「ささやかな提案」だ。それは貧民階級の赤ん坊を集めて、加工し缶詰として売りに出せば、貧困問題も食料問題も一挙に解決されるというアイディアである。これはまさにグロテスク極まりない恐るべきブラック・ユーモアというべきだろう。ここでは一切の人間的な感情などというものは冷然たる計算のもとに排除されている。明らかに金持ち階級に対する、文明に対する猛烈な皮肉がある。見せかけの人間愛を一枚剝ぎ取って、人間の欲望の残酷さを冷厳たる統計と数字によって、奇想天外な発想の中に開示して見せた(18)。

レーベジェフのこの話も、統計的な数を弄んでいるところなど同工異曲といえる。ただスウィフトほどの辛らつさはない。それはレーベジェフが道化的人間であるということによる。レーベジェフは決してスウィフト的な凍るような冷眼の厭世家ではない。彼は道化的人間としても抱擁的人間なのだ。いわば根は温かな善意の道化というべきものだろう。善意の道化とは、自分自身をコケにすることを通して、そこに笑いを惹き起こし、人々を結びつける働きをする。そしてこの場合は、「告白」という人間本来の美徳を教訓的ではなく主張する。

6　道化的言説を超えて現れるもの

イヴォルギン将軍も道化的人物であり、レーベジェフとは好一対であり、しかも親友なのだが、しかし将軍が過去の栄光という固定観念に捉われている道化とすれば、レーベジェフははるかに弾力性のある人物だ。虚言癖を有するという点では五十歩百歩だが、レーベジェフは将軍の持たない変幻自在な仮面を持つ。彼は自己を卑下することを全く意に介さない。ナスターシャの家で、ラゴージンが十万ルーブリの新聞紙の包みを暖炉の火に投じた時、ナスターシャの前に膝立ちになって這い回りながら、暖炉の方に両手を差し伸べ、ナスターシャに暖炉にもぐりこむよう命じてくれと哀願したところに端的に現れているように、自己を滑稽化することになんら悪びれるところはない。善意の道化と書いたが、単純に善意だけというのでもないようだ。公爵に対する誹謗の記事を彼が手伝ったという話もある。いわば一種の悪戯者でもあるのだろう。世界を活性化する悪戯者。例の片足が大砲で飛ばされたという話などもそうした悪戯心からくるのだろう。悪戯者は自己のナンセンスの話によって人々の間に広がる反応を楽しむ。あるいは、そこに引き出される人々の本音によって人々をあばく。

それにしてもレーベジェフは、良心の苦しみこそ生命の根源を豊かにする思想であるということの表明になぜカニバリズムのアネクドートを持ってきたか。ケルレルは「信心気違いを鼓吹している」といっているが、しかしレーベジェフは鼓吹しているかにみせて、しかしそれを滑稽化していることもまた事実だ。その話のグロテスクな馬鹿馬鹿しさによって、自分の言説自体を笑いものにしている。そして聞き手をも愚弄している。道化は自己を滑稽化することを通して、相手をもコケにしている。

しかしそれはなんのためか。なぜレーベジェフはそのような言説を弄ぶのか。これは彼の道化性の説明ということになるだろう。公爵がドン・キホーテ的道化だとすれば、彼はサンチョ・パンサ的道化といえるのではないかということについては、先に述べた。ドン・キホーテが理念の道化だとすれば、彼は地上的原理の道化といえる。サンチョはドン・キホーテの幻想を絶えず訂正するのだが、結果としてその幻想に付き合い、巻き込まれ、彼自身も滑稽を演ずることになる。これはなぜか。それは彼が主人の狂気に付き合うからだ。なぜ付き合うのか。ひとつには彼の前に馬の顔の前に吊り下がったにんじんのように、島の太守という約束がぶら下がっているからでもあるが、やはり主人に対する愛情によるのだろうと思う。主人ドン・キホーテの私心のない純潔な理想への献身の一途さに惹かれているのだと思う。

レーベジェフもまた公爵の最もよき理解者といえる。それは彼のニヒリズムに対する対し方からも伺える。既に述べたように公爵の心の奥底を占めているのはニヒリズムだった。彼が自然の饗宴を前に、そこから排除されているかのごとき恐るべき虚妄感を抱くのは心の根底に公爵の意識をたえず惹き付けるニヒリズムの求心力による。時代のニヒリズムの理解という観点からいえばそのもっともよき理解者はレーベジェフかもしれない。それは彼の甥という男に対する彼の批評からも、またデュ・ヴァリ夫人に対する彼の話からも理解される。しかも彼には時代のニヒリズムに対して、公爵にはないものがある。それは黙示録の説き手という点に見られる積極性である。彼はいわば時代と付き合うのだ。彼が自分の貧困を吹聴して、自己を滑稽化することを恥じないのは、そのような行為によって時代と付き合うためだ。彼は公爵に対する戯文作成にも関わったというのだが、それは公爵に対する悪意などによるものではないだろう。彼は時代のニヒリストの影響下にある若者たちと行動をいささかなりとも共にすることによって、より深く時代の中に入っていこうと考えているのだ。そしてより深く時代の中にくぐもり、人間の心に通暁するものには、人間の心がそう簡単に言葉によって影響されるものではないということは百も承知だろう。シニシズムに満ちた時代の言葉は、シニシズムという仮面をまとわざるを得ないのだ。シニシズムの仮面とは、毒をもって毒を制する底の、シニシズムの時代に対する先制攻撃的戦略なのだ。誠実な言動を誠実のままには受け取ることのできなくなった時代における、もっとも現実的知恵にみちた、そして現実的生命力に富んだ人間の取る誠実の屈折した身振りなのだ。

しかし彼の言説はただ単にナンセンスというだけのものではない。そこにはある真実が仕掛けられている。それはなんらかの隠されたメッセージだ。この場合は人間の心のうちに潜む告白というものへの抑えがたい衝動こそが、生命の根源を豊かにするものだというメッセージだ。それは自己保存の強い欲求を超えて人類に働きかけるものだとすれば、人間は悪に征服はされないという思想である。この問題はドストエフスキーにおいては実は極めて重要な問題となっている。それが本格的に展開されるのは『悪霊』においてだが、『罪と罰』においても既にそれは表れていた問題でもあった。ラスコーリニコフは結末において、ソーニャの前に身を投げ出す、それは彼の意識を超えた衝動だった。それまでは彼はシベリアにおいても、彼自身にいかなる罪をも見出すことはできなかったという。熱病を患い、それからの回復期、おりから四旬節にかかっていたが、終末論的な夢を見る。それが契機で彼は自己の罪の自覚に真実覚醒したといえる。この彼の心の奥底から由来したとしかいえないこの真実の悔悟の感情、これこそ生命の根源を豊かにするものであろう。さてラスコーリニコフはそれを終末論的夢から得たが、レーベジェフは黙示録から得たといえる。なおちなみにレーベジェフという姓はレーベヂ、すなわち白鳥からきている。つまりレーベジェフとは人類の白鳥の歌の歌い手なのだ。白鳥の歌、すなわち黙示録の説き手であり、生命の根源の説き手なのだ。

言うまでもないことだが、悔悟の情が人間に内在するか否かは人間の倫理性にかかわる。それはいいかえれば、人間が利害打算を超えている存在か否かということだ。これは、『悪霊』でスタヴローギンが、地球上で想像しうる限りの悪行を行って、他の天体から地球を眺めた時、果たして心が痛むかどうかという問題を提起したが、レーベジェフのナンセンスな語りの中心にあるのはそのような問題に他ならない。『悪霊』という小説はじつはこの問題の探求に捧げられているといってもいいくらいなものだ。さらにそれは、『カラマーゾフの兄弟』においてより深く広い展望のもとに取り上げられることになる。

レーベジェフのこのナンセンスな語りはそのグロテスク性によって、既成の感受性に対する嘲笑ともなっている。既成の感受性とは、時代の進行、変化によって深化したニヒリズムに対する理解を持たず、それまでの倫理的宗教的美的感覚の中に安住して、それ以上に出ることのできない旧世代の感受性のことだ。レーベジェフの語りにはなにかしらグロテスク性が伴うが、それはレーベジェフの中にある実存感情と関わるものだろう。彼は自分のことを原子的《アトム》存在と卑下するが、それは彼の貧困や妻の死から由来する実存感覚の端的な表現といえる。彼の十二年戦争で失った片足の話にしても、死者を祭るのではなくて片足を祭るというのだから、馬鹿げた話で宗教的儀式を笑いものにしている。しかし笑いの矛先は宗教的儀式というよりは、人々の意識において形骸化した儀式に向けられている。黙示録についても同じことで、彼のシニカルな黙示録講義は、世間一般で有難がられている黙示録講義に向けられているということを確認する必要があるだろう。レーベジェフの語りの終わったあと、イヴォルギン将軍は「わたしは本当の黙示録の説明家を見ましたよ」といって語ったのが、その当時流行していたと思われる黙示録の講義者だ。

「それは故人になったグリゴーリイ・セミョーノヴィチ・ブルミストロフですが、実際、もうなんといっていいか、まるで心臓に火をつけられるような気持ちでしたな。第一、この人は眼鏡をかけて、時代のついた黒い革表紙の大きな本を操っとりましたよ。そのうえ白い鬚を生やして、寄付金の礼に贈られたメダルが二つあったのです。その話ぶりが荘重で厳格で、立派な将軍たちでもその前に出ると、ひとりでに頭が下がりましたよ、婦人たちとなると、よく気絶する人もあったほどでな。まったく――ところが、この男は前菜《ザクースカ》で結論をつけとる！　実にお話にならん！」

「前菜《ザクースカ》で結論をつけとる」というのはレーベジェフが、自分の語りの最後をいかにもナンセンスの話らしく、機知によって締めくくるため、話題を一転、当面の問題は「用意した前菜を、こちらへ運びましてもよろしゅうございますか」といったことを指す。要するに将軍にはレーベジェフの語りは全く理解されなかったということだ。ところで将軍の語る黙示録の語り手たるもの、将軍の説明だけで、なにかしらロシア特有の欺瞞的説教家らしい匂いがする。

7　紛失事件にみるレーベジェフの道化的言語

将軍はレーベジェフと仲たがいをする。例の片足の話が自分に対する侮辱だと思ったからだ。将軍には、レーベジェフのグロテスクなユーモアはわからない。しかし、レーベジェフは、だからといってイヴォルギン将軍を見捨てることはしない。レーベジェフの四百ルーブリ紛失事件を巡ってのムイシキン公爵とのやりとりは、実に将軍に対するレーベジェフの感情の屈曲を表して面白い。レーベジェフは「ひとりの債権者から四百ルーブリ」を受け取り、フロックに着替えた時、それが入った財布をフロックに入れ替えておいた。その金は代理人に渡すものだった。代理人は来なかった。公爵の誕生日のお祝いで、略服に着替えて、フロックに財布を入れておいた。一夜明けて、財布がないのに気付いた。そこから泊まった客人の誰かが盗んだとしか考えられない、といって公爵を相手に、まわりくどい犯人の推理が始まるのだが、実際にはレーベジェフにはそれが将軍の仕業だということは分かっているのだ。にもかかわらず、レーベジェフは、将軍がいかに自分が潔白だということを証明しようとしたかをとくとくと語る。その語りは、潔白だということを強調しようとすればするほど、将軍が犯人だということを指示していると感じさせる。

「わたしが紛失に気付いて第一番にあの人を叩き起こした時、わたしよりもはるか以上に驚いて、顔色が変わったくらいです。赤くなったり、青くなったりしていましたが、とうといきなり物凄いほど憤慨しだしました。わたしもそれほどまでとは思いもよらなかったくらい。実にどうも高尚な人ですね！もっとも、のべつ嘘ばかりつくという弱点はありますが、見上げた心持ちの人です。その上取りとめのない人ですから、罪のないところですっかり人を信用させます。もう、一度申しあげましたが、わたしはあの人に弱みばかりではなく、愛情さえも感じております。さて、将軍は急に往来の真ん中に立ち止まって、フロックをぱっと広げて、胸をあけて見せるじゃありませんか。『さあ、わしを検査してくれ、きみはケルレルを検査した以上、わしを検査せんという法はない！公平という点から見ても、それが当然のことなんだ！』というのです。そういう当人は手も足も震えて、真っ青な顔をして、その様子の物凄いこと。わたしはからからと笑って、こう言いました。『ねえ、将軍、もし誰かほかの人間がお前さんのことをそう言ったら、わたしは即座にこの手で自分の首をねじ切って、それを大きな皿の上へ載っけて、そんな嫌疑をかけるやつのところへ、自分で持って行って、こういってやりますよ。〈ほら、御覧なさい、この首でもってわたしはあの人の潔白を保証しますよ。いや、首ばかりじゃない、火のなかへでも飛び込みます〉こんなにしてまでもあんたを保証する覚悟なんですよ』というわけで。するとあの人は飛び掛って、わたしにしがみついて、――それもやはり往来の真ん中なんですよ、――涙を流して震えながら、咳もできないほど強くわたしを自分の胸へしめつけましてね、『今の不幸な境遇に落ちてから、残っている親友は君ひとりだ！』というじゃありませんか。センチメンタルな人ですよ！」[19]

盗難に真にかかわりのない人は、この将軍のような態度に出るだろうか。単に疑われたということで、これほど心も体も震駭されたような態度に出るだろうか。レーベジェフは、将軍のそのようないわば身体言語の中に、一つの訴えのメッセージを直覚したといってよいだろう。もちろん彼は将軍の身体検査などしなかった。彼は即座に自分の将軍に対する絶対的信頼をこれまた大げさな表現によって示した。その大仰さによって、レーベジェフは将軍に、言外に将軍のその場での嘘は百も承知ということを伝えていたのだ。承知していながら、絶対的信頼を口にした。将軍が「親友」といったのは実にそのようなレーベジェフの二重底ともいえる態度に対してだった。

しかしそれにしても、なぜレーベジェフは公爵にこんな話をしたのか。レーベジェフは、往来の真ん中で抱擁しあった話に続けて、将軍がニーナ夫人と結ばれたいきさつを語った。若い頃、五万ルーブリ紛失の嫌疑をかけられた。しかし彼に嫌疑をかけた伯爵の家が火災にかかり、彼は伯爵とその娘のニーナを救出した。伯爵は将軍に抱きつき、ニーナとの結婚が成立した。金は金庫に入って、火事跡から見つかったというものだった。この話を公爵に語って聞かせた後、レーベジェフはいとも簡単に「なに真っ赤な嘘」と断定した。この断定はすぐ前に語った話を無化してしまうはずだ。ここにレーベジェフの道化的語りの特徴があるが、公爵を前にしてその馬鹿げたともいえる語りはなんのためか。

8　道化的癒やしの術

彼は公爵に「わたしは自分で大きな災難を背負っていながら、今でもあの人のことを、あの人の品行匡正を、考えずにいられないのです。実は、公爵、一つ大変なお願いがございます。正直なところ、そのためにお邪魔に来ましたので」といって、願いというのはニーナ夫人や公爵の手をかりたら、将軍の品行を常時監視できるのではないかということだった。公爵は「なんて馬鹿なこと」と反対する。それに対してレーベジェフはいった。

「ただただセンチメンタルな同情と優しい言葉、これがあの病人に対する唯一の薬です、公爵、あの人を病人と見ることを、あなたは許してくださりますか？[20]」

考えてみれば、この言葉は公爵の言葉としてもいいくらいなものだ。ただ公爵が相手に対する無垢の信頼の態度によって、心の病めるものを癒そうというのに対してレーベジェフは嘘をもってするのだ。このどちらの対し方が、癒しとして有効かはわからない。公爵のほうがその誠実によって、より有効と考えるのが妥当のようにみえるが、しかし先にも見たように、将軍の法螺話を公爵が、誠実に聞いていた結果、将軍は確かに感動したが、そのあとになって公爵の同情を拒絶する手紙を寄越した。それに対して、レーベジェフのいわば搦め手戦法は、将軍自身の内側から、自省する気持ちを惹き起こす。それは将軍の自尊の念は余りにも強いので、公爵の無垢な態度をありのままに信ずることはできない。だからどうしても、その態度の中に自分を憐れむ感情を見出さざるをえないのだ。深くコンプレックスに捉われた人間のうちに素直な感情を目覚ませることは、極めて困難なことなのだ。それに対して、同じ土俵の上で自分に対してくれるレーベジェフのほうが、将軍の側からしても優越の感情をもって対しえるから、むしろ素直になることができるのではないか。この点からいえば、レーベジェフのほうがリアリストといえる。彼はいう。

「全くセンチメンタルな男でございますからな！　ごらんなさい、とても五日と辛抱できないで、泣きながら自分のほうから言い出して、すっかり白状してしまいます、――ことに家族のかたやあなたなどの助けを借りて、あの人の一挙一動を監督するというように、上手にしかも高尚に仕掛けていったら、なお確かです(21)」

実際金は返された。しかしそれは全くさりげないふうにであった。レーベジェフは持って回ってそのいきさつを語る。それによれば、財布はフロックのかけてあった椅子の下に落ちていた。散々さがしたはずの床の上にである。彼は中を調べ、手付かずということを確かめ、そのまま床に置いておく。それは一晩だけそこに転がっていた。翌日の晩、将軍と酒場で落ち合った時、いつの間にか財布はフロックの裾に入っていた。フロックのポケットにナイフで切り抜かれたような穴がいつのまにかあいていて、そこから裾に落ち込んでそこが袋のように膨らんでいる。その膨らみを酒場でこれみよがしに将軍の目に触れさせようとすると、将軍はこちらを無視する、あるいはにらむ。そこで公爵は何のためにそんなに将軍を苦しめるのかという。レーベジェフは、今はこれまで以上に尊敬し愛していると答える。公爵は「愛しているくせに苦しめるんですか！」といってから、財布を椅子の下に置いたり、フロックの中に入れたりすることは、正直に謝るという意を伝えている、将軍はレーベジェフの優しい感情、友情を当てにしている、それなのに「君はあんな……潔白この上ない人に、そういう侮辱を与えるなんて！」と非難した。「潔白この上ない人」という言葉を受けて、レーベジェフは目を光らせながら言った。

「そういう正義の言葉を発しうるのは、取りも直さず御前さま、あなたお一人でございます！ そのために、いろんな悪行に心の腐ったわたくしでありますけれど、崇拝といっていいくらい、あなたに信服しておるのでございます！ じゃ、もう決まりました！ 紙入れは明日といわず、今すぐこの場で探しだすことにしましょう。(22)」

レーベジェフは財布を取り出す。こうして盗難事件の件は落着するのだが、この場合も二人の対応は異なっている。公爵はあてつけにではなく、ひとりで悟るようにしむけたほうがよい、というのに対して、レーベジェフは見つけたといって、今まで気がつかなかったようなふりをしたほうがよいという。万事公爵が、どこまでも優しさで対応しようというのに対して、レーベジェフは、演技的である。それが公爵にはいじめるというようにとれたのだろう。しかしこのような道化的演技がレーベジェフの得意技なのだ。道化は両義的言語を使う。彼にとって重要なことは、その表現が常になんらかの形において滑稽なものでなくてはならない。すでにフェルディシチェンコ、あるいはイヴォルギンにおいてそれがどのようなものか見た。フェルディシチェンコにあっては、常識を逆撫でするシニシズムのもたらす苦笑であり、イヴォルギン将軍においては、みえすいた虚言に夢中になる人間の愚かさからくる可笑しさであるのに対して、レーベジェフの場合、みえすいたことをわざわざ演技する馬鹿馬鹿しさに滑稽が潜む。この場合も、酒場でよれよれのフロックの裾がぷっくり膨れているのを将軍に見せつける行為自体滑稽ではないだろうか。彼はその滑稽の引き起こす笑いの中に和解の機会を求めていたともとれる。

9　ロシア的大地の道化を演ずるレーベジェフ

ある意味で公爵をもっともよく理解しているのはレーベジェフかもしれない。イヴォルギン将軍を公爵が潔白このうえもない人と表現した時、それに賛同したというのも、彼の中にある将軍のような男を病人と考える点で公爵と同じような考えをもっていたからこそ、公爵の言葉に彼なりに感動したのだ。病人は介護してやらなくてはならない。レーベジェフはその点では理想家というよりは現実家であり、実行家なのだ。彼は陰謀家でもある。ナスターシャとの結婚が決まったとき、彼は公爵を禁治産者にして精神病院に入れようとまで画策したらしい。ナスターシャとの結婚で公爵が財産を亡くしてしまうのではないかと恐れたためだ。しかし知能錯乱と発狂の診断を下すべく公爵のもとに参上した医者を公爵はねんごろにもてなし、イッポリートの話やら、スイスでのことシナイデルのことなど、公爵の話は医師を魅了したので、禁治産の話などどこかへいってしまった。ここでも彼の画策は間が抜けたものになった。しかも面白いのはそれら失敗の一部始終を陰謀の対象たる当の本人にあけすけに告白することだ。語り手によれば

――

「この男の心算は、いつも感激といったようなものから生まれるが、あまり熱中しすぎるため、こみ入って来て、方々へ枝葉がわかれ、最初の出発点からすっかり離れてしまうのであった。つまりこれが、

彼の生涯でたいした成功をみなかったゆえんである。(23)」

陰謀とは他者を陥れることであり、裏切ることだが、しかし裏切ろうとした相手に陰謀の詳細を告白するということはあまりにも馬鹿げている。しかし公爵はレーベジェフの陰謀の話を「非常な興味を抱きながら傾聴した」という。話す方も話す方だが、それをなんの怒りもなく聞く方も聞く方だ。これは公爵がレーベジェフの中に、イヴォルギンと同様、潔白な人間を見出しているからだろう。ちょうど、仲間の銀時計を神に許したまえと祈りつつ、仲間を殺して奪う農民の中に、ロシアの民衆の信仰の姿をみたように、公爵はレーベジェフに、自分とひびき合う善意の道化をみていたのだ。

ところでレーベジェフはなぜ公爵を禁治産者にしたて、精神病院に入れようとまで画策しようとしたのか。ナスターシャとの結婚によって、その財産が蕩尽の危険にさらされるということがその説明だが、実際には彼の招いた医師によって、全くそれは問題にされない。医師は公爵の人間的健康さを保証したのみならず、ナスターシャの資産状況にまで言及して、レーベジェフの思惑がいわば全くの杞憂であることを語った。それに、レーベジェフの人間観察の鋭さからいって、ナスターシャが人の財産を横領するような人間だなどということは考えるはずもないだろう。にもかかわらず他人の財産をなぜレーベジェフがやきもきする必要があるのか。彼に公爵の財産をわがものにしようという底意でもあったのか。

ここで全く別の観点からこの問題を考えてみたい。別の観点、つまり家族の家長として、一家を経営してゆく立場の持ついわば公爵をお守りしようという観点である。イヴォルギン将軍の甦生を公爵に頼んだのと同じような看護する役目をみずから買って出たという観点である。そこにはなにかしら、家長的守護役の使命の実行があるのではないか。ここでレーベジェフが十三人の子持ちの父親であることを思い起こそう。

元来道化というものは、寄食者だ。それは他者の力の蔭で生きる存在であり、中世では王様の蔭の存在だった。彼らはその存在を、彼らの機知によって支えている。その道化性は、寄食という屈辱に対する代償行為だ。フョードル・カラマーゾフもかつては寄食者だった。『ラモーの甥』の主人公も寄食者だった。先のフェルディシチェンコにせよ、イヴォルギン将軍にせよ、やはり寄食者といっていいだろう。しかしこのレーベジェフだけはそのようなカテゴリーに入らない道化的存在だ。彼は生活を自分で支えているらしい。いわば多角経営者で、高利貸しもやれば、弁護士もやる。黙示録も講義はする。そのくせ貧乏人とか原子《アトム》のようなちっぽけな存在といって卑下するのが口癖だ。彼には寄食という屈辱はない。いやむしろ公爵に別荘を提供しているくらいだ。とすれば、レーベジェフの道化とは、無動機の道化とでもいうしかないものだ。いわば、活性化のための道化、創作ノートの中に、レーベジェフは無秩序という項目があるが、無秩序ではあれ、アナーキーではない。ちょうど公爵の言動が、なんらその裏に守るべき自己を持たないのと同様、レーベジェフも自己を持たない。その無秩序はそこからきている。その道化性は彼のサーヴィス精神によるものだろう。結局彼は公爵のパロディなのだ。しかしパロディとは、当の相手を滑稽化することを通して、相手に対する批判を秘めている。それはちょうどサンチョが絶えずドン・キホーテの妄想を注意するようなものだ。公爵の美しい人格も、一種架空の感があるというのも、公爵がロシアの大地とのつながりを有していないからだ。公爵を時に襲う虚無感もそこに原因を持つともいえよう。一方レーベジェフは十三人の家族を養ってゆかねばならない。妻はお産のため死に、あとに赤子が残された。彼はそれを育てなければならない。彼のうちには、そのような責任の観念は強くある。彼はニヒリストの甥に対しても、赤ん坊のとき散々面倒をみたといっている。

彼のうちにも虚無の感情はないわけではあるまい。ただ彼はそれをグロテスクなものとして表出することによってそれを超えるすべをほどこした。彼は自己を卑下することによって、時代をそのうちに取り込むことができた、そのようにして、いわば不死身の道化性を得たといえる。道化とは結局何かの道化である。あえて言うならば、これは混沌たるロシアの大地の道化とでもいうべきもの、いかなる悲劇も、そこにおいて再生することをゆるす底の生命の根源としてのロシアの大地の道化というべきものではないか。道化の言説は両義的であり、そこになんらかのメッセージを聞くことのできるものだけが、その隠された真意に達することができるのではないか。現にこの文学空間において最も純潔にして清らかな女性ヴェーラはレーベジェフの娘であったということを思い出すだけで十分ではないだろうか。そして公爵が真に聖なる愛を直感してゆくのは、そのヴェーラなのだ。

注

(1) 米川正夫訳『ドストエーフスキイ全集』第七巻『白痴上』(河出書房新社、昭和四十四年)一五二ページ以降。
(2) 前掲全集第八巻『白痴下　賭博者』四一ページ。
(3) 同前四九ページ。
(4) ゲルツェン、金子幸彦訳『過去と思索』(『世界文学大系65　ゲルツェン1』筑摩書房、一九六四年)一一一二ページ参照。

（５）前掲『白痴上』、二〇ページ。

（６）前掲『白痴下　賭博者』二八三ページ。

（７）"He is Dostoevsky's great clown, a rival of Shakespeare's clown in *King Lear*."（Edward Wasiolek "The Major Fiction" 〈THE M.I.T. PRESS〉 1964, p. 102.）

（８）В.Я.Кирпотин: Мир Достоевского—Этюды и иследования. МОСКВА（Советский Писатель）, 1986, стр. 76

（９）呉茂一・山田潤二訳『ルキアノス短篇集』（筑摩書房、昭和十八年）所収「本当の話」参照。

（10）前掲『白痴下　賭博者』二〇八ページ。

（11）前掲全集第一四巻『作家の日記』上（昭和四十五年）四八ページ。

（12）前掲『白痴上』二二一ページ。

（13）同前三九三ページ。

（14）同前三九三ページ。

（15）同前三九五ページ。

（16）同前三九六ページ。

（17）同前四〇〇ページ。

（18）A Modest Proposal（Jonathan Swift: Irish Tracts 1728–1733, Edited by Herbert Davis, Basil Bkackwell, Oxford, 1971）

（19）前掲『白痴上』四七一ページ。

（20）同前四七四ページ。

（21）同前ページ。

（22）前掲『白痴下　賭博者』三八ページ。

（23）同前一三八ページ。

第5章　ドラマを推し進めるもの

1　『白痴』におけるプロットの特質

ムイシキン公爵は機縁であるとは小林秀雄の言葉[1]だが、いわば完全な無性格として設定された人間は彼自身の内なる欲求、あるいは衝動によって小説空間を構築してゆく機動力を持つことはないのだろう。事件は常に彼を中心にして展開するとはいえ、その展開の仕方は彼が常に真空の中心をなしていて、人々はその周囲を回転しつつ自らの運命を創ってゆく。あるいはムイシキン自身をもそこに巻き込みながら、ムイシキンの運命に反作用を及ぼしてゆく。その場合反作用はムイシキンの無性格、徹底した謙抑、深い共苦に満ちた言動によって引き起こされたものだ。ムイシキンの本質を洞察あるいは直覚して、全面的な愛をもってムイシキンに対し愛するものから、ムイシキンの無垢を、欺瞞的道化とかんぐって嘲笑的に対するものまで、ムイシキンに対する反作用は実に多様であり、またおなじひとりの人間であってさえもその状況状況によってムイシキンに対する態度は異なるのであって、そういう点ではムイシキンはいわゆる主人公というよりはアンチヒーローというべきものだ。ムイシキンをキリストの再来とする考えもあるが、キリストが主の伝道者として聖書世界の絶対的主導者であるのとは完全に異なるものだ。ところでこのようなアンチヒーローの創る小説空間のプロットとは一体どのようなものか。これはドストエフスキーの他の四大小説とは根本的に異なる構造を持たざるを得ないだろう。これらの小説では主人公の抱く観念は明確といっていい。それに対してムイシキンにいかなる観念があるかといえば、ない。エパンチン家の宴会の席上、ロシア人のメシア的人類救済の理念を説くが、さりとてそのような使命をいだいているとも設定されてはいない。癲癇の発作直前の恐るべきアウラの瞬間、宇宙的陶酔の瞬間というものに、人類救済の可能性を見出していたかもしれないにせよ、そのような救済を掲げてペテルブルグに現れたというようにも書かれていない。だからアグラーヤと婚約したあと、アグラーヤから、財産はどれくらいあるかとか、どのようにして自分を養なってゆくつもりかと意地悪く聞かれたりする。ムイシキンはそれに馬鹿正直に答えて笑われたりするのだが、心の底に人々を救済しようという積極的な意図を秘めているわけでもない。ただ病気快復後の社会復帰を同じ血筋の貴族を頼って遂げたい、いわば社会的復活を目指すというのが彼の漠然とした意図だったのだろう。このほとんど謙虚極まりない意図を持って、現れた公爵はついに完全にもとの白痴の状態で終わる。この小説の文学空間はその悲劇的展開にあるのだが、その結末がはやくから予告されていたとはいえ、『オエディプス王』の場合のように一貫した劇的盛り上がりに向けての緊密なプロットの構築はない。にもかかわらず、愛の複雑なドラマは進む。そこに『白痴』という小説の難しさがある。その点で、森有正の分析は実に的確に問題点を捉えているといえる。

「ドストエーフスキーのこの作品は、全体を自己の象徴として支える定旋律の隠された、人間関係の複雑な関係の表現そのものである。それは基本的イデーを局部的に、特殊的に象徴する、その象徴の、厖大な、集合体であるということができる。それで『白痴』には、『罪と罰』、『悪霊』、『カラマーゾフの兄弟』等におけるような、定旋律的なライト・モティーフがない。これらの小説においては、その主要なテーマが、作中人物の存在において、直接に現れ、一貫して持続してゆく。それがいわば複音楽的にあるいは多調音楽的に異質の主題の交錯を含んでいても、それは直接的に、持続的に現れる(2)」

さらに森はこれらの作品においては、例えば人物の生成史において現れる挿話的なものは周辺に押しやられているのに対して、『白痴』では全く異なった扱いを受けているという。

「しかるに『白痴』においては、この挿話的部分がその主要な領域に拡大し、他の大作品における主要な展開が、挿話的部分にまで収斂するのである。しかしそれは後者における問題の持続的展開が棄てられているわけではない。イヴォルギン将軍の盗みと内的苦悩、ラゴージンの虚無思想と愛欲の深さ、ことにホルバインの受難画の象徴、ムイシキンの死刑囚の物語、イポリットの死に直面しての実存等、それぞれ、優に一大巻に展開しうるものを作者は惜し気もなく、一挿話へと収斂させている(3)」

2　並列する挿話とムイシキンの性格

『白痴』のプロットについて的確の指摘だが、このような挿話の扱いはやはりムイシキンという人物のありようと深くかかわるものだろうと思う。ムイシキンは独特な聖性を持つ人物だが、通常の自我意識を持たない謙抑と無垢の人物だ。いうまでもなく、このような人物を描くことぐらい、困難なものはないだろう。作者がこの小説において自らに課したのは、「真実美しい人間」を描くということだったが、このような人間を描くということは、他者との関係において描く、いわば包絡線によって描くということより他にはないだろう。ここでこの小説空間の多様性と特性が生まれてくる。いわばムイシキンを試すものとしての空間である。この小説ほど試しが仕掛けられている小説はない。しかも仕掛けは幾重にも仕掛けられているといえる。なぜならこの小説空間を満たしているのは極め付きの道化的人間なのだ。それについては前章で詳細に述べたが、実はその最たるものがユローディヴイ（聖なる愚者）とラゴージンに呼ばれたムイシキンかもしれない。謙抑は最大の力というとき、そのような機微に触れている。道化的存在とは元来機能的存在だが、それでも道化にはそれぞれ特性があるはずだ。その特性を欠けば欠くほどより機能性は強まるということになるだろう。その点虚言に生きるイヴォルギン、へつらいを身上とするレーベジェフ、シニシズムをもって社会に対するフェルディシチェンコに比べてムイシキンにはそのような特性ははるかに少ない。無限の包容性と謙抑、そして深い共感性と共苦の心情にあふれた特性はほとんど純化された機能そのものといってよい。その点でいえば全くキリストと共通する。キリストが信仰の力によって人を動かすとしたら、ムイシキンの謙抑もまた恐るべき力になる。

道化的存在にはさまざまな機能があるがその重要なもののひとつに試金石的役割がある。ムイシキンはいわばロシア社会の中に投げ込まれた試金石ともいえる。しかし同時にそれはまた彼の投げこまれた空間によって彼自身が試されることでもある。この小説では試しは何重にも仕掛けられているというのはそういうことだ。さらにこの小説空間では、仮面をつけているのが所謂道化的人間だけではないということだ。人々の意識を覆っているものがいろいろある。人間の自我を覆うもの。ナスターシャは第一篇一六章の最後の場面で、自分の家を棄てて、ラゴージンとともに去るとき、「本当の人間を見た。と叫ぶが、本当の人間とは「人間の中の人間」、一切の先入見から解放された真実の人間という意味だろう。ムイシキンもここでは試されているということになる。試すものも試される。その極めて代表的な例がレーベジェフ、イヴォルギン将軍、の場合だろう。いわば道化と道化のばかしあいとでもいうべきもの。こうして『白痴』では人間関係は極めて複雑で、視点のとり方でどうにでもなる極めて複雑、不安定なものとなる。それは突然ペテルブルグに現れたムイシキンの引き起こしたものなのだ。いいかえれば、そこに引き起こされた様々な人間関係、また人間の多様な面を通して初めてムイシキンの隠されていた美しさ、あるいは驚異の面に触れるということになる。

3　挿話と挿話を結ぶもの

こうして『白痴』ではムイシキンの身を置く空間に従って様々な挿話が並列的に展開される。この場合、それぞれにムイシキンを中心に集団的空間が形成されることが必要だが、それはナスターシャの名の日の集まり、ムイシキンの誕生日、ムイシキンとアグラーヤとの婚約披露のエパンチン家の宴会といった名目のもとに持たれる。しかしこれではプロットの展開はないということになるだろう。にもかかわらず、中心をなすムイシキン、ラゴージン、ナスターシャの三角関係は進展する。実はそこにドラマを生み出す陰の力があった。それが一連のいわば脇の人物とでも言うべき人たちだ。この「ソドム」とも評された一種狂想を極めた世界を支えるのが地道でまた実際的な人々であるということは興味深いことではないだろうか。コーリャ、ワーリャ、ヴェーラそれにイッポリート、さらにはレーベジェフ、リザヴェータ夫人などだが、とくにコーリャは公爵に心酔した少年としてその手足ともなっている。さらに興味深いことにエパンチン家にも出入りし、リザヴェータ夫人のお気入りにもなっている。コーリャはアグラーヤとムイシキンを結びつけるのにも手助けする。いわば二人の恋の導き手だ。六ヵ月の不在の後ムイシキンの手紙をアグラーヤにコーリャが渡したのだ。それ以降も万事二人の間をとりもった。さらにナスターシャのもとにも出入りしている。ムイシキンがラゴージンに襲われ、発作で倒れ、レーベジェフの家で寝込んだとき、エパンチン家に知らせたのも彼だ。そこでリザヴェータ夫人は娘たちと連れ立ってレーベジェフの家にやってくる。そのときシティ公爵もお供をした。こうしてコーリャの連絡は公爵の周辺に新しい知己をもたらす。その席上プーシキンの『哀れな騎士』をいきなり話題にするのもコーリャだ。しかもそれを言い出したのはアグラーヤだったとすっぱ抜く。プーシキンの本を買いに行くかどうかなどが話題に上っているとき、ニヒリストの一団がやってくるが、コーリャはまたその中のひとりイッポリートと熱心に談笑する。そしてケルレルが作り、レーベジェフが文章をなおしたというムイシキン讒謗の怪しげな新聞を一同の前で朗読するのも彼だ。あまりのことにムイシキンはやめるよう懇願するが、リザヴェータ夫人のたっての命令でコーリャは読み通すが、終えてたまらなく恥ずかしくなって、壁に身を寄せて、顔を両手で覆ってしまう。

真の相続者として名乗り出たブルドフスキーとともに押しかけたニヒリストの一団をめぐる一場はドス

トエフスキーの力量の十二分に発揮されたカーニヴァル的狂想の場面だが、そこでもムイシキンはすべて他者の意図のもとに動かされている。もっともガーニャがムイシキンから依頼されて、ブルドフスキーの過去を暴いて、事態をおさめるのだが、それもムイシキン自身が運動するのではなくて、ガーニャがするのだ。ところでこうしたカーニヴァル的対話を導くのはリザヴェータ夫人なのだ。このリザヴェータ夫人もまた重要なドラマの推進役といえる。特にアグラーヤとムイシキンの愛の複雑微妙な展開に最も大きな役割を果たすのは彼女だ。アグラーヤのムイシキンに対する愛のゆらぎはリザヴェータ夫人とのかかわりによって生ずるといっていい。リザヴェータは娘たちがニヒリストになっていると考える。娘たちがなぜ嫁にゆかないかを考えて、「母親をいじめたいからだ、――あの娘《こ》たちはこれを一生の目的にしているのだ、それはもう決まりきっている。なぜって、こんなふうのことが新しい思想で、あのいまいましい婦人問題なのだから！　現にアグラーヤが半年ばかり前に、あのりっぱな髪を切ろうとしたじゃないか？（ほんとうにわたしの若い盛りのときだって、あんな髪をしてはいなかった！）現に鋏を手に持っていたじゃないの、わたしは両ひざついて頼んで、やっと思いとどまってもらったっけ！」(4)

リザヴェータ夫人には一種喜劇的なところがある。それは以上の引用にも伺えるところだが、針小棒大に万事をみて、空騒ぎをするところだが、作者によれば、

「彼女は絶え間なしに自分を『ばかで無作法な変人』と罵り、猜疑心のために苦しみ、ひっきりなしにあわて騒ぎ、なにかちょいとした事情の行き悩みさえ解決する方法を知らず、絶えず不幸を誇大視するのであった」(5)

パーヴロフスクの停車場の音楽会に行くことを提案したのもリザヴェータ夫人だ。そこでナスターシャが事件を起こす。

ムイシキンは基本的には事件を引き起こす機動力になるには、控えめだがその彼が積極的に出ることがないわけではない。究極的に他者の名誉をぎりぎりに護ろうとするときだ。ワーリャを兄ガーニャの暴力から守ろうとしたとき、またナスターシャを士官の腕力から守ろうとしたとき、さらに婚約披露の席上でのロシアに対する防護論もそれに類するものといっていいだろう。しかしムイシキンはどこまでも万事受身であり、消極的だ。ナスターシャのところでアグラーヤか彼女かという選択を迫られたときも、そこにいったのはアグラーヤに引きずられてなのだ。そのナスターシャにしてからが、イッポリートが画策してアグラーヤをしてペテルブルグからペテルゴフに招かせたものであってムイシキンの主体によりなされた訪問ではない。この二人の女主人公の対決の場面での選択にしても、実際には選択とはいえないものがあった。だからそのあとでも、彼はエパンチン家を訪れ、拒否されても拒否されても何回も訪問する。エヴゲーニー・ラドムスキーにはアグラーヤに会って説明すればわかってくれるという。もちろんラドムスキーにはわかるはずもないのだが、ムイシキンからすれば、彼の主張には十分の理があると考えているのだ。

一体ムイシキンはナスターシャに対して積極的な態度に出たことがあったのだろうか。第一篇の終章、ナスターシャの名の日の集まりでナスターシャに結婚を申し込んだことがあったが、それ以降はどうか。ムイシキンはナスターシャをどこまでも追いかけるということはしない。それは完全にラゴージンにまかされている。最後の結婚式のときも、名誉を深く傷つけられたはずにもかかわらず、彼はナスターシャに理解を示すことで終わっている。そのあと居所を突きとめようとするが、結局ラゴージンの手にかかって死んだナスターシャを見出すことに終わる。こうしてムイシキンは徹底して受身であり、愛においては消極的といわざるを得ないだろう。にもかかわらず、ムイシキンを単なる愛の受動的担い手とはいえないのではないか。これまで見たように、この愛のドラマにおいて、やはり真のドラマの担い手はムイシキンだったからだ。

ムイシキンはドラマの推進役としては明確な役割を振られていないと書いた。実際そういえるのだろうか。コーリャは先にも述べたように、その人間と人間との間を縦横にかけめぐって、いわばドラマを動かすのであるが、彼を動かすものはムイシキンであることを忘れてはならないだろう。リザヴェータ夫人にしても結局はムイシキンという不思議に彼女を惹き付ける存在を中心に行動しているということになるだろう。そしてナスターシャはどうかといえば、その狂気の根源にはムイシキンがおり、その狂気こそがラゴージンとの激しい葛藤を形成する最も深いプロットの推進力なのだとすると、やはり極めて受動的な役割を担わされているに過ぎないムイシキンこそが、この混沌として複雑極まりない人間関係の渦動の中心ということに結局なるのだろう。そしてナスターシャの狂気に対するムイシキンの共苦の加速する浸透こそムイシキンの最大の積極的訴えということになる。

4　狂気への捨身

ムイシキンは再三にわたって人々にナスターシャの狂気について説いている。ナスターシャが音楽堂のところで、若い士官と争い、士官の暴行を受けようとしたとき、ムイシキンは士官の両腕をとり、止めようとして逆に突き飛ばされる。そのとき、「あの女は気ちがいです！　狂人ですと！　ほんとうです」と叫ぶ。ラドムスキーに対してもそう語ったがラドムスキーは納得しない。リザヴェータの夫のエパンチン将軍にいっても、反証を挙げて正気だと主張する。ラゴージンもそうだった。ラゴージンはそうではないかもしれないといって取り合わないのだ。しかしムイシキンにとってナスターシャの眼は恐ろしい眼なのだ。一体ナスターシャの狂気とはムイシキンにとってはどのようなものなのか。ナスターシャのムイシキンにあてた手紙の中で、ナスターシャの次の言葉はその点に触れてこう述べている。

「わたくしはもうほとんど存在してないのでございます。わたくしは自分でよく承知しています。わたくしのからだの中には、わたくしのかわりにどんなものが棲んでいるか、神さまよりほかにはだれも知りません。絶えずわたくしを見つめている恐ろしい二つの目のなかに、この事実を読み取ることができます。この目はわたくしの目の前にいないときでも、わたくしを見つめているのです。この目がいま黙っています（いつでも黙っているのです）、けれども、わたくしはこの目の秘密を知っています。あの男の家は陰気くさい淋しいもので、そのなかにも秘密があります。あのひとはきっといつかのモスクワの人殺しみたいに、絹のきれで包んだかみそりを、箱のなかに隠してるに相違ありません。その下手人もやはりある家に母親といっしょに住んでいて、ある女ののどを斬るために、絹でかみそりを包んでいたのです。あの男の家にいるあいだじゅう、わたくしはこんな気がしました。どこか床下あたりに、親父さんがまだ生きている時分にかくした死骸が、やはりモスクワの人殺しみたいに油布でおわれて、まわりに防腐剤の壜が並べてあるかもしれない。わたくしはその死骸の端のほうを、ちょっとあなたのお目にかけることさえできるような思いが致します」[6]（傍点原作者）

ナスターシャの狂気は早くムイシキンが彼女の名の日の集まりに行って、彼女に結婚を申し込んだときから始まったというのだが、しかしこのラゴージンの恐ろしい目に見据えられた恐怖によって狂気は一層深まったというべきではないか。自分の首筋に死が迫っている確実さを感じつつ、生きる希望を抱くことはできない。ムイシキンはエパンチン家を訪れた際、取次ぎの男にギロチンの話をしたことがあるが、その状況を断頭台の下に首を差し出した死刑囚の精神への拷問としてあってはならないことと捉えた。ナスターシャの場合はどうか。

これは精神に対する拷問の恒常化とでもいうべきものではないか。このような状況のときの魂のありようを想像してみよう。魂はこの拷問のような恐怖からの離脱を瞬間夢見ざるをえないだろう、しかし次の瞬間には再びあの目の恐ろしい凝視に捉えられる。離脱願望と現実の恐怖への覚醒と、その不断の繰り返しほど精神に対するストレスはない。しかし、ナスターシャの場合同時にそこに死の願望も潜むということが一層狂気を複雑にする。これは狂気の世界に接している。断頭台に首を差し出した死刑囚の苦悩を理解した、また死刑執行までの自意識の苦痛を語ったムイシキン、しかも彼自身二つの目の恐怖、ふりかざされた凶器のもとに置かれた生命の恐怖の体験者としてこのナスターシャの苦しみを真に共有しえたのだ。

ムイシキンだけにはナスターシャの狂気が見えた。そしてここに実は、ムイシキンの愛のドラマを推進する根源的力があったというべきかと思う。

美は力だというのがムイシキンの言葉だったが、ナスターシャにおいてそこに狂気が加わった。それによって、美は異常な力を発揮することになった。それは通常の美の力をこえて、哀憐という要素を加えて、ムイシキンの心のもっとも奥深いところを侵すことになったのだ。ムイシキンはなんらラゴージンとナスターシャの関係の中に入ってゆこうとはしない。にもかかわらず、その共感、共苦の力がナスターシャを惹き付けるのだ。その点で二人の最初の出会いは象徴的というべきだろう。二人に既視感があったことだ。ここにムイシキンとナスターシャの共通感覚があった。それはラゴージンとの関係の深まりによって増幅されていった。

狂気とはナスターシャにおいて、その激しいトラウマに引き裂かれた心から生じたものだ。狂気とは引き裂かれた心の宙吊りになった状況ではないか。宙吊りになって、心の落ち着く場所を持たない宙吊りの心。この奇怪な感触。ムイシキンにはそれがよく理解できたのではないか。なぜなら彼自身スイスの美しい自然を前にして、やはり宙吊りになった心の不安定に襲われたのだから。狂気とはその状態に完全に囚われてゆくことではないか。ラゴージンの凶行を知って、彼は狂気の世界に完全に戻ってゆくというのも、ナスターシャの狂気の中に完全に呑み込まれていったためだ。呑みこまれた、ナスターシャの苦悩にたいする共苦が完全になされたとき、狂気が訪れたのではなかろうか。

人間は他者の苦悩を理解するといっても、所詮上面なものだ。もし完全な感情移入が行われて、他者の苦悩を理解したら、われわれは発狂するしかないのではないか。なぜなら、われわれはその苦悩とわれわれの健常な意識の間に立って宙吊りの虚空に放り出されるより他はないからだ。これはある意味で本人より辛いことなのではないだろうか。なぜなら人間は苦悩のさなかにあるとき、必ずしも発狂するとは限らない。当事者だったら、苦悩という彼の心身を一元的に捉える激しい感覚の渦中に置かれるのだから、魂の罅割《ひびわ》れるごとき分裂は起きようがないだろう。ムイシキンはナスターシャの狂気について鎖に繋がれていて拷問にあっているのを見ているようだと自分の苦しみを語っているが、完全な共苦の中に入ってゆくことのできる人間にはこれほど辛い体験はないのではないか。これは自我が完全に引き裂かれる苦悩であり、摑み所のない暗黒の虚空に投げ出されるがごとき身体感覚なのだ。まして真に愛するものが、他界したとき、自我は決定的に引き裂かれる。愛するものをなお愛し続けるならば、それは決定的に狂気の世界に侵入してゆくことになるだろう。ムイシキンがナスターシャを訪ねてラゴージンのもとを訪れてゆくのは、いわば狂気の世界への旅立ちに他ならなかった。これは世界文学においても例を見ない恐ろしい場面といわねばならないだろう。しかも驚かされるのは、ラゴージンのもとでの両者のやり取りの冷静さだ。ムイシキンを共犯者と見立てる考えもあるが、ムイシキンは通常の意味の共犯者などではありえない。これはムイシキンの予感の実現なのだ。かつてナスターシャが手紙の中でラゴージンの部屋に隠されている死体について述べたことがある。そのまさに実現なのだ。その実現をとどめ得なかったから共犯者ともいえるかもしれないが、ナスターシャがそのことを望んでいるとしたら、とどめるべくもない。ムイシキンにとって予感の実現は、それが急激の場合、発作として現れてきた。ラゴージンの凶刃に襲われたとき、あるいは中国製の豪華な花瓶を突き落として、アグラーヤの予感を実現させたとき、しかしこのようなナスターシャの死は既に予感されていたものだから、それは徐徐たる狂気の世界へ侵入として起こったのだ。さらにムイシキンにとってはラゴージンの苦悩もまたその共苦の対象だったのだ。

この二人が抱き合ってナスターシャの死体のかたわらに過ごす時間ほど、稠密な時間はないだろう。狂者と脳を激しく震撼された病者、この二人の過ごす時間はもはや現実から消えた時間、永遠の時間というべきかも知れない。

注

（1）小林秀雄『「白痴」について』（角川書店、昭和三十九年）一五二ページ。
（2）森有正『ドストエーフスキー覚書』筑摩選書八二、一九六七年、二一二頁。
（3）同前ページ。
（4）米川正夫訳『ドストエーフスキイ全集』第七巻『白痴上』（河出書房新社、昭和四十四年）三四五頁
（5）同前三四四頁
（6）同前四六〇-四六一頁

第6章　我々の庭を耕そう

1　歓喜あふれるラゴージン

　大勢の人がラゴージンの部屋に入ってきたときのムイシキンの様子はこう記されている。「……女殺しの犯人は深い喪心と熱病の状態におちいっていた。公爵は床《とこ》の上にじっとすわって、そば近く寄り添いながら、病人が叫び声やうわごとを発するたびに、大急ぎでふるえる手をさし伸ばし、ちょうど子供をすかしなだめるように、そっと頭や頬をなでていた。しかし、彼はもうきかれることがすこしもわからなかったし、自分を取り囲む人々の見分けもつかなかった。もしシナイデル博士がスイスから出て来て、もと自分の生徒でもあり患者でもあったこの人を見たら、彼はスイスにおける第一年目の容体を思い出して、またあの時と同じように今も手を振って、こういったに相違ない、――『白痴《イジオート》！』(1)」

　事件というものを、それが終わった帰着の一点から振り返ってみると、その一点があたかも結果ではなくて逆に、それに向かってゆく目的のように見えてくるものだ。このシナイデル博士の言うに相違ない「白痴」という言葉にそのような感慨をおぼえないだろうか。ムイシキンの共苦はいわば「白痴」から

「白痴」にいたる時間空間の中で展開した悲劇であり、その時間空間はナスターシャの狂気を徐々に我が物にしていくのが目的であるかのように現象するプロセスに見えてくる。これはなにかしらキリストのゴルゴダの丘への道行きに似てはいないだろうか。

このムイシキンの共苦には殺人者たるラゴージンの苦悩に対する共苦もある。いいかえれば、愛憎を超えた共苦というものだ。いや不思議なことに、ナスターシャの死体をめぐってのラゴージンの会話には微塵もナスターシャに対する憎しみの陰はない。もちろん罪の意識もない。ナスターシャはどこにいるかと聞くムイシキンは体を震わせている。次第に真実が開示されてゆく過程は戦慄的だが、案内するラゴージンはむしろはしゃいでいるとも取れる様子だ。彼はムイシキンに共に寝るんだといい、二人の寝床を作る。その様子は「彼は公爵に近寄り、歓喜にあふれた様子で、優しくその手を取り、たすけおこし、寝床のほうへつれて行った(2)」と描写されている。

いうまでもなく、正気を失ってはいないとはいえラゴージンが正常であるはずはない。長い間彼の心にのしかかっていた重い鬱屈から殺人という異常な解決によって一挙に解放された歓喜の表現でもあろうか。しかしそれにしても、このはしゃぎようはどうだ。二人で花嫁を迎えるようではないか。においを気にするラゴージンはこんなこともいう。

「(花を)買って来るかな、花や花束であれのからだを、すっかり埋めちゃおうかなあ? しかし、考えてみるとかわいそうだなあ、おめえ、花の中なんかで!(3)」

ラゴージンは何故花で体を埋めることを可哀想といったのか。創作ノートには「まるで花嫁みたいになるもの」[4]と補われている。花のことを言い出したのは、においを消すことからの発想だが、どうやらラゴージンの頭の中にはナスターシャの死体に対するなんらかの意図があったのかもしれない。その点で先にイッポリートの夢に出てくる毒虫の分析の際にふれた冨岡道子氏の『緑色のカーテン　ドストエフスキーの『白痴』とラファエッロ』は極めて興味深い視点を提供してくれる。冨岡氏は『白痴』の中で際立って緑色が頻出することに着目して、いかにその色が作品の要所要所に使われて、作品に重要な意味を与えているかを分析する。なかんずく以上の点に関連して特に示唆的なのは、ナスターシャの死体のベッドに垂れ下がる緑のカーテンに関してのものだろう。氏はそれとラファエロの「システィーナの聖母」との類似から、その絵に描かれた緑のカーテンから発想されたものと推定する。[5]この推定は相当説得的だ。なぜならラゴージンはナスターシャの横たわる寝台に特別の工夫をしたことは確かだから。

「ふたりは書斎へはいった。前に公爵がおとずれたときから見て、この部屋にはいくぶんの変化が生じていた。部屋全体を横切って緑色の厚地の絹のカーテンが引かれ、その両端が出入り口になっている。これがラゴージンの寝台をしつらえてある小部屋と、書斎との仕切りになっている。重々しいカーテンはすっかりおろされて、出入り口もふさがっていた。部屋のなかはおそろしく暗かった」[6]

前にムイシキンが来たときにはなかった緑色のカーテンが部屋を横切って引かれ、それが今は閉ざされているというのだ。これは単に死体隠蔽のためなどではないだろう。冨岡氏はそこにラゴージンよりは作者の隠された意図を見る。

「とどのつまり。〈緑色のカーテン〉は、ロゴージンにとって必要であったのではなく、作者にとって次の沈黙の場面転換に使いたい舞台装置だったのではあるまいか。死者の横たわるカーテンの中は舞台、ロゴージンと公爵のいる外側は観客席、芝居は終わり、暗くなっているかのようである。（中略）作家は長編のフィナーレでカーテンをおろし、それをラファエッロの絵のように開きたかった。死せる美女をラファエッロのマドンナのように立ち上がらせたかった、と見るならば、幕切れのカーテンは緑色でなければならない。ロゴージンの部屋の暗い緑のカーテンは『死』を象徴し、聖母子の顕現する明るい緑のカーテンは『生』と『復活』を象徴しているといえよう[7]」

極めて興味深い解釈だが、単に作者の工夫した舞台装置とみるよりは、やはりラゴージンの一種歓喜につつまれた態度からして、そこに彼自身のとったナスターシャの死体に対するなんらかの意図があったと筆者としては考えたい。ラゴージンにとってナスターシャは死者にしてもはや死者ではない。ムイシキンが見たのは敷布の下から出ている足の先だったが、「大理石でつくられたように見えた。」これはナウカ版全集の注にも指摘されていることだが[8]、バルザックの『知られざる傑作』の中で主人公の老芸術家の作った絵を連想させる。それは混沌たる絵の具の堆積の中から現れている足で「かぐわしい足、生きている足であった！（中略）その足は、烏有に帰した都市の廃墟から出現した、パロス島産の大理石で刻んだヴィナスのトルソのように、そこに現れていた[9]」「大理石で刻んだヴィナスのトルソ」とはいわば永遠の美に他なるまい。ナスターシャの足が大理石に擬えられたことは、ナスターシャの美の永遠化を意味しよう。創作ノートでは単に「闇の中に、薄くらがりの中に死体[10]」とだけある。成稿では大きく変えられているが、その変更は明らかにラゴージンの意図を表現しようとしたものだ。そのとき部屋の中は死の静寂が支配していたという。それはまさに死の世界だが、単なる死の世界ではあるまい。いわばナスターシャの永遠の美をつつむ永遠の時間と空間。ナスターシャの死にほとんど流血の惨もなかったのもナスターシャの死が通常のごとき地上的な死ではなかったことを暗示するようだ。ラゴージンは出血がわずかだったと語る。このことは、ナスターシャがなんら抵抗することなく、ラゴージンの凶器を受け止めたということをも示しているだろう。創作ノートでは、目をあけてラゴージンの行為を見守るとある。[11] ナスターシャは自己破壊願望が強くて、むしろラゴージンの行為はナスターシャの望むところだったのかもしれない。ラゴージンの異常なはしゃぎはナスターシャの願望を達成したことによるのかもしれない。いずれにせよ、ラゴージンのナスターシャの遺体を守ろうという意志は強く、ムイシキンもそれに同調して遺体の傍らで一夜を過ごすことになる。ラゴージンのはしゃぎには、ムイシキンに対する激しい嫉妬からの解放の喜びもあったろう。こうして死者と二人の愛する男たちの間に、真の愛のユートピアが現出したのだ。

しかしナスターシャに二人の愛人が寄り添い、いわば真の愛の交歓に陶酔しようという幻想がいつまでも続くはずはない。マクベスを深夜静寂の中で突然襲った門を叩く音のように、外からの足音が二人の心を脅かす。現実に戻された時、二人はナスターシャの死を確認せざるを得ない。いやおうなくナスターシャの死が確実だという認識によって二人はもはや取り戻すことの不可能な生の現実に引き戻される。そのときラゴージンは一種の譫妄状態に陥り、ムイシキンは次第に深い狂気へと沈んでゆくのだ。

この終局を読んでいて驚くことはムイシキンの無限の優しさだ。彼には全くラゴージンの行為に対する非難らしい非難はない。それどころか、彼はラゴージンに寄り添い、その犯行を守ろうとさえする。彼はナスターシャの出血の少なさについても、「それは内出血ってんだよ」[12]とあいづちをもって応ずる。それどころか、彼は譫妄状態に次第に陥ってゆくラゴージンを震える手で撫でさするのだ。あたかもラゴージンの苦悩をいたわるように。しかし、彼自身はその共苦の中に深く沈んでいった結果として、脳に決定的な衝撃を受けて、もとの白痴状態にもどることになる。

だがラゴージンはどうか。創作ノートには「(両人とも発狂)」[13]という記述が見られるところをみると、作者はラゴージンがムイシキンともども発狂するというシナリオも考えたものらしい。しかしラゴージンには発狂という結末は与えられなかった。彼は裁判においてもはっきりと自分の犯行について説明しえる理性に快復した。シベリア流刑十五年を宣告されたとはいえ、彼は現実に復活するのだ。一方は廃人状態に陥って、一方は人間として復活する。その差は結局は共苦の差にあるのだと思う。言うまでもないことだが、共苦という点ではムイシキンのほうがはるかに深く、広い。ナスターシャに対してのみならず今や彼はラゴージンの苦悩をも抱擁することになった。ナスターシャが永遠の美の中に入ったという形で、ラゴージンの歓喜に同調しつつも、しかしラゴージンがナスターシャとともに遊んだカルタを手にしたとき、「淋しい荒涼たる感情」に捉えられる。カルタとは公爵にナスターシャとともにナスターシャの決定的な死、その現世的不在、さらに愛のユートピア再現の不可能性を厳として突きつけるものに他ならなかったのだ。ここにおいて、ナスターシャの死によって一瞬現象した愛のユートピアの歓喜は荒涼たる虚無の空間に反転する。公爵ほど三者の間に諧調が成立することを切望したものはいないだろう。それは実は、ナスターシャとラゴージンの間に横たわる虚無の空間を越えて、恐らく神を予感しうる可能性を二人に、と同時に公爵自身に開示しえるものだった。しかし、やはりあの自然の大祭から永遠に排除されているという感慨の中に閉じ込められていた公爵は、エゴイズムとニヒリズムに浸透された人間的現実の中に真の諧調を見出すことは死を媒介としてのみ可能だったということになる。これはなにかしら公爵の癲癇の経過と似ている。十全な至高の刹那のあとにくるなんともいえない暗黒、結局神によらない現実世界での諧和というものは、破滅の法則に貫かれているということなのだろうか。

2　ムイシキンの無限の優しさ

「謙抑はこの世に存在し得るもっとも恐ろしい力です！」ドストエフスキーは創作ノートに記した。(14) ムイシキンは実に徹底した謙抑の持ち主であることはこれまで見てきたとおりだ。しかしこの作品において、その恐るべき力の発現はどのように見られたのだろうか。ムイシキンという美しい人間の出現が悲劇をかもすこの小説空間においてそれほど際立ったその力の発現は見られないようにも思われる。しかしそうか。ラゴージンに対する影響こそその実現といえるのではないか。脳病から立ち直り、裁判の前に立ったラゴージンはまったく自分の行為について率直な態度を示したという。このような態度は、『罪と罰』におけるエピローグにおけるラスコーリニコフの終局的な真の人間への覚醒と軌を一にする。人間が一度抱いた信念を棄てる、あるいはそれから覚醒することのいかに困難かを『罪と罰』のエピローグは示している。それはラゴージンについてもいえるであろう。ラゴージンがそのナスターシャへの愛欲から覚醒するということは、ほとんど不可能にちかい。ラゴージンのような男は自殺することだってやりかねなかったろう。実際それを暗示するような叙述を見出すことができる。事件の知らせを受けて、ペテルブルグのラゴージンの住まいへ三人の女性が急遽訪れるが、それは「レーベジェフの忠告に従って、『じっさい実現のおそれのあること』を一時も早く予防するため[15]」だったという。人間通のレーベジェフらしい判断といえるだろう。いうまでもなくこれはラゴージンの自殺を暗示する。しかしムイシキンの無限の優しさが彼から凶暴的なものの一切を奪い去ったのだ。ラゴージンはいわば彼の共犯者でもあるかのように振る舞うムイシキンの優しさ、彼の気持ちとこころよく調和する優しさによって、ニヒリズム特有の凶暴さから次第に癒されていったのだ。

それにしても謙抑は高い代価を払ったといわざるを得ない。しかし魂の深みに達した思想を変えさせるのは極めて困難なことではないだろうか。そのもっとも良い例はナスターシャの場合だが、ムイシキンの謙抑が逆にそのトラウマを深めることになったのだった。人間はいったん陥った憑依から脱することはなかなか困難である。ラゴージンの強烈な個性に真に影響を与えたのは、共苦に徹底することが実は狂気へと導かれてゆくというムイシキンの優しさに他ならなかった。

それとの対極がアグラーヤであろうか。アグラーヤは結局、ヨーロッパに出て愚かしい運命をたどることになる。あれほど、ムイシキンの無垢に傾倒しながら、自分の観念のとりこになって、その観念によって弄ばされた人生を辿ったわけだ。こうしてみると、ニヒリズムを超えることが実際にはいかに困難かがあぶりだされてくるのではないだろうか。アグラーヤは必ずしもニヒリストではないが、婦人解放、進歩思想のとりこになっている女性だ。新しい思想はロシアではつねにヨーロッパから来る。ひとたびロシアに入るやそれは絶対性を帯びる。家を否定し、ロシア固有の宗教・風俗を否定し、自由を唱えて情熱のまま生きる。アグラーヤはそのように生きて、革命家と称されたポーランド人と結婚し家族とは離れて、ヨーロッパの混沌たる社会の中に身を没してゆく。アグラーヤには結局ムイシキンの無垢は力を発揮することなく終わったといえる。しかしこのことはドストエフスキーのいう「謙抑はこの世に存在するもっとも恐ろしい力」という言葉の真実を裏切っているわけではないだろう。

謙抑が恐るべき力というのは逆説であろう。逆説は常に成り立つとは限らない。それが有効なのは状況による。さらに逆説はわかるものだけに働きかける。ラゴージンにはそれがよく理解された。それはナスターシャを通してだ。ムイシキンの憐憫の愛のほうが彼の愛よりはるかに強いという痛切な体験によってだ。ムイシキンの憐憫の愛とは謙譲の一変形だ。通常憐憫はなにかしら相手より高みに立ってする一種の同情だろうが、ムイシキンにおいては、自己を無となすところから来る共苦の感情にほかならない。相手の苦しみの中に一挙に飛び込んでゆくというのが、ムイシキンの共苦であり、そこになんら自我の主張はない。そのような美しい共苦への捨身こそその謙抑のかたちだ。その謙譲こそがナスターシャをとりこにした。またアグラーヤもそうだった。しかしアグラーヤは結局ムイシキンの謙抑に真に共感することはなかったのではないか。

ムイシキンという存在自体逆説的といえるだろう。白痴といわれながら、実は誰よりも人間を見抜く力を持つ存在。名前自体ライオンにして鼠というのだから、このような存在の本質を見抜くには直覚が必要なのだ。クリスチャン・ネームのレフはライオンを意味し、姓ムイシキンはムイシ（ねずみ）から来ている。アグラーヤはムイシキンの無垢の面だけを見て、ムイシキンのこの逆説性は見抜けなかった。逆に言えば、ムイシキンは人間を謙譲によって選別するともいえた。アグラーヤには人間として大事な直覚が欠けていた。彼女が愚かしい結婚をし、愚かしい信仰に捉われていったのも結局は人間として最も大事な直覚に欠けていたことを示す。いわばアグラーヤはムイシキンによって選別されたともいえる。

3　ムイシキンによって選別された人々

『白痴』の最終章はその後の人々の消息を扱うといういわば『罪と罰』のエピローグに対応する部分として似た構造をもつが、ここではもはや主人公が完全にもとの白痴《イディオート》に戻ってしまった以上、実際には本質的に異なったものになっているといわざるをえない。『罪と罰』のエピローグでは確信犯的主人公の決定的回心が最後に起こるという極めて劇的構造を持つ。そのことによって、このエピローグが作品全体においても極めて重要な意味を有していた。しかしこの小説の終局では主人公は完全に白抜きの存在に化している。というわけで、ここではいわばムイシキンの与えた影響というものが語られ、そこから包絡的にムイシキンを語るということになっている。というのもいかにも、この無垢の謙譲に満ちた、自我意識を没した反主人公にふさわしい終局といえるのではないか。ではムイシキンの影響とはなにか。

ドストエフスキーはここでムイシキンによって上記の意味において選別された人々に特に焦点を当てた。コーリャであり、エヴゲーニ・ラドームスキーであり、ヴェーラ・レーベジェヴァであり、リザヴェータ夫人であった。これらの人々はムイシキンを愛し、ムイシキンのために様々な形で奔走した人だった。

これらの人々はムイシキンを直覚的に理解し、愛したことによっていわばムイシキンによって選別されたといえるのだ。そしてここに作者はニヒリズムに汚染されたロシア更生の基盤を見出していたということだ。先にも述べたアグラーヤもムイシキンによって否定的に選別されたといえる。

この小説はリザヴェータ夫人の次のような言葉で終わる。

「『まあ、ここでこうして、この不仕合わせな男の身の上をロシア語で嘆いてやるのが、せめてもの心りです』もうすこしも相手の見わけのつかない公爵を、興奮のていで指さしつつ、夫人はこういい足した。『夢中になるのはいい加減にして、そろそろ理性が働いてもいいころです。こんなものはみんな、――こんな外国や、あなたがたのありがたがるヨーロッパなんか、みんなみんな夢です。そして、外国へ来ている今のわたしたちも、みんな夢です……わたしのいったことを覚えてらっしゃい、今にご自分でなるほどと思いますから！』エヴゲーニと別れしなに、夫人はほとんど噛みつくようにいった[16]」

人間の一生をその人間の死という決定的な時点から顧みれば一場の夢としてしか見えないだろう。われわれはまだ未来があると思うとき、自分の人生を死という観点から眺めることはしない。死という絶対によって限られたときいかに長い一生であっても夢と眺められるのではないか。ムイシキン公爵が白痴から通常の生活者の状態を経て、再び白痴の状態に戻ったとき、リザヴェータ夫人にはムイシキンの生涯が夢と思われたに違いない。そしてムイシキンが重篤な白痴の状態を脱して、ペテルブルグにやってきて、やがてそこで元の白痴の状態に戻る間のムイシキンの経てきた人生とはなんだったかと省みるとき、ムイシキンの悲劇を形成した愛の関係は根本的にロシアの大地から切り離されて、ロシアに導入された西欧思想への絶対的傾倒に由来したという結論に達したのではないか。「夢中になるのはいい加減にして」というのはそのようなリザヴェータ夫人の覚醒の言葉だったと思う。ロシア人の外来思想に対する熱中の特質についてはムイシキンがエパンチン家の集いのときに語ったことがある。ロシア人は無神論をも絶対化して信仰するにいたるというのだ。ムイシキンが身を置いた人間関係を通じて苦しまされたのは実はそのような外来思想の憑依というものだった。しかしムイシキンはいわば憑かれた青年たちととことん付き合い、それに殉教することで、警告を発したのだ。ムイシキンの辿った悲劇の本質がそこで開示されたというべきだろう。そしてそれは同時にアグラーヤの行動によっても露呈されたものだ。リザヴェータ夫人にとって最愛のアグラーヤのそのような愚かしい人生選択くらい悲しく腹立たしいものはないはずだ。しかしいまや真実に覚醒した夫人は決然と自分の娘に決別の言葉を投げたといえる。それは同時にヨーロッパ崇拝への決別の言葉でもあったろう。ドストエフスキーはロシアの『キャンディード』を書きたいという願いを抱いていた。この小説にはその発想自体このヴォルテールの小説と共通するものがあるのだが、とくにこの結末のリザヴェータ夫人の言葉は『キャンディード』の有名な結語 il faut cultiver notre jardin（われわれの庭を耕さねばならない）を思い出させるものだ。この小説は正式な題は"Candide ou Optimisme"というものだが、この結語は Candide（純白）と呼ばれる主人公が様々な艱難辛苦の遍歴の最後にたどり着いたところの心境を表したもので、これはヴォルテールの言葉として最も有名なもののひとつだ。要は人間はとかく好奇の念にかられ、拡大する欲望の赴くまま、自分にないものを求めて他者のところに出てゆくが、それより大事なことは、自分自身の足元をよく見つめて、自分に与えられた持ち分を大事にして、それを育ててゆくことが大事だというほどの意味だろう。あの十八世紀最大の世界的ジャーナリストにしてこの言ありとはなんとも面白いことではないだろうか。平たくいえばもっと現実を見て、余計な幻想に捉われることなく生きよということだ。その点で先に挙げたムイシキンによって選別された人々は実は先入見や観念に囚われることなく、しっかり状況を見、人間を見抜くことのできた人間だったように思う。

特にコーリャ、エヴゲーニー・ラドームスキー、ヴェーラ・レーベジェヴァの三人は連帯しつつ、ムイシキンに対して温かい助力を惜しまなかった。そして、ヴェーラとエヴゲーニーの間には親しい友情も生じだしたという。コーリャについては、語り手は「彼はもしかしたら事務的な人間になるかもしれない」と語っている。このコーリャはムイシキンの病状悪化後の事後処理に最もよく奔走したのだった。彼は父のイヴォールギンの死に際しても奮闘した。事件後彼は母親ニーナ夫人といよいよ固く結びついたという。コーリャは実に己の畑を耕している人間といえる。ここにドストエフスキーはニヒリズムを超える基盤を見出していたのだと思う。

4　『白痴』から『悪霊』へ

『白痴』においては、真の主人公はニヒリズムだとしても、それは全面的にそれ自体が問題とされているわけではない。人々は意識するにせよあるいは無意識にせよ、いたずらもののニヒリズムの指嗾する擬絶対なるものを追求する。それが金であれ、愛欲であれ、人々は確たるものを求めて生きる。しかし所詮それらは擬絶対なものとして究極的には人間を裏切るだろう。そのようなドラマの演出者がニヒリズムというわけだ。真の主人公というのはそのような意味においてである。ムイシキン公爵が戦ったのはそのような擬絶対、人間と人間を孤立に追いやる擬絶対だった。彼が主張したのはそのような孤立をこえて人間と人間を融和させ、真の愛によって結び合わせる謙譲だった。あるいは美だった。ここで美は単なる美ではない。世界を覆すことのできるような美というものだった。しかしいずれにせよ公爵のこれらの願いは、ニヒリズムの問題性そのものの超克ではないということに注意する必要がある。ニヒリズム自体の問題性を大きく前面に引き出し、それを宇宙的といってもいいマクロ的な視野から、自意識内部の隠密極まりないミクロの劇にいたるまでの壮大な規模において扱うのは『悪霊』においてである。『悪霊』こそ「ドストエフスキーとニヒリズム」というテーマの頂点的作品といえる。

注

(1) 米川正夫訳『ドストエーフスキイ全集』第八巻『白痴下　賭博者』(河出書房新社、昭和四十四年)一六二ページ。
(2) 同書一五九―一六〇ページ。
(3) 同書一六〇ページ。
(4) 同書三一六ページ。
(5) 第一章注18参照。冨岡道子『緑色のカーテン』七六―八九ページ。
(6) 前掲『白痴下　賭博者』一五六ページ。
(7) 前掲『緑色のカーテン』八五ページ。
(8) ナウカ版全集九巻四五九ページ。
(9) バルザック、水野亮訳「知られざる傑作」(世界文学大系一三『バルザック』筑摩書房、昭和三十五年、所収

二九九頁）
(10) 前掲『白痴下　賭博者』三一六ページ。
(11) 同書三一六ページ。
(12) 同書一六〇ページ。
(14) 同書二七四ページ。
(15) 同書一六二ページ。
(16) 同書一六五ページ。

付論　黒澤明の映画『白痴』の戦略

はじめに

いまは昔の話になるが、筆者が旧ソ連留学でモスクワに滞在した頃、もっとも著名な日本人といえば、昭和天皇と黒澤明だった。その黒澤の映画『白痴』はドストエフスキー作品の映画化したものとして、もっとも親しまれていたものだった。多くのソヴィエト知識人は日本人のドストエフスキー理解のもっともよき例証として、黒澤監督による『白痴』を挙げた。一九八六年ごろのことである。現在は異なっているかもしれない。二〇一〇年ナポリでのドストエフスキー国際シンポジウムの際、サンクト・ペテルブルグのドストエフスキー博物館の館長アムシヴァーエヴァ氏は『七人の侍』を黒澤の傑作として挙げられていた。しかし、黒澤の『白痴』は小説『白痴』映像化史上やはり、ひとつの重要な位置を占めるものではないだろうか。『白痴』の映画化はロシア、フランスでもなされているが、残念ながら見る機会を得ていない。ただ佐藤忠男によればいずれの映画も「狂気に近い観念のうめき声が聞こえてくるものではなかった」[1]という。いいかえれば黒澤の『白痴』は「狂気に近い観念のうめき声が聞こえてくるものだった」ということになる。黒澤の『白痴』（以下、映画『白痴』とする）に対する当時の日本での批評は惨憺たるものだったことは周知の通りだ。[2] ひとことでいって観念的というのが、酷評の出発点だったようだが、ソ連では好評だったというのも逆にその観念性によったということなのだろうか。しかし単なる観念的翻案だったなら、どうしてドストエフスキーを母国作家としてもつソ連人にドストエフスキー的世界感触を与えることができたろうか。この膨大な言語による芸術作品をわずか数時間の映像にまとめて、そこにドストエフスキーの世界に通じる感覚をいかに与えるかはほとんど至難の業というべきではないか。筆者の問題意識はそこにあった。いわば、この難題を黒澤がいかに解いて見せたか、以下はいわば黒澤がそこで見せた戦略のいかなるものだったかを考察するつたない試みに過ぎない。この場合、さらに『生きる』『赤ひげ』にもドストエフスキー的なるもののあることを一瞥しておきたい。

1　黒澤明にとってのロシア文学、とくにドストエフスキー

一般的にいって大正時代のロシア文学の受容の特徴は人道主義的・生命主義的といっていいだろうと思う。この時代もっとも愛読されたのがトルストイであり次いでドストエフスキーであったことは改めていうまでもない。しかしそれらと並んでより新しい時代の作家アンドレーフ、ゴーリキーやクープリン、ソログープなども新鮮な感覚をもたらすロシア作家として読書士の注目を浴びていた。アルツィバーシェフもその一人である。今ではほとんど知られていないこの作家は新潮の世界文学全集に『最後の一線』（米川正夫訳、一九三〇年七月）が収録されたぐらい、大正から昭和にかけての人気作家だった。さて黒澤の深

く影響を受けた兄丙牛が愛読したのはアルツィバーシェフの代表作『サーニン』だったという。[3] これは堀川弘道の『評伝』によるものだが、黒澤明自身その回想録『蝦蟇の油』(岩波現代文庫版)では丙午の自殺予告の言辞について「兄がロシア文学に傾倒し、特にアルツィバーセフの『最後の一線』を世界最高の文学だと推奨して、何時も手元に置いていたから、兄の自殺を予告するような言葉も、『最後の一線』の主人公ナウーモフの説く奇怪な死の福音に魅せられた兄の文学青年的な誇張した感慨に過ぎない、と思っていた」と記している(補注、前掲『蝦蟇の油』一六〇頁)。この兄は自殺未遂のあと、やがて心中するが、これはどうやら心中というかたちでの自殺だったらしい。[4]

果たしてその自殺にアルツィバーシェフの『最後の一線』のペシミズムがあったかどうかは確定できないにせよ、やはりなんらかの影響はあったというべきだろう。これは何しろ自殺賛美のバイブルといっていい書物なのだ(黒澤も自身のちに自殺を試みることになる)。いずれにせよ、ロシア文学に深く流れる人生的懐疑は黒澤の心性に深く根付き、人生に対する垂直的思考を育てたものに違いなかった。しかし、一方でロシア文学に底流するもうひとつの大きな潮流、生命主義もまた黒澤の心性形成の重要な一面だった。この両者が一本に合流するところにトルストイがありドストエフスキーがあったといえる。とくに黒澤がドストエフスキーに引かれたのは、共苦 сострадание ドイツ語でいえば Mitleiden の作者、すなわち他者の苦悩に対してわがことのように苦悩する無限の優しさの作者としてであった。

黒澤は清水千代太のインタビュー「黒澤明に訊く」(『キネマ旬報』一九五二年四月)で清水のドストエフスキーの「どういうところに傾倒するのか」という質問に次のように答えている。

「大変傾倒しております。僕は随分読みました。いろいろな評論も読んで、あの人の中からいろいろなものを引っ張り出すことができますね。いろいろな思想も……。だけど僕は大変あの人を単純に解釈しておるのです。要するにあんなにやさしい好ましいものを持っている人がいないと思うのですよ。それは何というか、普通の人間の限度を超えておると思うのです。それはどういうことかというと、僕らがやさしいといっても、例えば大変悲惨なものを見たとき目をそむけるようなそういうやさしさですね。あのひとはその場合目をそむけないで見ちゃう。一緒に苦しんじゃう。そういう点、人間じゃなくて神様みたいな素質を持っていると僕は思うのです」

清水「『白痴』のムイシュキンにそれが具体化されているわけですね」

黒澤「その点がたまらなく好きですね[5]」

共苦という一点でドストエフスキーを捉える。そこに黒澤のドストエフスキー把握の特徴があったということは重要なことだろう。確かにそこには人道主義的側面もあるだろうが、しかし共苦には、人間の苦悩に対する実存的態度が潜在している。人間性の中に潜む不条理性への省察がある。その点が鋭くいわゆる人道主義的なるものの、たとえば貧者・弱者への同情とは異なっているといえる。ここにムイシキンを単なる無垢の人間と捉える見方から脱した黒沢のムイシキン把握の特徴があるが、しかしこのことは小説『白痴』映像化において一層の困難を意味するものに他ならなかった。

2　映画化への障壁

小説『白痴』のテーマは単なる純粋にして無垢なる人間の創出ではなく、深く実存的感覚を背後に沈ませた文学であり、しかもその主人公の聖性は現実に対して、強烈に働きかけるていのきわめて逆説的な聖性とでもいうべきものだったから、原作者の努力は恐るべきものであったに違いない。膨大かつ輻輳極まりない創作ノートの存在がそのことを示している。ところで、このような聖性は一種徹底した無個性だから、それを描くということは、多くの包絡線によって、白抜きに描き出すしかない。こうして作者は主人公を巨大なロシア社会という背景の中に解き放つ。この聖なる痴人ムイシキンがロシア社会の中に放り込まれて、いわばその無垢の鏡に写し出されるロシア社会の現実をあらゆる角度から描き出し、その問題性を特にニヒリズムを焦点として、神の問題、死後はありやなしやの問題を背後に深く沈ませながら、唯物論的無神論功利思想の蔓延に伴い凶悪犯罪が増加し、社会秩序の崩壊が様々に現れるロシア社会を現そうという壮大なリアリズムを持つ巨大な小説、言語空間である。このように問題の巨大性を盛った小説が数時間の映像媒体によって現されるなどということはおよそ不可能だ。黒澤にとってそのような問題は自明の理だったろう。ではその問題をどのように乗り越えるべきか。その戦略を明らかにするためにいまここで映画映像と文学における表現の可能性の差異について考えてみたい。この巨大な溝を超える戦略はその認識の上に立てられるはずだから。

言語はその抽象性によって関係の表現に適している。関係とは物と物との関係、人と人との関係、さらに人間とその自己との関係、さらに人間と神との関係、人間と自然との関係、世界はこのような関係の織物といってもいいだろう。われわれは関係性の中で生きている。文学とは百万言を費やしてつくる関係性によって織り成される人間のドラマといえるだろう。その最大の典型はバルザックの文学だ。バルザックにおいて登場人物はひとつの作品から他の作品とまたがって生きるという実に様々な関係性の中に置かれている。さてこの関係性くらい映像にとって苦手なものはない。いうまでもなく関係性とは映像と映像の連結によって初めて現れるものだから。もちろんその場合言葉が関係性を表現することで映像間の関係を補うだろう。しかし小説の描く関係性を表出するためには膨大な映像を連結させねばならない。映画の場合映像が主体だから、どうしても関係の表出は文学に比べればはるかに少ないということになる。

一方で映画映像の特質とは、一応現実の再現として、百聞は一見に如かず、言語描写を一挙に乗り越えるという点にあるが、反面それは抽象的言語が読者の想像力に訴えることによって構築される文学的形象の心象的に自由であるのに対して、具体的映像であることで限定的なものにならざるをえない。映画においてわれわれ観客が付き合うのは、このように限定化された映像である。ある人物がいかなる人物かは、その限定化された映像によって探ることになる。限定化された映像の中にその人間の社会において有する関係性を知ろうとする。しかし既に述べたように、関係性において複雑な人物を文学と同じレベルにおいて捉えることは大変困難ということになる。従って特に関係性において生きる人物、道化的人物を映画において表すことはむずかしい。例えば、映画『白痴』で香山順平という人物が一寸ばかり出てくる。酔いどれた父親としてである。この場合、見る側にとっては通常の酔っ払いとしか見えないだろう。しかし原作でこの人物にあたるイヴォルギン将軍は極めて重要な役割を占める。単なる酔っぱらいでないことは言うまでもない。最初の出現から最後まで極めて重要な引き回し役たるレーベジェフを翻案した人物軽部の役割も同じものだ。しかしこの映画的翻案ではこのような道化的人物はほとんどカットされる。関係性に生きる道化的人物の表現は大変困難だからだ。実はこの観点からすれば最大の困難は主人公ムイシキン、亀田の表現にある。

人物についていうと、十九世紀文学の場合、文学の原作ではそれぞれ社会的地位なり立場がはっきり提示されていて、したがってその地位、立場と性格や言動との関連が理解されるが、映画ではそれは非常に提示し難いのかもしれない。したがって限定された程度においてしかそれは示すことはできないだろう。まして翻案となると、原作の社会関係をそのまま日本社会に置き換えることは不可能だから、どうしても登場人物の描写は矮小化せざるをえない。たとえば社交界といったものの不在は多くの点で人物描写を限定する。

以上翻案する場合の多くの問題点を考えれば、『白痴』の如き大作を映画化する、しかもそれを翻案するということの、いかに冒険的であるかは黒澤にとって自明の理だったかと思う。にもかかわらず、あえて黒澤がそれに挑んだということは黒澤のこの小説に対する深い愛着によるものだろう。

3　黒澤の戦略

この場合、黒澤のとった戦略は次のようなものだった。つまり、『白痴』という小説から得た感動を回転軸として、文学言語を映画言語に転換するというものだった。そこにドストエフスキーのこの作品の広大で豊饒極まりない文学空間を、凝縮された象徴空間に変換した工夫がある。元来黒澤の映画作り自体すぐれて映像の象徴的な駆使によるものといえる。いいかえれば、恐らく映画は全体として象徴的なものだ。あるいは表現主義的なものだ。これをもう少し厳密にいうならば、形式において表現主義的であり、内容において象徴主義的ということだ。黒澤が若年の頃画家志望であり、またプロレタリア芸術運動にも積極的に参加したことはよく知られている。さらにそのころの制作も残されている。それは表現主義的なものといえる。表現主義を端的に現したのが、ムンクの作品であることはいうまでもないだろう。「叫び」は深くその絶望の表現によって、見るものの心を動かす。ここにはなんら絶望のよって来る背景などは描かれない。いうまでもなく絵画は瞬間を永遠化して捉えるものである以上、そのような提示は不可能であるし、絵画の領域を超える。重要なことは、絶望それ自体の描出なのだ。表現主義の場合、現実は歪められ、強調され、感情のより強烈な表出を狙う。黒澤の場合、演出が常にそのような効果を狙っているということは多くの人々によって指摘されている。黒澤の俳優に対する厳しい注文もそのような意図から発せられていると考えるべきだろう。そして、そのようなディテールによって構成される全体的な映像的空間は一つの象徴的空間になる。黒澤映画の持つ魅力はそのような象徴性にある。ここで象徴というのは、どこまでも便宜的な言い方で、要するに普遍的のものの表現という程度の意味であるということを断っておかなければならないだろう。つまり、日本的感性を突き抜けて、もっと普遍的なものを目指すという意味である。このことは、黒澤の映画つくりが、きわめてリアリティを重んじているかに見えて、本質的な部分においては抽象的のものであることを考えるならば、納得されるだろう。この抽象性は西欧的なものを、彼自身の感性によって捉え直したところに生まれる。例えば「用心棒」を例にとって見よう。ダシール・ハメットのハード・ボイルド小説にヒントを得たとされるこの映画は、その作り方において西部劇をも取り入れていることは明らかだろう。だが、黒澤のこの映画はそのような影響を超えて、より抽象的な空間を作り上げている。黒白の画面がそれを一層強調する。西部劇的空間が日本的空間に変換されたことで、その日本的空間を一挙に非現実的空間に転換する。いわば世界のどこにもない空間に変換される。この空間が日本的空間であるように見えながら、日本的空間が通常持っている特性を欠いていることはただちにわかることだ。広場を中心にして必要な空間、対立するグループのアジトが設定され、さらに棺おけ大工までもがその一角に配置されている。また宿場につきものの女郎衆たちもいる。しかし通常の宿場の持つ日本的空間の特性などというものは全くない。なんと荒涼とした空間だろうか。つまり通常の日本の宿場というものが持つコンテクストがすべて容赦なく脱落せしめられている。荒涼の感はそのようなところからくるのだろう。それに、宿場にこのような空間があるだろうか。棺おけ屋がこのような広場に面しているなどということは通常ではありえないことだ。

4　『白痴』はどのように翻案されたか

黒沢映画は本質的に翻案なのだ。というのも、黒澤の映画作法が今述べたように、作品の感動を回転軸として、映像によりその感動を再現することにあるからだ。このとき、音楽もまたその感動の創出に参加する。ところで翻案とは一方で日本化を意味する。映画の場合、やはり興行成績は常に一つの目標である以上、日本に背景をおくのは当然であろう。こうして、ペテルブルクは札幌に、人物もすべて日本名に換えられることになる。しかしなにかしら原語の名前の響きを残している名前もあるということは、たとえばヒロインの那須妙子（ナスターシャ）のごとき、大野綾子（アグラーヤ）のごとき、黒澤の特にこれらの原作の女性に対する思い入れの大きさを伺わせるように思われる。ここで『白痴』がいかに翻案そして日本化されたかを少し長くなるが見てみよう。

映画『白痴』は二部に構成され、第一部は「愛と苦悩」でこれは小説『白痴』の第二編第五章まで、第二部は「恋と憎悪」で小説ではナスターシャの死までとなっている。

映画『白痴』はまず十二月、青函連絡船の三等船室から始まる。人々の寝入る船室の中引き裂くような悲鳴が起こる。一人の青年がうなされて叫んだものだった。そこで青年の悲鳴の弁解から映画は出発する。それを引き出すのがラゴージンにあたる赤間だ。この青年が亀田といって、戦犯で死刑宣告を受け、直前人違いということで釈放されるが、そのショックで精神に異常を来たし、彼は今でも死刑の夢を見るという。癲癇性痴呆といって何回もひっくり返っているうちにバカになった。ここにいわばこの映画の通奏低音が提示され、ついで字幕でこの映画のテーマが示される。この提示は黒澤の『白痴』理解を端的に示すものとして重要なのでここに記しておこう。

「原作者ドストイェフスキーは、この作品の執筆にあたって、真に善良な人間を描きたいのだ、と言っている。そして、その主人公に白痴の青年を選んだ。皮肉な話だが、この世の中で真に善良であることは、白痴《バカ》に等しい。この物語は、一つの単純で清浄な魂が、世の不信、懐疑の中で無慙に亡びて行く痛ましい物語である」

やがて函館本線の列車内での会話。赤間と亀田はともに札幌に向かう。亀田がバター工場を経営する大野という親戚を訪ねてゆくと語る。軽部というちょびひげの男が割り込んでくる。赤間もまた身の上を語る。父親は高利貸しで厳しく赤間を育てたが、赤間が那須妙子に父親の金をごまかしてダイヤの指輪を贈ったことで激怒し、赤間を勘当した。その父が死んで遺産の相続のために札幌に帰るところ。軽部は赤間のことも知っていた。さらに那須妙子が東畑の囲いのものであるということ、しかしいまや手切れ金六〇万円でもって手を切りたいと思っていることなどを語る。札幌駅前の広場で赤間は亀田に写真館の店頭に飾ってある那須妙子の写真を見せる。亀田は不幸な人といって涙を流す。赤間は亀田を見ていると、生まれたての羊を見ているような優しい気になると語る。大野の家にも那須妙子の暗い影は落ちていた。秘書の香山に妙子を嫁がして、東畑の苦境を助けてやろうと大野は考えているのだが、大野夫人は反対だった。大野の家に身を寄せた亀田を次女の綾子は滑稽だという。香山がソリでやってくる。

香山は金儲けのためならなんでもやりかねない。東畑の囲いのものだった妙子を六〇万円（原作六万ルーブリ）の持参金つきでもらうというのもそういう計算からだった。しかし彼の本心は綾子にあったのだ。さらに、この香山という男、大野の秘書として、亀田の父から預かった一五万坪の牧場の処分を行った男だった。亀田が死刑になったという公報を信じて処分したのだが、突然の亀田の出現は香山と大野に亀田の現れたことのわけをいろいろ詮索させた。しかし亀田はなにも知らない。綾子が彼を牧場に案内して、これはあなたのものかもしれないと語っても、判らないというだけ。そういう亀田を綾子が不思議そうに眺める。綾子は死刑直前の気持ちを聞きたがる。亀田は人がむしょうに懐かしくなった、もし死なずに済んだら、あらゆる人、あらゆる存在に優しくしたいと思ったと語った。亀田は下宿人として香山荘にゆく。そこでは家族が香山と妙子の結婚をめぐっていい争っている。とくに妹の孝子は激しく反対し、妙子がこの家に入るなら自分は出てゆくとまでいう。そこに本人の妙子が現れる。妙子を出迎えたのは亀田だった。妙子は初対面の亀田が自分のことを知っているのに驚く。妙子は亀田が自分の顔を見て驚いたわけを聞く。赤間が現れ、騒然たるものになる。赤間は妙子に結婚のことは本当かと尋ねる。赤間は自分が一〇〇万円（原作一〇万ルーブリ）出すから、香山に手を引けという。香山と妹の孝子の間で争いがおき、止めようと間に入った亀田は香山に頬うちを食う。亀田はいいんですよといい、妙子にあなたはそういう人ではないという。その晩妙子の家で集まりがあり、妙子は香山に結婚の最終的な答えを与えることになっていた。亀田は妙子の目を見ているうちに、彼女の目が死刑執行された兵隊の、直前の目そっくりだと語った。彼女は自分と香山との結婚について亀田の意見を求める。亀田は結婚してはいけないという。一同驚き、妙子の無謀さをなじる。妙子はこの人はひと目で自分を信じてくれたと答える。彼女は自分は全てを投げうってここから出て行くと口走る。そこへ赤間の一党がやってくる。一〇〇万円を妙子に差し出す。亀田は自分が妙子を引き取るという。そのとき大野が亀田に一五万坪の立派な財産があることを懺悔する。しかし妙子は亀田のような赤ちゃんの一生を台無しにはできないといって、赤間と一緒に行くという。しかし彼女は一〇〇万円の包みを暖炉に投げ入れ、香山がそれを素手で取り出したら、彼にやるという。包みが炎につつまれてゆく息詰まる緊張の中で、香山は耐え続けるが、遂に気を失って倒れる。妙子は亀田にさようならをいってそこを去る。赤間の一党も去る。追おうとする亀田を大野は、あれは滅びた女だといって亀田を止めようとするが、亀田は追いかけていく。

二月、大野家の風景。亀田が綾子に手紙を送ったことが披露された。それは綾子を大事な人とするものだったが、それを見た範子は吹き出し、綾子がそれに抗議する。大野がその後の亀田の消息について、赤間と妙子を追いまわしているらしい、女は女で二人の間を振り子のように行ったり来たりしている、一度などは赤間と結婚の約束をして、その間際に亀田のところに逃げたという、そしてこのままではただでは済むまいという噂を語る。亀田はこのころ札幌駅に降り立つ。誰かに見られているような気がする。赤間の家を訪れる。陰鬱な家だ。先ほどの目は赤間の目ではなかったかと疑う。亀田は結婚したらここに住むのか、さらに妙子の消息を聞く。赤間は亀田の訪問の目的がそこにあるんじゃないかという。亀田は二人は一緒にならないほうがいいと忠告する。赤間は妙子との愛憎に満ちた関係を語る。さらに妙子が愛しているのは亀田だが、二人は一緒にはなれない、なぜなら一緒になれば、妙子が亀田の一生を台無しにするというからだ、地獄におちるならこの俺と一緒にだといっている。亀田はテーブルの上のナイフを手でとりながらそんなことはありえないと否定するが、赤間はナイフを取り上げる。亀田はなおも無意識的にナイフに手をのばす。そのナイフをめぐってやり取りがある。鐘の音が聞こえる。信心の話になり、亀田は死刑を許されたとき、ショックで発作を起こしたときつかんだ石を大事にとっていると語り、赤間のお守りと交換する。赤間の母親が仏間で二人を迎える。別れ際赤間は妙子は亀田のものといって立ち去る。しかし亀田はだれかに追われているかのように歩いてゆく。下宿先の香山荘に着いたとき、赤間がナイフで亀田を襲う。亀田の口から言いようもない悲鳴が起こる。癲癇の発作だった。赤間は逃げ去る。

第二部は「恋と憎悪」と題され、香山荘を里子が亀田の見舞いに訪れるところから始まる。里子は亀田を恩知らずとなじる。軽部が亀田の代理人として大野からお金を引き出したことをなじる。それから亀田が綾子にあてた手紙の意味をただし、綾子は自分に似て、我が強く気違いみたいな女だから、気に入ったとなると悪口いったり、面と向かってからかったり、だからといって変な希望を持っちゃ困るという。そして香山も綾子に希望を持っている。亀田は東京で綾子から返事をもらった、そこには希望なぞ絶対にないとあったと語る。里子はそれは反対の意味かもしれない、今日こそ綾子の本心を見極めてやるといって立ち去る。香山荘では香山と妹孝子が綾子のことで話し合っている。孝子は兄を応援するという。おりから、賑やかな笑い声が聞こえる。薫が中島公園の氷上カーニヴァルの仮想をして騒いでいるところだった。

場面は一転してカーニヴァルの映像になる。禿山の一夜の音楽にのって、仮装したものたちが次から次へとくるくる回転しつつ松明の火花をちらしながら動きまわる。里子が見ていて、気違いの運動会といっている。綾子が来て、香山と一緒になる。亀田も現れる。雪でつくられた大きな怪物が悪魔のように突っ立っている。その前に亀田が立っている。亀田は綾子をじっと見ている。綾子は香山の手をとって去りかけると、黒マスクの黒マントの女が現れ、香山にあなたにはそんな価値はないと捨て台詞のようにいって去る。亀田は追おうとして綾子に止められ、聞きたいことがあるから、翌日その場所でのランデブーを約束する。赤間が現れ、妙子が亀田と綾子を一緒にさせたがっていると教える。二人はしばらく見詰め合う。白い悪魔が二人を見下ろす。翌日亀田は広場に現れる。待っているうちに寝てしまい、綾子に嫌味を言われる。亀田が香山が自殺を図ったことを告げる。綾子は香山を愛しているとか、香山が心を入れ替えた証明に指を切ったとかでたらめをいうが亀田がその嘘をすぐ見破ってしまう。綾子は亀田の妙子に対する愛情について聞くと、亀田は自分の妙子に対する感情は綾子の考えるのとは違うと説明する。それは親しい人が鎖につながれて、鉄檻に入れられて血みどろになるまで棒で叩かれているのを見せられている気持ち、気が狂いそうな気持ちと語る。妙子を見るとそのような気になると語った。その不幸はあなたにはわからないでしょうというと、綾子は知っていると答える。しかし亀田は妙子の不幸は、あの不幸さえなかったら、と考えると気が狂いそうになる、どうせ傷ついた幸せならと考えて、自分の不幸を根こそぎふみにじっていると語る。綾子は我慢できないといい、妙子が亀田と綾子を結びつけたがっている、手紙を三度も、書いてきた、それはバカな女のセンチメンタルな芝居にすぎない。これは嫉妬だ、いや嫉妬以上だ。二人の間に水をさすやりかただ。亀田は大野の家に行くようになる。綾子とのやり取りがいろいろ描かれる。綾子は亀田に、一緒に家出しようとか、なぜ毎日来るのか、わたしは飽き飽きしたとか、また妙子の亀田と綾子が結婚するとき自分たちも結婚するという手紙がきたとか、自分はどんなことがあっても亀田とは結婚しないとかいう。そのくせ亀田、香山をまじえた一家の団欒の時には、亀田はだれよりも善良で心が綺麗なのに笑いものにする、自分も含めて誰も彼もといい、赤いカーネーションが愛を意味するということを知らず持ってきた亀田を弁護する。亀田は大野に聞かれ、綾子との結婚の意志をもらす。里子は綾子の選択を祝福する。しかし綾子の心はなお暗い。亀田と自分の間にひとりの女が入っている。亀田が大野家を出たとき、妙子がその前に立ちひざまずき、亀田が本当に幸せかと聞き、これが最後の見納めといって去ってゆく。赤間が現れ、明日発つといってやはり去ってゆく。亀田と綾子は吹雪の中をゆく。綾子が妙子と会ってみたら、すべてがスッキリするのではないかという話を持ちかけたのだ。赤間の家の前で綾子が待っている。亀田が出てくる。蔵の二階でストーヴをみつめながらすわっている妙子。薄笑いを浮かべる赤間。オルゴールが緩やかな曲を流す。「エリーゼのために」を思わせるこの可憐なメロディーはこの緊張の中にあって奇妙に響く。妙子は綾子に会うのがこわい。あの女はわたしの夢の塊。失ったものをそっくり持っている。わたしはあの女にわたしの夢を生きてもらいたいの。一方廊下をくる亀田はやめようといいだすが、綾子は応じない。やがて赤間の家での妙子と綾子の凄まじい対決。綾子が二人の間に入って余計な干渉などしてくれるなという。そして妙子を自分のことしか考えない女、椿姫を気取っている女ときめつける。それに対して妙子は綾子が自分のところに来た真意は亀田の愛情が妙子に本当はあるということを確かめるためだったと暴き立てる。亀田は間に立って二人の女の応酬をおろおろ見守るばかり。しかし妙子は最後の賭けに出た。亀田に二人のうちのどちらかを選べと迫ったのだ。ためらう亀田を見て、綾子はその場から立ち去る。妙子は亀田の腕に抱かれる。やがて亀田は大野の家に現れるが綾子はいない。香山の家から孝子が来て綾子がひどい熱で自分の家にいることを知らせる。再び亀田は赤間の家に戻る。妙子を探す。赤間が案内し、刺殺された妙子を発見する。虚空をみつめる赤間。それをだき抱え、頭を撫でる亀田。二人はそのまま床に倒れ落ちる。馨と綾子が亀田をあんないい人はいなかったと悼む。

5　映画『白痴』の象徴性

原作の巨大な世界は当然のことながら、縮小されざるを得ない。原作者はここでその時代のロシア社会における旧世代、新世代の世界観、価値観、道徳観の対立葛藤を軸に、幾つかの家庭の相貌を詳細に描き出した。ロシア社会の根底を蝕んでゆく西欧的ニヒリズム・西欧的功利主義・唯物的自我主義の問題が特に多様な群像を通して浮き彫りにされている。さらに主人公ムイシキン公爵は単に突然ロシア社会に置かれたわけではない。謙譲こそキリスト教の最大の力という建前から創造されたこの人物は、この小説において、上記の西欧思想に対する反措定として、ロシア社会に投げこまれたものだ。白痴という表現を誤解してはいけない。ムイシキン公爵は作者が真に美しい人間として登場させた。白痴とは、世間的処世の術を持たない、従って恐ろしく柔らかな透明な魂でもって、他者の苦悩に浸透しうる感受性の世俗から見た表現なのだ。それはムイシキン公爵の無限の自卑の念と連動している。他者に対する強い共苦の感情と、無限の自卑。これがムイシキン公爵だ。そしてそのような感受性は持病の癲癇から来たものだろう。原作では癲癇の体験を詳細に語っている。しかもムイシキンは極めて雄弁であり、決して白痴という言葉が連想させるような愚鈍とか強度の精神薄弱といったものは全くない。ドストエフスキーの念頭には恐らくロシア伝統の中に生きるユローディヴイ（聖痴愚）の面影があったに違いない。これは神の言葉を語るものとして民衆の敬愛の対象だった。それに痴愚どころかムイシキンには無限の自卑と並行して極めて明確な現代ロシアに対する主張があった。現代ロシアに欠落しているものに対する強い批判があった。彼はそのような主張においては驚くべく雄弁なのだ。

しかし、映画という映像中心の世界においてはそのような複雑な、多面的な人間像を表現することはほとんど不可能に近いといっていいだろう。大体厖大な言葉によって構築される『白痴』のごとき小説を映画化するということ自体無謀極まりない試みなのだ。にもかかわらず黒澤がこれを手がけたというのは、先にも述べたように黒澤の、恐らく『白痴』という小説への愛、とくにムイシキン公爵への愛だったわけだ。ムイシキン公爵は黒澤にとってどういう人物として結晶していったか。それは無垢な存在、人間を裁くことのない、寛大な心の持ち主、他者の苦悩にどこまでも共感を惜しまない存在としてである。その場合、黒澤の工夫は日本のムイシキンたる亀田に死刑体験を与えたことだ。原作者は『白痴』でなるほど死刑囚について再三語るが、しかしそれは自分自身の体験としてではなく、見聞として語るのであり、死刑に対する批判として語るのだ。しかし黒澤はそれを亀田の原体験として亀田の魂の根源にしかけた。それを戦争責任の問題にひっかけて、無垢の人間の造形の基盤とした。のっぴきならぬ確実な死を目前にした時の苦悩、そのような苦悩が亀田の共苦感情の根源だ。亀田が那須妙子の目を見て見たことがあるといい、後に死刑執行された兵士の目とそっくりといわせたのはまさしくそのような感情だった。

原作において、ナスターシャ・フィリッポーヴナの人間像はその生い立ちから現在にいたるまで詳細に語られるのだが、黒澤はそれを目というものにおいて象徴的に捉えた。

小説『白痴』においても目の果たす役割は大きい。いうまでもないことだが、原作者もまた目の表情については描写を惜しまない。しかしその場合言葉を伴って叙述されるから、その表情の複雑さが読者によく伝わるのだ。やはり全体的なその場の状況、対話者の仕種とか反応とか雰囲気とともに表出されるのでなければ十分説得的とはいえないだろう。改めて言葉というものがいかに理解に重要な役割を占めているかをここで思い起こそう。言葉と映像は深い相補関係にあるのだが、映画ではどうしても映像中心だから、表情も限定されざるをえない。こうして、映画『白痴』は目のドラマ、顔のドラマに還元されることになる。(6)

そこで問題は俳優の演技力の有無、またそれを引き出す監督の力にかかわることになるが、一層重要なのは、その役柄にふさわしい個性的相貌の持ち主を選ばなければならないということだろうと思う。そういう点からいって、黒澤の選択は極めて適切といえるのではないだろうか。とくに難しいのはムイシキンに相当する亀田の役だ。その点から言って、森雅之はぴたり適役ではないだろうか。またムイシキン以上に難しいと想像されるナスターシャ役の原節子も適役といえる。

6　雪・石・ナイフ・目という映像的戦略

膨大な言語空間の映像化において、なんらかの形での単純化は不可欠だろう。この場合、黒澤はテーマを単純化すること、真に善良な純潔な人間の創出という一点に絞った。そしてこの人間の影響する範囲をもっぱら四人の恋愛関係に絞り込んだ。その点については、原作をかなり忠実に踏まえていることは驚くほどだ。

それにあわせて、巨大な文字の世界を時間・空間ともに一つの凝縮した空間・プロットに還元した。つまりは膨大な言語の網によって得る知的理解という迂路を短縮するということだから、それに代えるに十分な、映像・音による感覚的媒体の技巧的な使用によって象徴空間をつくることが要求されるということだ。そこで札幌という場所が設定されたわけだが、実際には極めて非現実感が強い。妙子の家や、特に赤間の家は、これは原作のラゴージンの家を念頭に置いているわけだが、日本の家ではなく西欧的な作りになってはいるものの、西欧的とも言い切れない独特な抽象空間のような気がする。また飾り付けにしてもそうだ。といってもちろんロシア的でもない。さらに映画『白痴』では特に印象的なのは空間をとじこめる深い雪の存在だろう。大体この映画に出てくる雪は、筆者の体験したペテルブルグの雪ではない。ペテルブルグの雪は酷寒（マロース）のためかさらさらして砂のようだった。おそらくこの映画では雪に極めて重要な役割が与えられているのではないか。札幌に着いたとき、札幌は雪だったというナレイションが入るが、それとともにロシア民謡と思われるメロディーが流れる。このメロディーは実にノスタルジックで深い雪とよく合う。雪は人間を瞑想的にそして限りなく清浄なるものへの憧れをかきたてる。そのような中で那須妙子の写真館の像との対面も行われる。こうした雪のもたらす効果はいたるところにしかけられている。(7)

主人公亀田は言うまでもなくムイシキン公爵を念頭に置いているわけだが、ムイシキンが創作ノートにキリスト公爵とあるように、その謙抑はキリスト教的なものであることはいうを待たない。しかし無神論的日本の風土の中で、そのような設定はそぐわない。そこで黒澤は亀田の白痴性を他の原因に求めた。このことは黒澤の大いなる工夫といっていいかと思う。ムイシキンの白痴性はその持病の癲癇から由来したものだろう。そして癲癇の起こった原因については原作にも説明はない。それに対して亀田の癲癇は原因があるものとして描かれる。原因というのは先に触れたように戦犯として死刑宣告を受けたということだ。しかもそれが誤認ということで釈放される。そのショックで癲癇に襲われたということなのだ。ここで確認したいことは、死刑の宣告が癲癇を引き起こしたというのではないということだ。確実な死を目前にした人間が一挙に生に引き戻される、その落差の激しさが生理的に衝撃を与えたということだ。ここにはドストエフスキー自身のペトラシェフスキー事件による死刑直前の恩赦の体験が使われているわけだが、その際死刑囚の一人はあまりのことに発狂したという。一方癲癇を繰り返し起こすことで、亀田は一種白痴という疾患を思うことになったというのだが、亀田の無限の優しさは、白痴という病に由来するよりは、死刑を目前にしたときの体験に発するようだ。亀田はいう。いま自分は死ぬと思うと、あらゆる人間が懐かしくなった、いや人間だけではなく犬さえ懐かしくなったというのだ。ここにも先のドストエフスキーの体験が使われている。ドストエフスキーは死刑を目前にしたとき、残された時間を三つに分け、自分の生涯を考えた、自分の親しい人々に別れを告げた、そして最後の時間を世界を眺めることに費やしたという。このことは『白痴』の中でもムイシキンによって語られるものだ。ただムイシキンの場合は彼自身の体験ではない。またムイシキンの謙抑に基づく愛はいうまでもなく深くキリストを念頭において創られている。それに対して黒澤は亀田の人間愛を死刑をきっかけとして起こったあらゆる生きとし生けるものへの慈しみの感情の中に捉えた。これは極めて日本的かつ仏教的ではないだろうか。それは癲癇で倒れたとき、無意識のうちに握っていた小石を自分のお守りとするというところにも現れているものだろう。汎神論的風土においては石のような非情のものにも生命を感知しようというところがあるのではないか。人間はその究極的な最後の瞬間何かにすがろうとする。亀田はいわば小石にすがったのだ。小石が亀田のお守りになったというのも、小石との間に成り立った自己の救い主という交感によるものだったろう。ムイシキンの共苦の感情がキリスト教、とくにロシア正教から来ているとすれば、亀田の場合この死刑執行直前に降り立った広大な汎神論的共感の上に基づいているといえるだろう。赤間は彼のお守りをこの小石と換える。ちょうどラゴージンが自分の金の十字架を錫の十字架に換えたように。錫の十字架とは民衆の素朴な信仰のいわばシンボルだった。ラゴージンが民衆の素朴な信仰を持つことで、自分の狂的な愛着から脱したい、ムイシキンに対する激しい嫉妬から逃れたいと願ったように、赤間もまたムイシキンの心、広い心、謙抑に満ち、無限の優しさに満ちた柔和な心、他者の苦しみをわがことのように嘆くことのできる心を自分の護り手として願ったのだ。

赤間の設定にもまた単純化と同時に表現主義的表出が行われている。ラゴージンの巨大性はいうまでもなくこのような映像空間にあっては望むべくもない。ラゴージンはその情熱への偏執において巨大である。彼の性格の複雑な屈曲に関しては原作では、例えば父親との関係、また旧教徒との関係、あるいは去勢派との関係、さらにその家の構造の特異性、またそこに飾られたホルバインの死せるキリスト像に対する異常な関心などによって、人格形成の深奥が描かれている。さらにまた無頼の徒を引き連れるそのカリスマ性において、恐るべき行動的存在者として出現するが、三船敏郎演ずる赤間にはそのような巨大性はない。三船はただただ亀田に対する嫉妬に狂う敵対者という単純な役割が与えられているのにとどまる。これは止むを得ないことだが、しかしその点に関しては、黒澤は非常に鋭い表現主義的工夫をなした。それは赤間の激しい情欲と亀田に対する嫉妬をその目とナイフによって表現したことだ。このことは原作においても語られるところのものだが、黒澤は非常に印象深く演出した。とくに刃物屋の店先に立って、並んで陳列されるナイフの映像、切っ先が亀田に突き刺さるように向かっている映像には鬼気があり、この映画の結末を戦慄的に暗示している(8)。映画『白痴』第一部は実にふりあげられたナイフの恐怖に癲癇の発作に襲われ、恐ろしい叫びのもとに倒れる亀田をおいて逃げ去る赤間の姿で終わるのだ。ところで亀田の癲癇の発作は単なる恐怖からだけのものではない。より深い原因があるだろう。つまり亀田からすればお守りを交換した魂の兄弟ともいうべき人間が突然恐るべき敵対者として出現したことの驚き、ありうべからざることの出現にショックを受けたためだ。これは赤間からすれば、単なる嫉妬からではないということだ。赤間もまた亀田を愛している。赤間においては愛と憎しみは渾然たる一つの情熱に化している。その情熱は熱度を増し、その頂点において行動に噴出する。それはオセロと同じだ。オセロのデスデモーナの殺害は単なる嫉妬によるものではない、オセロの最愛の妻の殺害は、オセロにとって理想が傷つけられたからだというのがドストエフスキーの解釈だ。言うまでもなく理想とはオセロの妻に対する深い愛が抱かせる理想だ。それを傷つけられたときの絶望、それは単なる嫉妬を越えたものとドストエフスキーは言っている。ラゴージンにも同じことがいえるだろう。ラゴージンはムイシキンに、離れていると憎むが、顔を合わせていると愛せずにはいられないという。ラゴージンにとってムイシキンは愛しているからこそ殺意を持ったのだ。それはナスターシャとの愛情生活において唯一の障害だからだ。しかもその障害を彼自身愛せずにはいられない。ここにラゴージンのムイシキンに対するアンビヴァレントな感情が潜む。このような感情を映画の映像がどうして表現できようか。ナイフは鋭くそのような感情を表出する。それはさらに赤間の目と連動することによって衝撃力を増す。赤間の家を去っていくとき振り向いた亀田が見た赤間の目の映像はじつに驚くべきものだ。この目にいわばドラマを集約するという手法は映画『白痴』の中核をなすものといわねばなるまい。なぜなら、那須妙子を亀田に運命的に結びつけたのもまた那須妙子の目に他ならなかったからだ。(9)

7　那須妙子とナスターシャ

ところでナスターシャ・フィリッポーヴナはどのように変換されたか。この人間像の描出も映画ではいうまでもなく不可能だ。このような女性の理解のためには、原作におけるように、その生い立ち、教育、境遇、社会関係、社交界、女性の地位、時代風潮、人間関係の一切をもってしなければならないだろう。しかもそのような認識をもってしてもその行動は謎めいている。人間として実に複雑な性格の持ち主でありながら、しかも単純なところもある女性として、それまでの文学上の女性像を越えている。恐らく『白痴』の映画化においてもっとも困難だったのは、亀田という理想的人物よりもこの女性像ではなかったかと思う。この場合も黒澤は妙子の目に着目した。亀田は妙子の目を見たことがあるといって、それが銃殺される瞬間の兵士の目と同じであることに気づく。それはなぜ自分だけがこんな不幸に会わなければいけないのかという訴えの目であったという。ドストエフスキーもナスターシャ・フィリッポーヴナの目に着目する。その目が恐ろしいという。それは狂気の目だからという。しかし死刑囚の目と同じとは言っていない。ナスターシャの狂気には、なにかしら底知れぬ深さがある。それは恐るべき傲慢さと裏腹なものだ。『白痴』第一篇の終わりのところで、プチーツィンはナスターシャについて日本のハラキリを思わせるとトーツキーに語ったことがあるが、それはいわゆる無念腹のことで、日本では屈辱を受けた人間が自分を辱めた人間の前に行って腹を切り、それで復讐をしたという感情を持つという奇妙なことがあるが、ナスターシャもそれと同じというのだ。ナスターシャと日本のハラキリについては創作ノートにも言及があるが、[10] ナスターシャの過激な行動をとく重要な鍵になるのではないかとかねてから考えている。ドストエフスキーが日本のハラキリ、それも無念腹といわれるハラキリについて、どこから知識を仕入れたかは興味深いことだが、それはとにかくそこに見られるのは怨念の凄まじさというものだろう。それは無念を晴らす人間の中に恐るべき倨傲の存在することを思わせる。残念ながら映画『白痴』では妙子をそこまで描くことはできなかった。黒澤の妙子は、亀田の把握したところでは、あの不幸さえなかったら、と考えると気が狂いそうになる、どうせ傷ついた幸せならと考えて、自分の不幸を根こそぎふみにじっているという存在なのだ。このような解釈はナスターシャの中に潜む悪魔的ともいえる傲岸さを見逃している。というのも、日本の観客にはそのような悪魔的ともいえる傲岸な女性像はなじまないので避けたか、あるいはそこに黒澤のナスターシャ解釈の限界があったのかもしれない。

この点に関して注目すべきは、結末における妙子の殺害に関してだ。映画『白痴』では妙子が亀田とともに残る。そのあと赤間が妙子を殺害したということになっている。ここからいかにも、赤間の凶行は彼の激しい嫉妬、そこから起こされたものというように理解されるだろう。しかし原作ではそのように短絡的なものではない。ナスターシャがいわばムイシキンの愛をかち得た後、二人は結婚することになり、教会で式を挙げることになる。その結婚式の当日、ナスターシャはラゴージンを見かけて、花嫁衣裳のままラゴージンと共に姿をくらますことになるのだ。このナスターシャの行動は凄まじいの一語に尽きる。一方で、ムイシキンの愛を確認しておきながら、なぜ結婚式の当日、ムイシキンを捨ててラゴージンのもとに走ったか。しかもラゴージンのところに行くのは自分を彼の殺意のもとに置くことになるということは十分承知の上なのだ。創作ノートにはラゴージンが短刀を持って迫ったのを、目を開けたまま見ているナスターシャが描かれている。[11]ラゴージンの凶行は果たして嫉妬による凶行なのだろうか。嫉妬はナスターシャがムイシキンのもとを花嫁姿で逃げ出したことによって、解消されたはずだ。ここでムイシキンがナスターシャとラゴージンとの関係について、ムイシキンが関わる前にいったことを思い起こそう。ムイシキンは二人の関係について、ふたりが一緒になれば悲劇が起こると予言していた。つまりムイシキンが予言したのは、この宿命的な二人の関係の悲劇性についてだったのだ。その点、映画においても亀田によって指摘されてはいたが、そのような悲劇性の深みに映像によって達することは不可能に近いといっていいだろう。

8　対決というドラマを構成するもの

にもかかわらず、黒澤は翻案というものの可能な範囲においてその困難を突破したと思う。それは妙子と綾子の対決から、悲劇的結末の映像的展開においてだ。黒澤の戦略は既に述べたように、小説の感動を表現主義的に映画的感覚素材による転換によって表出することだった。その場合、感覚的素材を最大限利用すること。この点では恐らく他の追従を許さないところがあったのだと思う。

特に妙子と綾子の対決の場面は極めて印象的だ。原作においても二人のヒロインの対決は西欧文学においても類を見ないドラマチックなものだが、この場面を映像化するに当たって黒澤は状況のドラマ、表情のドラマ、音のドラマに転換した。状況のドラマとは、その場面を構成する状況にドラマ性を付与することだ。これはどういうことかというと、人物の感情の動きとともに、周囲の状況、それは自然状況でもいいし、あるいは部屋の設備でもいいのだが、それを連動させて表現するということだ。この場合でいうならば、オルゴールの音楽とか、ストーヴの風に煽られて激しく燃焼する映像とか、そのような背景をなすものの効果に関するものだ。おそらく黒澤ほどこのような効果に意識的だった監督はいないのではないか。これは文学では不可能なテクニックであり、いわば総合芸術の映画ならではの手法といえる。

この緊張に満ちた場面を黒澤は次のように演出した。二人を待つ赤間と妙子。そこにオルゴールが場面の緊迫とはまったく反対の静かな優美なメロディーを流す。それはベートーベンのピアノ曲「エリーゼのために」のようだが、明瞭ではない。そのメロディーを伴奏に妙子の綾子に対する思いが語られる。妙子にとって綾子は理想であり夢の存在だというのだ。綾子と亀田の登場とともにそのメロディーは止み、かわって激しい風の響きが四人を襲う。綾子と妙子の間に険悪な空気が流れ始める。亀田の愛に対するそれぞれの解釈がぶつかりあい、ついに妙子が亀田に二人のどちらかを選べという決断の時が来る。そのとき風が一層つよくふきこみ、ストーヴが炎を噴出し、激しい引き裂くような響きで二人の女性の憎悪のぶつかり合いの凄まじさを表出する。そしてここにおいても目が一切を語る役割を与えられている。特に妙子役の原節子の目の表現力は妙子の悲しみと自負に満ちた感情をみごとに表現しえていると思う。

この場面の演出の難しさは亀田はいずれの女性をも選ぶことはできず、綾子はその一瞬の躊躇に鋭く反応して、自分の敗北を意識して走り去ってゆくという高度に心理的な駆け引きの場面によるということだが、それを黒澤は目の表現によってなしたということだ。

9　二つのメロディーの持つ陰影

原作のアグラーヤに相当するのが大野綾子だが、久我美子演ずるこの若い女性は恐らくそれまでの日本映画にはない女性像となっている。というのもいうまでもなく、原作のアグラーヤの性格の特徴的なところを取り集めて作られた性格だからだが、久我は複雑な性格を自然に演じているところが面白い。ここには疑いもなく戦後一挙に解放された女性のいきいきとした息吹がふきこまれている。妙子の重い暗さに対して、明るい、感情の起伏の激しい、しかも行動的な女性像を演じている。一度は亀田と婚約し、自己を束縛する絆を振り切って家出しようと亀田に持ちかけたりする。彼女の愛を求める香山睦郎が手を焼いたなどといって亀田をからかったりもする。彼女の登場には常に明るいピアノのメロディーが鳴り響く。それは妙子のライト・モチーフのより低い音程による暗いメロディーとは対照的なものだ。ところで注目すべきことは彼女には原作にはない一つの役割が与えられていることだ。それは亀田の善良で純潔な人間としての美質を家族、あるいは社会に向かってアピールする役割だ。彼女は結末において、亀田についてわれわれの方が白痴ではないかという警句をもって結ぶ。このことは、映画『白痴』の主題をくっきり浮かび上げることになるだろう。

ところでいかにもこのような主題設定は小説『白痴』から得たものとして当然と思われるが、しかし改めて映画『白痴』の冒頭字幕で掲げられた主題は実際に映画の主題として正当かどうかという点についていえば、かならずしも正当とはいえないのではないか。もう一度それをみてみよう。

「この物語は、一つの単純で清浄な魂が、世の不信、懐疑の中で無慙に亡びて行く痛ましい物語である」結末の綾子の言葉「われわれのほうが白痴」というのもこの冒頭の字幕と呼応しているのだが、すっと一般に受け入れられそうなこの警句もよくみると、どうも違うのではないかという気がする。「亡びて行く」というのは、亀田が再び重度の白痴状態に戻ったということだが、彼がそのような状態に戻ったということは、いうまでもなく赤間による妙子殺害によるのだが、この場合その凶行を「世の不信、懐疑」として受け取ることはできないだろう。すくなくとも原作では既に指摘したように、ムイシキンはナスターシャと結婚式を挙げ、その場で逃げられてしまうのだ。その結果彼女は自分の死をいわば選択するのだが、これは「世の不信、懐疑」とはいえないだろう。亀田の場合はより単純に赤間の嫉妬によるということになるだろうが、これまた「世の不信、懐疑」とはいえない。原作において、もっとも深い部分にしかけられているのがニヒリズムの問題であり、この作品の悲劇性はそこに由来する。しかし黒澤にはニヒリズムに対する共感はほとんどない。というのも、生命主義こそ黒澤のモットーであり、ニヒリズムは黒澤の視界にはないといってよいかと思う。原作においてニヒリズムの問題の占める領域は限りなく大きい。しかしこの問題を映画『白痴』の日本的風土に取り入れることはほとんど不可能に近い。こうして自殺を試みるイッポリートのエピソードも、またホルバインの「死せるキリスト像」もすべて省かれることにならざるを得ない。しかし反面妙子を「世の不信、懐疑」の犠牲者とみることもできるわけで、そう考えるならば亀田という無垢な謙抑にみちた美しい人間像はそれなりによく表出されたといえよう。

10 黒澤独自の工夫

映画『白痴』には黒澤独自の工夫の場面がある。氷上カーニヴァルの演出だ。ムソルグスキーの「禿山の一夜」の怪異な音楽にのって、巨大な氷の悪魔的彫像の見下ろす下で悪魔的仮面をかぶって手に手に松明の火粉を撒き散らしながらくるくるめまぐるしく滑り狂うこの空間は人間の情念が解放される空間といえる。ここに重要な人物たちが登場し、いわば欲望を剝き出しにして最終の悲劇的結末へと向かう重要な結節点になっているというのも、その開放的乱舞的空間の出現による。これは恐らく『白痴』の終局近く出てくるパーヴロフスク駅頭での音楽会から連想されたものと思うが、氷上カーニヴァルにはいかにも黒澤的な意味が与えられているようだ。闇に輝く氷の祭典も一夜明ければ、虚しい残骸の山に過ぎない。人間の愛欲に狂う姿も、それを逆転してみれば阿呆踊りに過ぎないのではないか。氷上カーニヴァルの翌日綾子は無慙な姿をさらす氷の彫像をみて、はかないというような感想をもらすが、それは綾子の結語世界が白痴のようなものとする感慨に響きあってゆくだろう。

『白痴』の半ば狂ったラゴージンをムイシキンが撫でさする最後の場面は世界文学の中でも無類の印象深い場面だが、映画『白痴』で亀田が赤間とともに倒れる場面もまた美しい。それは彼の命をナイフを持って襲った人間をなんら憎むことなく抱擁する魂の無限の優しさの感じられる場面だからだ。

11　映画『白痴』以降

映画『白痴』はその後の黒沢の映画作りに大きな影響を与えただろう。「美しい人間」の創出は彼の映画作りの原点といえるのではないか。その最初の表現が『生きる』だ。これは黒澤なりの美しい人間の創出といえるだろう。この主人公も亀田と同じように、癌という病を宣告され、死と向き合わざるを得なくなった。ただこの場合は『白痴』のイッポリートのように確実な死を告知されたことになる。いわば実存主義的問題がここに現れたのだ。しかし主人公は絶望の生を他者への愛に捧げることで充実したものにする。面白いことにここには人生の意味の問いかけとその回答というファウスト的主題も現れている。『ファウスト』は周知のように「永遠に女性的なるものわれをひいてゆかしむ」で終わるが、この市井の小官吏は「ゴンドラの唄」をうたいつつこの世を去る。

人間はなぜ不幸なのかというのが黒澤の口癖だったという。この言葉はいうまでもなく『カラマーゾフの兄弟』のドミートリの言葉から来ているものだろう。さらに子供の不幸を問題としたのがイワンだ。イワンは虐待される子供の問題から、壮大な神への懐疑を展開することになるが、そのような方向ではなく、具体的な救済に向かおうというのが『赤ひげ』である。ここには、アリョーシャとゾシマ長老の関係を思わせる師弟関係もあり、さらなるドストエフスキー的世界心酔のこだまを聞くような気がする。しかし以上はきわめてあらけずりな要約にすぎない。詳細なる検討は他日を期すとして、最後に黒澤のドストエフスキーの読みの深さについて簡単に述べておきたい。例えば『白痴』は七回も読んだという。撮影現場に持ち込み時にそれを繙いて演技指導に役立てたという。いわば単に文字を追うというのではなくて、心の中に心象をいきいきと再現し、想像力によって人物を再創造し、彼らとともに生きるという、深い読み、愛情に満ちた読み、それこそ真に創造的読みとでもいうべきものであろう。これはわれわれ文学研究の徒にとっても十二分に学ぶべきものではないだろうか。

注

（1）佐藤忠男「この小説は、ソビエトではイワン・プィリエフが、フランスではジョルジュ・ランパンが映画化しているが、そのどちらよりも黒澤版のほうがすぐれている、と私は思う。ランパン版にはドストエフスキー特有のもの狂おしいまでの観念的な身悶えがなかったし、プィリェフ版はさすがが本番のロシアの風土で描いているだけに、この特異な人間群像を成り立たせる風俗描写は実に重厚なものであったが、やはり、狂気に近い観念のうめき声がきこえてくるものではなかった」（「『白痴』と『生きる』の作品構造」『黒沢明映画大系六 白痴／生きる』一九七一年所収、一七八ページ）。

（2）堀川弘道氏は『評伝黒澤明』一四二－一四三ページで二、三当時の批評を紹介している。「人によっては、『白痴』の長さは観客に肉体労働の疲労を要求する。（中略）黒澤明の演出には映画的リズムがなく、激烈さが神経をかきむしるからだ。美しい激烈さは深い感動の傑作を生むが、これは醜悪な激烈さ、愚かなる激烈さに過ぎない（P）」（毎日新聞、一九五一年六月三日）、ついで佐藤忠男氏の批評を紹介している。佐藤は作中のクライマックスのひとつを捉え、そのような場面は日本の物語としては非常に奇妙であり、日本の観客がその世界にスムーズに入り込めなかったということは理解できるが、なによりも戸惑いを感じさせたのは、「主人公たちが美とか、愛とか、真実とか、苦悩とか、純粋さとかいったイデーを語ることによって恍惚たる陶酔に浸って行くことであろう」と映画『白痴』の観念性を批判している。また「黒澤の悪戦苦闘は痛々しいほどだが、その意欲は買っても作品は浮き上がった根無し草になってしまった」（飯島正「キネマ旬報」一九五一年六月下旬号）という批評もあった。

（3）堀川弘道『評伝黒澤明』一八ページ。

（4）堀川弘道『評伝黒澤明』三一ページ。

（5）「黒澤明に訊く　インタヴュー構成清水千代太」（キネマ旬報セレクション『黒澤明』キネマ旬報社、二〇一〇年四月十六日）九ページ。

（6）顔と目のドラマについては樋口尚文『黒澤明の映画術』「顔と目」一九五－二〇三頁に詳細な分析がある。樋口はそこで映画『白痴』において観客は次から次に出てくる風変わりな人物の行動に接しながら一切そこに親しみや納得を感じることがない、物語が難解というのでもなく、またドラマの心理的因果律も理解できるにせよ、共感というものがないと指摘しつつ「『白痴』には思わず観客を最後まで見続けさせてしまう力がみなぎっている、というのは黒澤がたゆみなくこの作品を顔のドラマとして完結させてしまっているからだ」（二〇〇頁）と記している。

（7）佐藤忠男は前掲の論文「『白痴』と『生きる』の作品構造」において映画『白痴』での雪の風景の効果について、ロシア映画の雪の扱いと対比させつつ綿密な分析を加えている。一七九－一八〇頁。

（8）佐藤忠男は前掲論文においてナイフの効果についても分析を行なっている。一八〇頁。

（9）『黒澤明の映画術』二〇一－二〇二頁参照。

（10）「アグラーヤは、N・Fを訪れ、マグタレーナの役割など演ずるのは卑劣だ、売笑生活に身を持ち崩すのは日本の短刀じみている、そんなことは前代未聞の話だという。相手の心の卑賤さを冷笑し、砒素を飲めと勧める。」（米川正夫訳『ドストエーフスキイ全集』第八巻『白痴下　賭博者』河出書房新社、昭和四十四年）二四九頁、「プチーツィンが日本人を比喩に持ってきたのは実にうがっています」（同前二五九頁）以上「『白痴』創作ノート」より。

（11）「ラゴージン、、、『おれが刺そうと思ってそばへ寄ったとき（明け方に）あれは眠っちゃいなかったよ。片方の黒い目がこっちを見ていたっけ。おれは力まかせにぐさっと突いた。」（前掲『ドストエーフスキイ全集』第八巻『白痴下　賭博者』三一六ページ）以上「『白痴』創作ノート」より。

追記：

本論文執筆に当たっては、次の資料を参考にした。『黒沢明映画大系6　白痴／生きる』（キネマ旬報社、昭和四十六年）

あとがき

いつぞや『朝日新聞』紙上にある著名な評論家がドストエフスキーの流行について警鐘を鳴らしていたことがあった。要はドストエフスキーの文学がニヒリズムをかき立てる危険な文学でありその流行は好ましいものではないというような趣旨だったと思う。僕は早速朝日新聞にそれに反論する文章を送ったが取り上げられることはなかった。亀山郁夫氏の『カラマーゾフの兄弟』がミリオンセラーになったころの話である。しかしこのような見解の持ち主は案外多いのではないだろうか。というのもドストエフスキーの文学において読者を魅了する主人公はニヒリズムをいわば体現したような人物だからであろう。そしてニヒリズムが徹底すればするほど、魅力が増大するというのも否定し得ない事実であろう。従って、『悪霊』のスタヴローギン、『カラマーゾフの兄弟』のイヴァンがもっとも興味深い人物ということになる。しかしドストエフスキーにおいてニヒリズムはなによりも生涯をかけて乗り越えるべき問題に他ならなかった。これらニヒリストといえども、ニヒリズムの極限を生きることによって、ニヒリズムの論理自体の破れを見出してゆくことになる。ドストエフスキーの文学はその追求においてあらゆる可能性をさぐろうとするものだ。その追求においてそれは豊穣極まりない。人間が神なしに辿る崩壊の過程を隈なく経巡ることにおいて徹底したものだ。その豊穣さに目を向けることなく単にニヒリズムの表現に目を奪われていたのでは、これらニヒリストさえもが究極に叫ぶ魂の訴えは見えてこないのではないだろうか。

ドストエフスキーにおけるニヒリストさえもが究極に叫ぶ魂の訴えは見えてこないのではないだろうか。

ドストエフスキーにおけるニヒリズムの問題は既に十分やられているといわれるかもしれないが、果たしてそういえるのか。ニヒリズムの問題は古くて常に新しい。なぜなら結局一人一人がそれと付き合ってゆかねばならないからだ。本書においてはムイシキン公爵こそ『白痴』という文学空間においての最大のニヒリストではないかという前提から出発している。このこと自体実際には謎だ。というのも、ムイシキン自身ほとんど神を説くことはない。早世してゆくイッポリートに対して言う言葉が「私たちを許してください」という言葉だ。とはいえ、ムイシキンが信仰と無縁ということはありえないことだ。逆にムイシキンにはひょっとしたら強い信仰があるかもしれない。謎といったのはこの相矛盾するものの同時存在ということだ。これはムイシキンの癲癇ともかかわる。癲癇は自然という点からいえばやはり自然現象であろう。ムイシキンは一方で自然の諧調の中に同一化し得ない自分に悩む。しかし自然現象の表れというべき癲癇の発作時に恐るべき自然との調和の中に入って、時間が止まるかのごとく感ずる瞬間を持つ。ここにもムイシキンの謎は潜む。この謎は現在流行っているがごとき謎ときの謎ではない。小林秀雄流にいうならば解けるがごとき謎は謎ではないということになろうか。我々はその謎の前で謎を反芻することによってムイシキンの魂に触れる。

この書では特に道化的群像に焦点を当てた。というのも、筆者は昔からドストエフスキーの作品に頻出する道化的人物に関心があったからだが（既にそのような視点から当出版会からも研究書『道化の風景』

を出している)、しかし『白痴』においてはやはりその文学空間をひとつの喜劇仕立てにしようという作者の意図があったと思う。『白痴』を悲劇的にのみ見ることには筆者は抵抗を感じている。イヴォルギン将軍のほら話に付き合う、あるいはレーベジェフのグロテスクな話に合いの手を惜しまないムイシキン、あるいはアグラーヤの暗示のままに貴重な中国の陶器を叩き落してしまうムイシキンに滑稽さはないだろうか。このような細部によってこの美しい人間はわれわれに親しく寄り添ってくるのではないだろうか。

最近は精神分析の見地からの読みも流行っているようだが、その点での功罪については稿を改めたい。ただ、精神分析によって見事な解明がなされたというとき、果たして作品の持っている貴重な衝撃力がはぐらかされはしないかという危惧は常に抱いているということだけは記しておきたい。さて本書はいうまでもなく先学の貴重な研究のお蔭をこうむっているが、かなりな部分、独断と偏見にみちているやもしれない。大方の叱正を期待する。ただいえることは、なお取り上げたい問題の数々があるということ、いつかまた機会をみてそれらの問題に立ち返りたいと願っている。

本書は以下の論文をもとに修正・加筆したものである。

「ドストエフスキイにおけるニヒリズムの問題――『白痴』を中心に――」(I–VI)福岡大学「人文論叢」第三八巻、第一~四号、二〇〇六年四月~二〇〇七年三月

「黒澤明とドストエフスキイ――映画『白痴』の戦略――」『COMPARATIO』一五号、二〇一一年

本書の主題を思いついたのは、キリスト教文学会二〇〇五年度第三四回全国大会において行った講演を機縁とする。そのときの総主題は「文学における〈虚無〉」であった。筆者の演題は「ドストエフスキー

とニヒリズム」というもので、それは「ドストエフスキイの文学における虚無の諸相」として修正加筆したうえで『キリスト教研究』第二三号に掲載した。この講演こそ本書の出発点だったということになる。ここで改めて本書構想の機縁を与えてくださったキリスト教文学会の関係者の方々に深く感謝申し上げる。

なお映画『白痴』論の掲載誌『COMPARATIO』は九州大学大学院比較社会文化学府比較文化研究会の機関誌である。この論文もまた二〇一〇年度日本比較文学会九州支部秋季九州大会のシンポジウム「黒澤千夜一夜——知られざる黒澤明」にパネリストとして参加したことを契機として書かれたものだ。

ところでドストエフスキーの文学にユーモアの表現を見ることに目をひらかれたのは寺田透先生のゼミのお蔭をこうむっていることもここに記しておきたい。東京大学大学院比較文学科の院生だった頃、先生のゼミは『未成年』を仏訳と原書とを対比しながら読むというものだった。仏訳を僕らが持って先生は原語で読むというもので、この対比を通じてドストエフスキーの文学の面白さが躍然と現われ出たのを覚えている。いうまでもないことだが寺田先生の読みは言葉に徹底してこだわるというもので、そこにはフランス文学で鍛えられた厳しい言語分析の読みが光っていた。池田健太郎氏も時折そこに出ていたし、また川端香男里氏も常連の出席者だったかと思う。僕はひそかにドストエフスキーの日本における受容史の上で批評面ではこのゼミがひとつの画期ではなかったかと思っている。

ところで九州大学出版会からドストエフスキーの研究書を出すのは何冊目だろうか。先に『カラマーゾフの兄弟』については三冊本すら出していただいた。ドストエフスキー研究が盛んであるとはいえ、鬼面ひとを驚かす体の評論の流行る中、このような地道な研究書が出せるというのも編集部永山俊二氏をはじめとする九州大学出版会の皆様のおかげだと深く感謝する次第です。

なお最後にひと言。本書執筆中の本年夏、酷烈な暑気の中、妻榮が永遠の眠りについた。本書はその病床にあって書かれたものであり、妻榮の想い出とともにある。本書を妻榮に捧げたいと思う。

平成二十四年十一月

清水孝純

〈著者紹介〉

清水孝純（しみず　たかよし）

1930年東京に生れる。東京大学大学院比較文学比較文化博士課程を修了後，日本大学講師を経て，1969年九州大学教養部助教授，1976年同教授。同大学退職後，福岡大学人文学部教授を経て，現在九州大学名誉教授。

主要著作

『小林秀雄とフランス象徴主義』（審美社）
『ドストエフスキー・ノート——『罪と罰』の世界』（九州大学出版会，第1回池田健太郎賞受賞）
『鑑賞日本現代文学16　小林秀雄』（角川書店）
『西洋文学への招待——中世の幻想と笑い——』（九州大学出版会）
『祝祭空間の想像力』（講談社学術文庫）
『漱石　その反オイディプス的世界』（翰林書房）
『道化の風景——ドストエフスキーを読む』（九州大学出版会）
『笑いのユートピア——「吾輩は猫である」の世界』（翰林書房，第11回やまなし文学賞受賞）
『カラマーゾフの兄弟』を読む『Ⅰ　交響する群像』
『Ⅱ　闇の王国・光の王国』
『Ⅲ　新たなる出発』（九州大学出版会），
『ルネサンスの文学』（講談社学術文庫）
その他論文多数

『白痴《はくち》』を読《よ》む——ドストエフスキーとニヒリズム——

2013年9月30日　初版発行

著　者　清　水　孝　純

発行者　五十川　直　行

発行所　（財）九州大学出版会

〒812-0053 福岡市東区箱崎7-1-146
九州大学構内

電話　092-641-0515（直通）
URL　http://kup.or.jp/
印刷・製本／シナノ書籍印刷（株）

ISBN978-4-7985-0108-6